빙의

附神

린처리 林徹俐 지음

이기원 옮김

빙의

附神

신에게
몸을 빌려준
아버지

린처리 林徹俐 지음

이기원 옮김

글항아리

피어오르는 연기 속에서 무언가 그의 몸 안에 들어오면

그는 또 다른 자신, 즉 신이 되었다.

신이 있을 때 아버지는 없었다.

나의 아버지, 룽자이榮仔에게 바칩니다.

추천사

신의 자녀들이 글을 쓰는 중입니다

—장야니蔣亞妮[*]

저는 이 책을 10년도 넘게 기다렸습니다. 그녀의 글쓰기가 시작되기도 전부터였고 열여덟이 지난 후 목면[*]꽃이 처음으로 흐드러지게 피었다가 다두산大度山[*] 앞자락에 떨어지기 전부터였죠.

그녀는 오토바이를 타고 다두산의 오르막길을 달렸어요. 아직 개명 전이었던 중항로中港路와 지금은 환승역이 된 공터를 지나서 마침내 이층 버스처럼 생긴 캠퍼스 주차장에 도착했어요. 주차장

[*] 1987년 타이중에서 태어났고 타이베이 문학상 수상 작가다. 2015년 첫 산문집 『게임에 접속하세요』를 비롯해 『너를 써』 『다른 사람에게 말하지 마』 등을 출간했다.

[*] 타이완에서 목면木棉나무로 불리는 봄박스 케이바Bombax ceiba는 물밤나무과 봄박스속의 낙엽교목으로 빨간 꽃이 핀다.

[*] 타이중 지역의 산. 저자의 출신 학교인 둥하이東海대학이 위치한 곳.

담장 너머로 때론 시속 100킬로미터까지 달리는 고속버스들이 보였어요. 바닷가 작은 마을의 모래가 고속버스에 붙어와서 허겁지겁 학교에 오느라 아직 살짝 부어 있는 그녀의 얼굴을 스치고 지나갔지요. 그녀는 한 쌍의 별 같은 눈을 갖고 있었어요. 마치 인문대 건물 5층의 야외 복도에서 오염 한 점 없는 밤하늘을 촬영했을 때처럼요.

극장은 불이 밝았고 교실은 어두웠어요. 길게 늘어뜨린 의상이 마치 청춘처럼 휘날리는 가운데 그녀와 나는 함께 춤을 추며 「신神」이라는 무용극을 공연했지요. 큰 모래바람이 휘몰아쳐와서 지하수처럼 계단 밑 교실로 천천히 흘러들어왔습니다. 그것은 글로만 전달 가능할 뿐, 아직 이름을 붙이거나 재건할 수는 없는 푸른 폐허였어요. 모래바람이 문과 창문을 마구 두들겼습니다. 누가 문을 열었는지 모르겠지만, 그해 모래바람은 곧장 그녀를 휘감고는 물었습니다.

"무엇을 쓰고 있느냐?"

그것은 바다의 목소리였지만, 타이중의 바다는 아니었어요. 시빈西濱 고속도로⚐ 남쪽의 큰 바다이자, 고향 집에 계시는 그녀 아버지의 목소리였어요.

⚐　　저자 린처리의 고향, 타이난 완리 지역을 가로지르는 고속도로. 「바다가 보이는 비밀 경로」에서 자세히 언급된다.

제가 아까 말을 잘못했네요. 양해를 구합니다. 누구도 책을 기다려서는 안 된다고 생각해요. 책은 글자를 담는 용기에 불과하니까요. 저는 그녀의 글을 10년 이상 기다렸습니다. 제가 저의 첫 글을 기다렸듯이 그녀를 기다렸어요. 그녀의 수정 같은 글자 하나하나는 버지니아 울프가 일기에서 말했듯 '영원히 묘사해내지 못할 경험'이었어요. 우리는 그 경험을 최대한 떠올리면서 우리의 펜 아래 그녀의 가족과 그들의 이야기가 순행하고 역행하는 먼 곳이 되도록 애썼습니다. 18세에 먼 곳으로 떠난 소녀가 그녀였죠. 저는 완리澣裡의 바람이 닿지 못하는 산 위에서 그녀가 마주친 또 다른 글자들일 뿐이고요.

원래 달콤하게 세상에 의지해야 할 막내딸이 어쩌다 약속의 땅이란 것은 존재하지 않으며 그 누구에게도 기대선 안 된다고 자신을 타이르게 되었을까요? 마치 신이 아버지의 몸에 강림했을 때처럼, 신으로서 치른 의식 하나하나도 시간을 점유했을 것입니다. 하지만 시간은 그녀가 집을 떠난 후부터 변하기 시작했습니다. 아버지의 귀밑머리가 하얘지면서 아버지가 '신이 되는 시간'도 서서히 줄었지요. 신의 힘이 물러날 땐 마치 신이 아버지를 되돌려준 것 같았습니다. 하지만 고향 밖에서 그녀의 글은 여자의 몸으로 바뀌어 아버지의 빙의와 점점 포개졌어요. 글쓰기도 신내림처럼 영혼의 교환이라고 부를 수 있다면, 나와 그녀의 교환은 다두산에서의 그해에 시작되었습니다. 때로는 교실이 꼭 신당神堂

같았어요. 나와 그녀 같은 여자들만 남은 작문 교실과 그 이후에 열린 촉도蜀道ⵣ처럼 긴 길에서, 우리의 교환은 그녀의 글에서 아버지가 막 빙의되기 시작했을 때처럼 격렬하고 소란스럽게 반복되었습니다. 때로는 향 한 대를 머리에 푹 찔러서 선홍색 피가 철철 흘렀고, 때로는 가볍게 묘사한 오해 하나가 그 피보다도 훨씬 더 붉었습니다.

지금의 그녀는 이미 이렇게 쓸 수 있게 되었습니다.

"신은 내게, 글을 쓸 수 없을 때 물어보면 알려주겠다고 했다. 하지만 형이상학적이고, 어디에도 안 계시는 신이 내가 이 글 속에서 그를 의심하는 것을 알까?"(「뭇 신에게 묻사오니」)

선량함과 재능에는 신이 깃들 수도 있지만, 마귀가 꼬일 수도 있습니다. 그 길에서 우리는 빛을 등진 채 각자 다른 방향을 향해 걸었습니다. 다만 가끔은 우리 둘만 남았던 교실에서처럼, 심야 카페의 차가운 창문 곁에서 만나 초심으로 돌아갔어요. 우리는 서로를 위해 사람들의 굴곡진 마음과 오해를 복습했고 예민한 자신을 차곡차곡 접어서 글자의 옷장에 넣은 다음 예쁜 옷과 정장으로 갈아입었습니다. 이 책 안에서 그 어떤 사람 혹은 신도 가르

ⵣ　　중국 쓰촨성 촉蜀 지방으로 통하는 험난한 길로 잔도棧道라고도 한다. '거친 인생 행로' '매우 가기 힘든 길'의 비유로 자주 쓰인다.

쳐줄 수 없는 우리의 일들이 마치 그녀가 올린 제사로 해결된 것처럼 온당한 글자로 바뀌었지요. 10여 년의 수련이 마침내 이 책의 모양을 빚어주었습니다. 맨 처음과 맨 나중의 마음을 그대로 품은 채로요.

꽃 피는 습지 혹은 비밀 경로, 모든 풍경에서 그녀가 '아버지의 딸'이 되기를 택했다는 점이 가장 놀라웠어요. 세상 모든 만물 가운데 그녀가 그것을 글쓰기의 시작점으로 삼았다는 사실 말이에요. 코로나가 완전히 끝나지 않았을 때의 만남에서 그녀는 연초에 아버지가 주신 '평안 매듭平安繩結'을 제게 선물했어요. 저는 그 매듭을 지니고 다니다 한번 꺼내보았어요. 대충 부르던 노래가 갑자기 이해되었을 때처럼, 아버지가 신에 빙의될 때 딸은 아버지에게 빙의되었다는 것을 깨달았어요. 아버지는 그녀의 마음속에서 가장 귀한 감실龕室⚹이었어요. 그 안에 신이 있고 없고는 이미 중요하지 않았죠.

이제는 제가 그녀의 글을 읽을 차례입니다.

그녀의 기억은 '추마오공원秋茂園'의 모든 곳이었어요. 그곳은 과거에도 이미 무너진 놀이공원으로 여겨졌죠. 어떤 도시든, 어떤 어린 시절이든 모두 황량하게 변한 곳이 있습니다. 마치 위안산圓山의 어린이공원, 다항大坑의 앙코르 가든, 그녀의 펜 아래에서 그려진

⚹　　　　신주를 모시는 장. 이 책 「소년 아버지의 기묘한 표류」 참조.

타이난台南의 추마오공원이 그랬듯이요. 그래서 그녀가 기억의 단편을 하나 불러내어 그녀와 아버지가 몇 년 후 황폐해진 놀이공원을 방문한 때를 글로 쓰자, 오직 옛날의 소조각상만이 어린 시절의 모습 그대로였습니다. 그마저 시간에 의해 표면이 갈라지고 금 간 상태였지요. 이제 놀이공원은 없다는 슬픈 감정이 독자들에게 그대로 전해집니다. "지금은 아무도 그곳을 '추마오공원'이라고 부르지 않는다. 이제 그 이름은 위광도漁光島로 대체되었고 아름다운 존재로 새로 태어났다."(「놀이공원」)

위광도는 새로운 놀이동산이었습니다. 마치 막내딸이 자라서 글을 쓰게 되고 산문이 그녀가 새로 배운 신력과 부적이었듯이요. 아버지가 그녀에게 물었습니다.

"무엇을 쓰고 있느냐?"

형용하기 어려운 말들이 한밤중에 그녀의 서재에서 글이 되어 대답했습니다. 답이 뭐였냐고요? 그녀는 이렇게 썼습니다.

"일흔을 앞둔 아버지의 삶이 약간은 조용해졌다. 그는 마침내 외로운 사람이 되었구나. 의지할 친지도, 의지하러 오는 친지도 없으니 세월이 참으로 고요하다. 이제 행복해질 때가 되었다."(「혈연에 의지할 수 없는 운명」)

이것이 그녀의 완곡하고 서정적인 답변이었습니다.

하지만 그녀의 글쓰기가 향하는 답안은…… 답하기 전에 잠시 저와 과거로 돌아가면 좋겠습니다.

18, 19세의 그녀는 저처럼 학과에서 전학생 신분이었습니다. 둥하이대학의 노동 교육은 아침잠이 많은 저에게는 고통이었죠. 저는 정오에 무인 도서관 서가에 책을 반납하고서 원리대도文理大道의 긴 길을 지나 더야오로德耀路로 접어들 때마다 한숨을 크게 쉬곤 했습니다. 그런 고단함을 느끼며 내가 계속 글을 쓸 수 있을까 의심하는 미지의 급류 앞에 서 있을 때, 그녀는 저라는 사람과 글의 존재를 잘못 읽거나 오해하지 않은 거의 유일한 사람이었어요. 지금은 이미 목면 꽃이 열 번이 넘는 여름을 지나며 떨어졌습니다. 저는 이제야 그녀의 글 속 이해와 위로가 자신이 입었던 상처를 다른 누군가가 다시 입지 않기를 바라는 마음임을 깨닫습니다. 글쓰기가 향하는 답안이란 건 존재하지 않습니다. 과거의 인간관계는 되돌릴 수 없으며 어떤 경험의 깊이와 고통은 영원히 묘사해내지 못할 것입니다. 『빙의』는 그녀가 아버지와 세상 사람들에게 선물하는 평안 매듭입니다. 글쓰기가 고통을 덜어주지는 못합니다. 하지만 모든 고통이 다시 올 수는 없다는 점에서 위로가 됩니다. 신은 먼 곳에 있으며 아버지는 과거에도, 미래에도 있습니다. 아버지가 빙의되어 부적을 그릴 때, 또한 딸이 산 넘고 바다 건너 자신만의 글을 쓸 때, 그곳의 신은 형체도 없고 신앙과도 관계없습니다. 신은 산맥과 바다 사이의 틈이자, 글자와 시간 사이의 틈입니다. 그리하여 우리는 모두 신의 자녀일 수 있습니다.

　우리는 20대에 언덕을 돌아 산에서 내려왔습니다. 이 책은 늦게 온 것이 아니라 막 무르익어 땅에 떨어진 참일 겁니다. 저는 그녀가 밝은 곳에 도착할 때까지, 앞날에 기나긴 길과 광대한 바다가 펼쳐지기를 기도합니다. 아버지의 막내딸은 벌써 이만큼이나 강해졌지만, 그녀는 빛이 없는 곳에서든 찬란한 곳에서든 계속해서 쓸 것입니다.

●

1장 빙의에 들어가며: 아버지이자 신

＊

2장 일상: 신이 없는 곳

＊

3장 빙의에서 물러나며: 신 이외의 이야기

빙의 전: 믿음

아버지들은 아이가 태어나고 난 다음에야 진짜로 아버지가 되었음을 실감한다고 한다. 아이가 자라면서 천천히 아버지가 되는 법을 배워나간다고 말이다.

　나에게 아버지는 오래도록 숨겨온 비밀처럼 멀고도 가까운 존재였다.

　어릴 때 아버지 직업을 쓸 일이 있으면 어머니와 언니들은 '상인'이라고 쓰라고 했다. 가정 형편은 무조건 중산층이었다. 사실 나는 유치원 때부터 초등학교 시절까지 아버지가 철공장을 운영했다는 것만 알 뿐 철공장이 상점이라면 뭘 판다는 건지 전혀 몰랐다. 나중에 철공장에 주거 기능만 남게 되자 아버지는 대형 손가방에 크기가 각기 다른 상자들을 보관했다. 그 안에는 반짝반짝한 물건들과 조금 덜 반짝거리는 것들이 들어 있었다. 가지고 놀려 하면 조심하라는 아버지의 경고가 뒤따랐다. 상품을 훼손해서는 안 돼.

막 사춘기에 접어들었을 무렵, 아직 그렇게 예민하진 않았던 어느 날 저녁 나는 흑백 CCTV 화면을 올려다보았다. 화면 속에 뒤엉킨 그림자에서는 익숙한 형체와 낯선 형체가 교차하고 있었다. 이튿날 나는 정상적으로 학교에 갔던 것 같다. 집 안은 캄캄했다. 학교 친구들은 신문 보도를 통해 우리 집의 비밀을 알게 되었고 잇따라 나에게 확인하러 왔다.

"그거 너희 집이야? 너희 아빠가 그런 일 하시는 분이었구나."

비밀이 밝혀지면서 나는 또 다른 두려움에 빠졌다. 사실 아버지에겐 아직 수많은 비밀이 더 남아 있었다. 그것을 밝히려면 마치 나무 그늘이 짙게 드리워진 숲속에서 별 하나를 찾을 때처럼 꼼꼼하고 인내심이 풍부해야 한다.

나는 적어도 20년 이상 한여름의 울창한 숲속 유일한 별을 느껴왔다. 우리 아버지 말이다.

어린 시절에 나는 아버지와 아주 가까웠다. 항상 아버지 품에 안겨서 애교를 부렸다. 이미 사춘기에 접어든 언니들은 경쟁상대가 아니었기에, 남동생이 태어나기 전까지는 내가 아버지 사랑을 독차지하는 느낌이었다. 딱 언제부터였다고 말할 순 없지만 나도 사춘기에 들어서면서 아버지와 이런저런 의견 차이가 생겼고 학업 계획에 대해서도 생각이 달라지면서 우리는 점점 멀어졌다.

어릴 적엔 남동생과 다툴 때마다 일부러 동생한테 너는 원래 우리 집 아이가 아니라 쓰레기장에서 주워왔다고 얘기해서 어린 동생을 심하게 울리곤 했다. 하지만 어느 날부턴가 혹시 나야말로 주워온 아이가 아닌가 하는 의심이 생겼다. 성장 과정에서 나와 아버지는 서로를 잘 이해하지 못했다. 아버지에 대한 정보가 많아질수록 혹시 내가 아버지의 진짜 자식이 아니라, 저녁 8시 일일 연속극에서처럼 아버지에게 잠시 맡겨졌거나 아버지가 불쌍한 마음에 키우기로 한 아이였다면 어떡하지 하는 생각이 들었다.

장황한 성장사 속에서 나는 아버지를 관찰하며 한발 한발 아버지에게 더 가까워졌다. 유전자가 영향을 미쳤겠지만, 우리가 서로 비슷한 점도 발견할 수 있었다.

늘 이해받지 못했던 아버지가 열리기 시작한 것이다.

나는 원래 아버지가 처녀자리인 줄 알았다. 호적 신고가 늦게 되어서 아버지의 신분증상 생년월일은 정확한 것이 아니었다. 신분증으로 따지면 천칭자리였지만 호적에 얼마나 늦게 등록되었는지 확실치 않아서 그냥 처녀자리와 천칭자리 사이 어디쯤이겠지라고 추측했다. 그의 성격은 처녀자리의 결벽, 완벽주의, 고집에 들어맞았으며 모든 일에서 기준도 높았다. 동시에 흑백이 분명하고 공평함을 추구하며, 아름다운 사물을 좋아하는 천칭자리의 특징도 갖추고 있었다.

이런 점들을 제외하면 그는 참 이상한 남자라고 할 수 있었다. 마음이 매우 약했으나 다섯 딸을 강인하게 키웠고, 신에 빙의될 수 있으면서도 그것으로 생계를 유지하거나 이득을 취하려 하지 않았다. 그는 늘 측은한 마음으로 타인을 도왔다. 하지만 그것은 대개 상처로 돌아왔고 그는 또다시 혼자서 후회했다.

철이 들면서 아버지가 타인의 시선과 말에 굉장히 신경 쓴다는 사실을 깨달았다. 그동안 받은 낙석과 상처 때문이었을 것이다. 아버지가 자신에게 세운 기준은 이랬다. 자기 몫으로 주어진 부분은 이미 완벽히 만점이더라도 남들이 한마디도 할 수 없을 때까지 해야 한다는 것이다. 설령 개인적으로 얻는 건 마이너스일지라도 말이다. 그는 남들이 안 보는 곳에서야 비로소 자신의 노력이 인정받지 못하고, 신뢰받지 못하는 것에 대해 홀로 분노하고 원망했다.

아버지는 다른 사람을 믿고 싶어했다. 그러한 온전한 믿음은 마치 그가 훗날 신을 대했던 것과 같은 독실함이었다. 그가 믿기로 한 데에는 수많은 이유가 있었지만, 우리가 '가족'이고 '친구'라는 게 가장 컸다. 대부분의 믿음은 헛된 낭비였다. 시간이 아주 많이 흐른 뒤에야 나는 사람들이 아버지의 믿음을 이용해 사기를 쳤다는 것을 알게 되었다.

아버지가 신뢰받지 못했던 것도 어쩌면 완벽하게 신뢰의 문제는 아니었을지 모른다. 아버지는 어떤 사안에 대해 말하기 시작하면 말투가 금세 격해지긴 해도 진심으로 남들 대신 고민해주었고 일의 결과를 재빨리 예측해주었다. 형제들과 갈등이 있을 때도 마찬가지였다. 아버지는 거침없이 모진 말을 하며 상대가 자기 말을 안 들으면 실패해도 다시 도움을 요청해선 안 된다고 생각했다. 물론 아버지의 가장 큰 약점은 마음이 약하고 쉽게 설득된다는 점이었다. 결국 사람들은 다시 그를 찾아왔다. 그러면 아버지는 이것 보라고, 넌 내 말 안 믿는다 하지 않았느냐면서 원망하고 욕하는 와중에 또다시 그 사람을 도와주었다.

이렇듯 믿음과 불신은 아버지의 일생을 돌고 돌며 마치 뫼비우스의 띠처럼 무한히 되풀이되었다.

만약 내가 운명의 띠 속에서 성격상 아버지와 반대였다면, 분명 한 바퀴는 회피하거나 거꾸로 돌아서 일종의 복수로 삼았을 것이다. 하지만 아버지는 그런 일을 절대 못 했다.

예전에 설날 모임에서 자매들끼리 아버지에게 상처 준 친지에게 작은 복수를 감행한 적이 있다. 그들이 제일 잘하는 뼈 있는 농담 같은 것 말이다. 아버지는 우리 계획을 들어보더니 손을 내저으면서 남의 기분을 상하게 하면 못쓴다고 했다. 하지만 아버지가 자리를 비운 틈을 타 나는 웃으면서 그들에게 몇 마디를 날렸다. 그날 밤 딱 하루였지만 가끔 있던 불면증이 싹 나았고 달콤한 꿈도 꾸었다.

나는 아버지의 성격 혹은 운명을 내게서 끊어낼 목적으로 다른 사람의 말에서 진실과 거짓을 판별하는 데 촉을 세웠다. 그리고 아버지를 절대적으로 신뢰하고 아버지에게 절대적으로 진실한 첫 번째 사람이 되기로 마음먹었다. 아버지에 관한 글을 쓸 때마다 운명의 고리를 한 번씩 자르는 느낌이었다. 계속 잘라나가려면 나 자신도 굳건한 장벽이 되어야 했다.

나는 아버지를 닮기도 하고 또 그리 닮지 않기도 했다. 그는 생각도, 잔걱정도 많고 꿈을 많이 꾸었다. 아마 그만큼 예민한 체질이니까 신도 느끼지 않나 싶다. 나도 걱정 근심이 많고 꿈도 많이 꾸며, 심지어 신에게 꿈을 제거하는 부적까지 요청한 적이 있지만 신에 감응하지는 못한다. 기껏해야 한순간 미묘하게 다른 느낌을 받는 정도다. 아버지는 신을 전적으로 믿는데 나는 가끔 신에게 도전하고 싶다. 신에 대해 나는 항상 믿음과 불신 사이 어디쯤에 서 있다. 나는 신이 존경받고 경배받는 대가로 인간을 돕는지 그렇지 않는지는 상관하지 않는다. 내가 믿기로 결심한 건 아버지 때문이다. 내가 믿는 건 아버지이지 신이 아니다. 마치 그가 일평생 악의를 가지고 남을 속인 적이 없는 것처럼, 아버지는 절대 나를 속이지 않을 것이다.

어떤 믿음. 그것은 아버지에 대한 딸의 믿음이었다.

나는 글을 쓸 때마다, 이 글이 복수가 될지 아니면 원망이 될지 확신할 수 없었다. 그래도 나는 타인의 시선과 말을 신경 쓰느라 스스로 목소리를 내지 못하는 아버지를 대신해 말하고 싶었다. 아버지는 다른 사람을 속이지 않는다. 오히려 자기 자신을 속인다. 다른 사람을 믿어야만 한다고, 그들이 그럴 리 없다고, 그들이 상처를 줄 리도 사기를 칠 리도 없다고 스스로를 설득한다. 결국 아버지는 혼자서 결과를 감당하고 만다.

내가 그를 믿어주면 혹시 많은 것이 달라질까?

나는 아버지가 빙의되어 몇 시간 동안 신이 된다는 것을 믿는다. 그가 했던 모든 말을 사실로 믿는다. 진짜 상처와 미움은 타인의 모든 말, 수많은 사람의 알 수 없는 시선, 그와 친지 간에 발생했던 사건들에서 비롯됐을 것이다. 나는 아버지를 믿는다. 그렇기에 그의 상처, 선함, 좌절의 무게를 견딘다.

나는 아버지의 평탄치 못한 삶을 알기에 더욱 아버지가 신뢰하는 딸이 되고 싶다. 그리고 아버지에게 말해주고 싶다. 과거에 사람들이 아버지에게 딸만 낳는다고 비웃었던 건 그들의 악의와 몰

이해였을 뿐이라고, 이제 아버지의 딸들이 이 집을 강인하게 지켜내리라는 걸 믿어달라고. 능력의 여부가 중요한 게 아니라 딸들의 아버지인 당신이 앞으로 다가올 좋은 나날들을 믿는 게 중요하다고 알려주고 싶다. 운명이 아니라, 믿기로 선택하는 것이다.

내가 아버지의 옛이야기를 전부 알아듣는 나이가 되었을 때쯤, 아버지는 이미 넷 혹은 다섯 딸의 아버지였다. 엄격한 아버지에서 가끔은 딸의 말을 들어야 하는 아버지로 바뀌었다. 오랫동안 『통서通書』♀를 연구하고 신과 소통해온 그였지만 딸을 이렇게 여러 명 낳을 줄은 몰랐다. 그는 신에게 묻지 않았다. 아마 그가 자신의 운명, 아니면 행운이라고 불러야 하는 것을 믿기 어려웠기 때문인지도 모른다.

이것도 운명 혹은 신의 뜻일까. 아버지도 어릴 때 글쓰기를 좋아했다. 그의 중고등학교 시절 일기장을 보면 뉴스를 읽고 쓴 주간 평론으로 가득하다. 당시에 아버지는 진실한 내면을 활짝 열어 종이 위의 글이 될 수 있었다. 훗날 아버지가 수많은 염려로 더 이상 마음 가는 대로 대화할 수 없게 되었을 때, 나는 그의 글쓰기를 이어받아 모든 것을 딸의 시선에서 대신 썼다.

♀　북송의 유학자 주돈이周敦頤의 저서로 유가 이학理學의 도덕론과 윤리설을 다룬다.

상상과는 조금 거리가 있을지라도 나는 여기에 모든 것을 쓸 것이다. 나와 아버지의 믿음에 관해서 말이다. 나는 그가 우리 손에 쥔 그 믿음을 영원히 잊지 않았으면 한다.

내가 아버지에 관한 글을 다 쓰는 날, 이미 아버지는 더 나은 나날을 향해 걷고 있으리라 믿는다.

왜냐하면 우리가 믿기 시작했기 때문이다.

1장

빙의에 들어가며:
아버지이자 신

✳

신이 자기 몸을 벗어나 아버지에게 들어갈 때면

아버지 몸속의 한 칸이 마치 그릇처럼

영혼의 자리를 신에게 내어주었다.

신이 잘 자리 잡을 수 있도록,

그래서 영혼과 신이 터널을 오갈 수 있도록 공간을 비웠다.

그 순간 그는 우리 아버지가 아니라 신이었다.

아버지 신

정월 초엿샛날 아침 열 시가 조금 넘었을까. 나는 여전히 꿈결이었지만 밖에서 북과 나팔 소리가 크게 울렸다. 아버지에게 또다시 신이 내렸다는 신호였다.

이날은 신이 제개祭改, 액운을 쫓기 위한 타이완의 민속 종교 의식를 위해 미리 점지해둔 날이었다. 아버지가 아침 식사를 막 마치자마자 신이 그의 몸 안에 들어왔다. 아버지는 신으로 빙의되어 두 손에 칠성검과 자구刺球, 가시가 박힌 모양의 공으로 도교의 법기法器를 들고서 은은히 피어오르는 향불 가운데 새벽부터 줄을 선 사람들을 위해 나무 의자에 훌쩍 뛰어올랐다. 그는 청향淸香 세 대와 십이간지, 성별 카드를 손에 든 신도들의 액운을 하나하나 끊어냈다. 그 순간 아버지는 눈빛이 굳건했고, 검은색 천 단화를 신은 두 발로 진지하게 칠성보법을 밟았다. 위풍당당한 자신감과 기세가 온몸에 흘러넘쳐 키가 170센티미터도 채 안 되는 아버지는 거대해 보였다.

나는 어려서부터 아버지가 신이란 걸 알았다. 주말 저녁이면 그는 단정히 목욕재계하고 거실에 놓인 3인용 나무 의자의 중간 자리에 차분히 앉았다. 그러면 아버지의 친한 친구, 아린阿林 삼촌이 불당에 있던 향로를 의자 앞 기다란 나무 탁자로 옮겨왔다. 향로에 나무 조각 하나를 가볍게 던져넣은 후 소량의 톱밥을 천천히 넣으면 거실은 서서히 연기로 자욱해졌다. 그건 마치 신성한 의식 같았다.

시간이 되면 아버지는 양손을 주먹 쥐고 팔뚝을 구부려 정수리 위로 들어올렸다. 팔을 위로 한 번 올렸다가 다시 아래로 내리면 몸이 미세하게 떨렸다. 그러고 나서 이빨 사이로 숨을 내뱉으며 두 팔을 천천히 내려놓았다. 팔을 어깨보다 조금 넓은 너비로 벌려 손바닥으로 탁자를 평온히 지탱했다. 곧고 바르게 앉은 모습에서 약간의 패기가 느껴졌다.

아버지가 입을 열어 말할 때면 음색은 여전히 그였지만 말투에 어떤 특수한 어조가 가미되어서 옛날 가락처럼 들렸다. 목소리가 살짝 올라가고 단어마다 끝을 미세하게 늘어뜨려서 평소의 남부 억양이 많이 사라져 오히려 굉장히 점잖은 민난어閩南語, 주로 타이완과 중국 푸젠성에서 사용되는 중국어 방언를 말하는 듯한 순간, 그는 우리 아버지가 아닌 신이었다.

긴 테이블 주변에 둘러서서 기다리던 사람들이 한 명씩 돌아가며 물었다.

"지금 때가 안 좋은지 사업이 잘 안 되고 밑천만 까이고 있어요. 어떻게 하면 좋을까요?"

"우리 딸이 여행에서 돌아온 후 계속 고열에 시달리고 있어요. 병원에 가도 소용없는데 어떻게 할까요?"

별의별 난제가 다 등장했다. 가장 흔한 생로병사, 실업, 진학, 결혼 문제 외에도 인간사와 관련된 온갖 고민이 이곳에 떠올랐다. 그러면 아버지는 그들을 대신해 문제를 하나하나 처리해주었다. 때로는 미간을 찌푸리고 손가락을 짚으며 점을 쳤다. 결과가 나오면 붓을 붉은 먹물에 찍은 다음 노란 종이에 신비스러운 문자와 그에 어울리는 부호를 그렸다. 건네줄 때는 이 부적을 몸에 지니고 다니라 하거나 금로金爐 주위를 세 번 돈 다음 태워서 그 재를 음양수陰陽水로 만들어 몇 모금 마시라고 했다. 혹은 부적에 불을 붙여 주문을 외우며 질문자의 머리 위로 몇 번 빙빙 돌렸다.

"신의 말씀을 공경히 청하나이다. 아무개는 본명궁本命宮⚘ 몇 세이며 이러이러한 곤란을 겪고 있습니다."

말을 마치면 다시 붉은 먹물을 묻힌 붓으로 이마에 부호를 그

⚘　　풍수지리 용어로 출생 연도에 따라 자신의 기와 조화롭게 기거해야 하는 좋은 방위를 말한다.

리거나 점을 가볍게 찍었다. 아버지는 한 분야에 탁월한 전문가처럼 그들의 문제를 꼼꼼하게 해결했다. 모든 동작이 관성적이고 간결했으며 표정에는 자신감이 가득했다.

매번 시곗바늘이 이미 몇 바퀴 돌고 난 후에야 신은 "다른 일이 더 있느냐?"라고 물었다. 사람들이 "없습니다!"라고 대답하면 신은 아버지의 몸에서 물러났다. 아버지는 두 팔을 다시 한번 들었다 내리며 안쪽으로 구부렸고 이빨 사이로 천천히 큰 숨을 뱉어냈다. 아버지는 온몸의 긴장을 풀고 몸을 앞으로 살짝 구부린 다음 팔꿈치를 허벅지 위에 얹었다. 이때 어머니는 미리 준비해둔 따뜻한 물이나 인삼차를 아버지에게 건네주었다. 몸속 오장육부를 완만히 가라앉히는 것이라 했다. 신이 물러나면 아버지는 의자 등받이에 몸을 기대고 차를 한 모금씩 천천히 몸 안으로 들여보냈다.

그런 후 어머니에게 오늘은 신이 어떤 일들을 분부했는지 물었고 대답을 들으면서 집안의 크고 작은 일을 어떻게 처리할지 정했다. 늘 그랬듯 아버지는 군대의 내무반장처럼 그의 '병사'를 이끌고 집안의 모든 일을 조직했다. 다만 현실로 돌아온 그의 얼굴은 약간 피곤해 보였다.

온 세상을 떠돌며 세속 범인들의 온갖 난제와 번뇌를 해결해야 하는 신이기에 아버지도 피곤할 수밖에 없는 걸까, 아니면 신의 눈동자에서 벗어나면 아버지도 그를 찾아오는 사람들처럼 자신만의 바쁨과 피곤함이 있는 걸까. 나는 그 답을 알지 못한다.

신과 관련된 일 외에도 아버지는 생계를 위해 평생 다양한 일을 했다. 목공, 요리, 채소 장사, 금속 가공……. 철공장도 운영한 적이 있을 정도로 다재다능했다. 어릴 때 나는 아버지가 언제 신이고 언제 아버지인지 확실하지 않았지만 늘 아버지가 바로 신이라고 생각했다. 아버지는 신력을 가진 선인처럼 어려움에 쓰러지는 법이 없었다. 어릴 적 그네타기를 좋아했던 나를 위해 스카우트용 밧줄과 나무판으로 그네를 만들어주었고, 내가 조금 커서 자전거를 타다 다치자 한의사처럼 삔 발을 지압하고 약용 기름으로 멍을 풀어주었다. 덕분에 상처는 흔적조차 남지 않았다. 그 외에도 집안 여섯 아이의 이름을 아버지가 오행에 맞춰 완벽한 획으로 지어주어서 우리는 모두 좋은 이름에 따르는 명격^{命格, 팔자를 의미하는 사주 용어}을 갖출 수 있었다.

아버지의 신기는 나만 눈치챈 것이 아니어서 점점 더 많은 사람이 우리 집을 방문했다. 그들은 절에서 향을 피우는 사람들처럼 무언가를 얻으려 했다.

시끄러운 소리에 잠에서 깬 적도 여러 번이다. 잠결에 계단 밑에 숨어들어 틈새로 1층 거실에 모여 있는 사람들을 보았다. 그들은 무언가를 기다리는 듯했다. 그중에는 아버지의 친척들도 있었는데, 찬 바닥에 꿇어앉은 채 궁지에 몰려 빠져나갈 구멍이 없으니 몇십만 위안을 더 빌려달라고, 아니면 대출용으로 집을 빌려달라고 아버지에게 읍소했다. 또 그중에는 아버지의 친구도 있었다. 그는 술에 취해 사고가 나서 도망가야 하니 도피 자금을 일부 대라고, 아니면 아이를 납치하겠다며 아버지를 향해 소리 지르고 협박했다. 연락이 뜸했던 어떤 먼 친척은 돈 자랑하듯 그간 먹어본 고급 요리를 하나하나 열거해가며 언니 결혼식 만찬의 메뉴를 바꾸라고, 혹은 그녀가 추천한 전문 요리사로 교체하라고 아버지에게 요구했다. 안 그러면 남들이 메뉴가 궁색하다 할 테고 세상 물정 모르는 우리의 천박한 내면이 드러날 거라 했다.

수많은 사람이 각기 다른 이유로 아버지를 찾아와 우리 집 거실을 점유했다.

나는 사실 그들이 왜 우리 아버지를 찾아오는지 이해할 수 없었다. 또 아버지가 거실에 방문하는 사람들을 어떻게 처리하는지, 어떻게 그들이 기꺼이 떠나게 만드는지도 알 수 없었다. 비록 사람들을 상대할 때마다 그는 미간을 잔뜩 찌푸렸고 소란이 끝나면 혼자 집 밖으로 나와 담배를 꺼내 불을 붙인 뒤 말없이 피웠지만, 그가 무슨 생각을 하는지는 아무도 몰랐다.

아버지는 귀밑머리가 희끗희끗해지면서 신이 되는 시간도 줄어들었다. 나는 신력이 약간 떨어진 탓이 아닐까 생각했다. 다만 거실에 오가던 그 사람들은 떠나지 않고 계속 바뀌었다. 그들은 자기 자녀의 학력, 연봉 등의 이야기를 아버지와 기꺼이 나누었다. 가끔은 탐색하는 식으로 아버지에게 묻기도 했는데 그는 매번 가벼운 미소로 대답을 대신할 뿐이었다. 그들은 매우 열성적이기도 해서 아버지의 자동차가 낡아 바꿀 때가 되었다는 소리를 듣고는 앞다투어 잘 아는 자동차 매매상을 아버지에게 추천했다. 결과적으로 아버지는 비싼 값에 사고 차량을 구매했고 차를 판 사람은 도망가버렸다. 아버지는 분노했지만, 사람들과 감정이 상할까봐 더는 추궁하지 않고 혼자서 삭였다.

최근 몇 년간 아버지는 감기나 치통 같은 가벼운 병을 자주 앓았다. 때로는 유전적으로 뼈가 쑤시는 증상이 대중없이 발작했다. 증상이 온몸을 잠식하면 그는 게으른 고양이처럼 온종일 침대에서 쉬었다. 그 와중에도 언제나처럼 불당에 아침저녁으로 차 올리는 일은 잊지 않았다. 그런 몸 상태가 더 나아지지도 나빠지지도 않은 채 지속되었다.

나는 가끔 아버지가 특수한 신병에 걸린 환자는 아닐까 의심해보기도 했다.

신이 없을 때 그는 어린아이 같다. 아프기도 하고 사기도 당하고 세상의 시선에 상처도 받는다. 아버지가 남몰래 울기도 할까? 그건 잘 모르겠다. 다만 그가 넓지 않은 어깨로 애써 무언가를 묵묵히 짊어지고 있다는 걸 알 뿐이다.

아버지가 신일 때가 좋다. 세상에서 가장 큰 힘을 소유한 것처럼 세상만사가 그의 손바닥 위에 있으며 영원히 높은 자리에서 받들어진다. 또다시 넘어질 가능성은 없다.

만약 계속 신일 수 있다면 더 좋을 텐데.

소년 아버지의 기묘한 표류

오랫동안 아버지는 신에 대한 공경 외에도 다양한 관습과 의례에 관해 엄격한 자신만의 기준과 절차를 지켜왔다. 물론 가족들도 반드시 그것을 따라야만 했다. 각각의 제사에 필요한 제물들을 어머니가 미처 준비하지 못하는 날이면 아버지는 화를 내며 잔소리했다.

초하룻날과 보름날은 아버지가 정한 채식 날이었다. 우유와 달걀도 허용되지 않고 온전히 채식으로만 먹었다. 결혼, 제사, 경조사 역시, 집에서 제사를 지내든 혹은 절에 가든, 각각 삼가야만 하는 일들이 있었다. 『통서』를 거듭 확인해보고서야 길일吉日과 길시吉時를 정했고 때가 태어난 띠와 잘 맞지 않으면 반드시 피했다. 이름을 지을 때는 꼭 사주팔자를 따지고 오행에 맞춰 글자를 골랐다. 조금이라도 대충 하는 건 있을 수 없는 일이었다. 매년 섣달그믐에 아버지는 공경한 자세로 신을 참배했고 송년 저녁 식사 시간에는 항상 거실에 숯불이 타오르는 화로를 놓았다. 악취를 제거하고 방 안의 불결한 영을 인멸하는 동시에 가정의 번영을 기원하는 의미라고 했다. 매년 우리는 흰 연기에 둘러싸여 송년 가족 식사를 했다. 또한 장수를 기원하는 의미로 깨끗이 씻은 청경채를 이로 끊지 않고 한 번에 삼켰다.

나는 아버지의 독실함이 신과 하나 되는 신과의 관계 때문이지 않을까 하고 추측했다. 그 정도로 신과 가까우면 경배를 안 할 수 없지 않을까.

과거에 아버지는 신을 믿지 않았다.

소년 시절에 아버지가 향을 피우고 신에게 기도할 때는 단지 신에 대한 경외심만 있었을 뿐, 신의 힘으로 무언가를 바꾸려는 마음은 없었다. 젊은 아버지는 매일 쫓기듯 일했다. 각종 작업장을 오가며 생활비를 충당할 돈을 버는 데만 급급했다. 그 시절에는 신이 과연 영험한지 그렇지 않은지 생각할 시간 여유가 없었다. 기묘하고 신비하며 측량할 수 없는 그런 힘은 많아봐야 그가 휴학한 후 군대에 갔을 때나 존재했다. 다강산大崗山, 타이완 가오슝 지역에

^{있는산} 아래의 부대에서 순번에 맞춰 보초를 서면서 새벽의 어둠과 졸음을 이겨내고 있는데, 토치카에서 갑자기 괴상한 사람 소리가 들렸다. 산에 있는 부대니까 평소처럼 이상한 동물의 소리이겠거니 하고 신경 쓰지 않았다. 이어서 흰 안개와 함께 찬바람이 불더니 초소를 둘러쌌다. 부대 안의 개들도 한목소리로 울부짖기 시작했다. 아버지는 갑자기 느껴지는 한기에 잠이 확 깼다. 피부에 소름이 잔뜩 돋았다. 확신할 순 없지만 몽롱한 와중에 뭔가를 본 것 같았다. 그는 가능한 한 빨리 정신을 차리고 눈을 부릅떴다. 등 뒤의 총에 손을 대고서야 무사히 보초를 마칠 수 있었다. 당시 아버지는 신에 대해 특별한 생각이 없었고 신과 통해본 적도 없었다. 하지만 어느 날 오후 그가 참호에 누워 쉬고 있는데 먼저 누가 건드린 듯한 느낌이 들더니 갑자기 정체불명의 물체가 그의 몸을 때렸다. 아무리 눈을 크게 뜨고 사방을 둘러봐도 의심할 만한 물건은 없었다. 또다시 몇 번의 묵중한 펀치가 날아왔다. 그 후 흐릿한 그림자가 보였는데 그것은 아버지의 고향에서 할아버지가 절에서 부탁받아 집으로 모신 뇌왕공^{雷王公, 중국 좡족壯族의 민간 신으로 벼락을 주관한다} 같았다. 뇌왕이 아버지에게 부대에서 몸조심하라고 경고하고 귀신과의 접촉을 제거해주러 찾아온 것이다. 젊은 아버지는 당연히 신에게 감사했고 신을 존경했지만, 그때까지는 그가 앞으로의 인생을 신과 함께할 줄은 몰랐다.

집 안 신당의 불탁 옆에는 우리 린 씨 가문의 조상 신주를 모시

는 감실龕室이 있었다. 한쪽에는 흑백 사진 액자가 세 개 있었다. 잘 아는 할아버지, 할머니 사진 외에 가장 낡고 누런 점이 박혀 있는 사진은 내가 만나보지 못한 셋째 삼촌의 것이었다. 내가 태어나기도 전에 일찌감치 천국에 가서 신이 된 셋째 삼촌은 사진 속 초롱초롱하게 쌍꺼풀 진 큰 눈과 오똑한 콧날, 꼬리가 날카롭게 치켜올라간 눈썹이 아버지와 닮아 보였다. 다만 눈빛에서 배어나는 회색빛 우울함으로 인해 사람들에게 기억되지 못한 위인전 속 예술가 같았다.

늘 성묘하던 무덤 중 중 하나는 셋째 삼촌의 것이었다. 묘가 아주 넓어서 뒤쪽으로 사람이 지나다닐 수도 있었다. 어릴 때는 또래들과 어울려 무덤 뒤 담장 같은 높은 곳에 거침없이 올라가 앉기도 했다. 늘 무덤이나 장례 등을 꺼리던 아버지도 이곳에서는 '신종추원愼終追遠' 양친의 상사喪事에는 슬픔을 다하고, 제사에는 공경을 다한다는 뜻 네 글자 앞에서 아이들의 단체 사진을 찍어주었다. 아버지가 말했다.

"가족이니 괜찮아. 셋째 삼촌이 자녀들을 지켜줄 거야."

아버지는 형제 중 셋째 삼촌과 가장 닮고 친했다고 한다. 두 젊은이는 함께 목공 일도 했다. 아버지 고향의 다다미 몇 장 크기밖에 안 되는 다락방에서 나무 구슬을 다듬었다. 두 사람은 말하지 않아도 일거리를 조화롭게 분배해서 같은 목표를 향해 매진했다. 20대의 그들은 그랬다. 만다라 꽃이 갑자기 피어나 번져나가듯, 셋째 삼촌의 병 또한 가장 혈기 왕성한 나이에 생겼다. 아버지 고향 집에서 부엌 나무 계단을 따라 올라가면 예전에 두 사람이 함께 쓰던 다락방이 나왔다. 나중에는 셋째 삼촌이 혼자 쓰는 방이 되어 투병 중인 그가 푹 쉴 수 있는 공간이 되었다.

생명의 모든 변화는 언제나 그렇듯 고요하게 찾아온다. 한밤중에 소리 없이 찾아온 도둑의 발자국처럼 "만약" "애초부터"라는 말로 돌이킬 수 없는 운명을 훔친다.

젊은 시절 셋째 삼촌은 친구와 쌀 점ㅊ을 보았다고 한다. 이때 점술가가 셋째 삼촌을 가리키며 말했다.

"이 사람은 보통 높으신 분이 아닌데?"

셋째 삼촌이 믿지 않자 점술가는 계속해서 말했다.

"내 말 안 믿으면 당신은 스물 몇 살에 소천할 거요."

나중에 셋째 삼촌이 죽음의 공포에 빠지자 가족들은 다시 그를 점술가에게 데려갔다. 하지만 점술가는 자신의 수행이 부족하여 이 운명을 해결할 수 없으니 어서 신령을 찾아가라고 했다. 셋째 삼촌의 인생은 마치 폭로된 비밀 같았다. 점술가가 예언한 후 얼마 지나지 않아 그는 가로등이 희미한 한밤중에 자전거를 타고 가다가 택시에 치였다. 당시에는 의료 기술이 지금처럼 발달하지 않고 약값이 비쌌기에, 바닥에 쓰러진 셋째 삼촌을 행인들이 무

ㅊ   쌀알의 숫자를 가지고 길흉을 판단하거나 나락이나 현미, 흰쌀의 양과 질, 색깔, 상태 따위를 보고서 농사나 집안의 길흉을 판단하는 점법.

면허 의사에게 데려갔다. 겉으로는 멀쩡하고 외상이 없어도 셋째 삼촌은 통증이 몸 안에서부터 계속 새어나오는 느낌이었다. 무면 허 의사가 링거로 수액을 놔주자 통증은 멈췄지만 그 후로도 셋째 삼촌은 자주 아팠다. 그것은 원인을 설명할 수 없으면서 계속 몸이 아픈 이름 모를 병이었다. 아버지는 쌀 점을 본 점술가가 셋째 삼촌의 운명을 까발렸다며 분노했다. 만약 그가 누설하지 않 았다면 셋째 삼촌은 순조롭게 살 수도 있었을까. 그러나 인생은 '만약'이나 '어쩌면'이라는 말로 우리가 다시 선택하도록 허락하 지 않는다.

매일 알 수 없는 통증으로 고통받던 동생을 위해 아버지는 사 방팔방 의사를 찾아다녔다. 양약과 한약을 아무리 처방받아도 병 을 진정으로 치유할 수는 없었다. 가끔 주사를 맞아 통증만 간신 히 줄일 뿐이었다. 근심에 빠진 아버지는 사당에 찾아가서 물었 다. 어떤 신이 셋째 삼촌은 구할 수가 없으며 명이 다하면 가야 한 다고 답했다. 또 다른 높은 신 역시 아버지에게 몇 명한테 물어도 결과는 마찬가지이니 헛수고 말고, 셋째 삼촌은 범인凡人이 아니 라서 때가 되어 가는 것이니 가족들은 슬퍼하지 말라고 했다.

아버지는 포기하지 않고 다시 고향 근처 둥안궁同安宮에 가서 주 신主神인 오부삼천세五府三千歲에게 물었다. 타이완 사람들은 그를 '삼왕三王' 혹은 '삼왕야三王爺'라고도 부른다. 삼왕은 처음에 선산의 풍수지리 문제라며 린 씨 가문은 셋째 삼촌을 감당하지 못하니 괜히 헛수고 말고 흘러가는 대로 두라고 했다. 아직 나이가 어렸던 아버지는 오만했고 신을 믿지 않았다. 그때 친지 중 누군가 가오슝 주즈竹仔항의 조사祖師 묘에 가보면 어떻겠냐고 제안했다. 관쯔링關子嶺에 수행하는 조사 스님이 있는데 스무 살에 득도해서 신이 된 인물이라 분명 법력이 무한할 거라고, 혹시 셋째 삼촌의 팔자를 해결할 수 있을지도 모른다고 했다. 조사 스님은 아버지 일가에게 일단 일시적인 즐거움은 모두 금하며, 푸닥거리를 하려면 반드시 짚신을 구해오라고 지시했다. 당시는 이미 짚신을 신지 않던 시절이었다. 아버지는 사람들이 잘 가지 않는 분묘나 유응공묘有應公廟✝에도 찾아갔다. 하지만 결국 조사 스님이 "구하고 싶다고 마음대로 되는 게 아니오"라고 말하자 젊은 아버지는 격노했다. 대체 법력이 어디가 높다는 건지 모르겠다며 이기적인 스님이라고 욕했다. 아버지는 사람들 말만큼 수행이 깊은 스님이면 셋째 삼촌을 못 구하는 게 말이 안 된다고 생각했다. 결국 아버지는 전국 각지를 뒤져서 짚신을 찾아왔지만, 결과는 마찬가지였다. 모욕

✝   다섯 오五자를 쓴 오부삼천세는 이李, 지池, 오吳, 주朱, 범范 씨 다섯 왕야를 의미한다. 오부삼천세 중 오 씨인 오이관吳孝寬을 오부천세吳府千歲, 삼왕, 삼왕야 등으로 부른다.

✝   타이완에서 흔한 사당 중 하나로 자손이 없고 이름도 없는 사람들의 묘다. 주로 청나라 때 타이완으로 이주해서 역병이나 풍토병으로 사망한 후 잘 묻히지 못하거나 무덤이 비바람에 훼손된 이들을 위로하기 위해 지은 사당이다.

당한 조사 스님은 푸닥거리에 쓸 가마를 치워버렸고 아버지와 더이상 말도 섞지 않았다. 훗날 조사 스님이 절을 짓기 위해 모금할 때도 아버지는 원망하는 마음에 한 푼도 기부하지 않았다.

조사 스님과의 분쟁이 지나간 후 아버지의 친구는 아버지를 데리고 관제야(삼국시대 촉나라 장군 관우의 신을 숭배하는 관제 신앙에서의 관우 신)를 찾아갔다. 관제야는 "이미 최선을 다했다"라고 말했다. 그의 짧은 한 마디가 모든 것을 종결시켰다. 그날 이전까지 아버지는 포기하지 못하고 섬에 있는 크고 작은 절과 궁, 심지어 개인용 단(壇)까지 이 잡듯이 전부 뒤지고 다녔다. 의사가 치료하지 못하니 한 줄기 희망을 신에게서 찾을 수밖에 없었다. 그는 신을 찾는 여정의 종착역을 집 근처 둥안궁으로 정했다. 필경 그곳의 주신인 삼왕야는 예전에 우리와 성이 같은 린 씨 선민이 정성공(鄭成功)(1624~1662)†의 군대를 따라 이주하면서 푸젠성의 둥안 지역에서 바다를 건너 완리의 차오푸자이(草埔仔) 일대에 정착했고 그로 인해 모두가 둥안궁을 '린 씨 왕궁'이라고 불렀다. 그 부근의 주민과 신도들도 대부분이 린 씨였다. 소원을 비는 데 쓸 동전이 단 하나만 남았을 때처럼 아버지는 모든 희망을 삼왕에게 걸었다. 그는 삼왕이 우리 선조들로부터 대대로 린 씨 사람들을 지켜왔으니 셋째 삼촌의 운명

---

† 　　중국 본토에서는 네덜란드의 침략에 대항하여 승리한 영웅으로, 타이완에서는 타이완의 개척자로서 존경받는다. ─옮긴이

을 바꿀 방법이 분명히 있을 거라고 믿었다. 하지만 삼왕의 분부는 이러했다.

"이 사람은 원래 하늘의 별자리인데 속세에 떨어졌구나. 속세의 때가 이미 다하였으니 가족들은 그를 놓아주고 미련을 갖지 마라."

셋째 삼촌 역시 가족들이 자신을 위해 동분서주하는 것을 원하지 않았다. 가난한 형편에 그의 병을 치료하느라 병원비와 약값을 굉장히 많이 썼기 때문이다. 그는 아버지에게 이 길은 어차피 언젠가 혼자서 걸어야만 하는 길이니, 자신에게 돈을 전부 쏟아붓지 말라고 부탁했다. 당시 그는 타이난에서 가장 유명한 한내과의원韓內科醫院에 장기간 입원해 있었는데 병세가 나아질 기미는 전혀 보이지 않았다. 한韓 원장은 아버지에게 병의 원인을 찾지 못하면 치료 계획도 세울 수 없다고 했다. 밤낮으로 고통에 시달리던 셋째 삼촌이 마침내 세상을 떠나던 그날 밤이었다. 한밤중이었는데 한내과의원 입원실 바깥에 바람이 거세게 몰아쳤다. 새들이 미친 듯이 짹짹거렸고 심지어 원숭이들마저 울부짖었다. 마치 어떤 이상 현상의 발생을, 과학적 증거로 설명할 수 없는 기괴함을 알리려는 것만 같았다. 같은 병실을 쓰던 70대의 노인이 아버지에게 말했다.

"자네 동생은 정말 용감해."

그것은 가족들에게 슬퍼하지 말고 셋째 삼촌을 잘 보내주라는 의미였다. 그러고는 아버지에게 셋째 삼촌을 둘째 딸의 양자로 들이라고 했다. 간단한 의식만 치르고 비용은 생활비에 보태라고 했다. 노인의 말은 그가 마치 남모르는 일을 아는 것처럼 들렸다. 혹시 신이 노인으로 분해 셋째 삼촌을 맞이하러 온 김에 가족들을 위로하려던 것일까? 이 의문은 지금까지도 풀리지 않고 있다.

셋째 삼촌을 묻으려는데 갑자기 가오슝 작은 항구 마을의 지관地官이 밤새 달려와 묻을 자리를 지정해주었다. 세 자 정도 뒤로 물러나야만 풍수가 형제를 지켜줄 것이라고 했으며, 가족들에게 붉은 천을 끊어 그에게 덮은 후 인사를 다니며 예의를 갖추라고 지시했다. 인사를 다 돈 다음 다시 주문을 외워 장례식 절차를 마무리했다.

아버지는 셋째 삼촌과 목공 일 하던 때를 돌아보면, 셋째 삼촌이 천부적인 예술적 재능을 지녀 종종 비범할 정도로 정교한 물건들을 만들어냈다고 말했다. 사람 자체가 세상과는 다른 기질을 뿜어냈고 밤에 자면서 신어神語를 중얼거렸다. 마치 보이지 않는 존재와 대화하는 듯했다. 그러나 그는 셋째 삼촌에게 정말 범인과 다른 선기仙氣가 있었는지는 생각해보지 않았다.

아버지는 신화 속 인물 중 팽조彭祖⚮의 운명이 셋째 삼촌과 비

⚮　　　중국 요堯임금의 신하로 800살까지 장수한 인물. 신선 설화집 『열선전列仙傳』에 따르면 팽조는 고대 전욱顓頊의 현손으로 은나라 말 700여 세의 나이에도 노쇠하지 않았다고 한다.

숫하다고 기억했다. 둘 다 어릴 적 점술가로부터 명이 짧다는 예언을 들었지만, 팽조는 팔선八仙을 만나 조금 더 살게 해달라고 빌었고 마침내 800세까지 장수했다. 어쩌면 염라대왕의 살생부生殺簿 문구가 고쳐지거나 빠진 부분이 생겼는지도 모르고, 팽조의 운명이 그랬는지도 모른다. 아버지는 셋째 삼촌을 구할 신이 없다고 한탄했다. 길지 않은 기간 동안 그는 법력이 높고 중생을 보호할 수 있다는 신을 무수히 만났으나 결국 신의 도움으로 셋째 삼촌의 생명을 연장해 또 다른 팽조로 만들 수는 없었다.

셋째 삼촌은 세상을 떠나기 전 자신의 희생은 온 가족을 더 잘 살게 하기 위한 것이라고 했다. 그가 세상을 뜬 후 남은 형제들, 즉 큰아버지, 아버지, 막내 삼촌 세 사람은 큰돈을 벌었다. 그들은 당시 완리 차오푸자이의 고향에서 몇 년간 왕성한 풍운을 즐겼으며 이웃들로부터 성공한 인물로 여겨졌다. 비록 예언이 현실로 이뤄졌음에도 아버지는 셋째 삼촌 혹은 설명하기 힘든 이상 현상들에 관해서 그것이 신의 신통력이나 비호라고는 전혀 생각하지 않았다. 신 혹은 신의 응답이란 것은 아직 새파랗게 젊은 나이의 아버지에게는 하늘의 별들만큼이나 요원하고 잡을 수 없는 것이었으며, 운명은 내 두 손에 달린 것이었다. 아버지가 셋째 삼촌은 원래 신비롭고 아득한 곳에서 왔으며 이 세상에 속한 사람이 아니었다고 말한 것은 사실 그를 포기한 자신을 위로하기 위해서였다. 셋째 삼촌이 하늘에 가서 신선이 되었다고 자녀들에게 소개하기 시작한 것은 그로부터 훨씬 더 나중의 일이었다.

아버지는 땅에서 착실하게 한 걸음씩 걸어나갔다. '일하지 않으면 얻는 것도 없다'라는 신념을 굳게 믿었고 운명은 신의 손에 달렸다는 말을 전혀 믿지 않았다. 그렇게 평범하게 살던 와중에 그는 갑자기 빙의를 경험했다. 한번은 일이 있어 둘째 고모 집에 방문했는데 때마침 고모 딸이 아픈 상태였다. 코로 숨을 쉬지 못하고 의사를 봐도 소용없었다. 갑자기 빙의된 아버지는 둘째 고모에게 담배를 한 대 얻어 피웠다. 고모 가족은 신기해하면서 조심스레 물었다.

"당신은 제 남동생이 아닌가요? 실례지만 누구십니까?"

아버지는 갑자기 고대 민난어로 대답했다.

"내 이름은 유하이遊海이고 스무 살이오. 그대의 동생은 내 주군이오. 린 씨 집안에 보은하고 싶소만 나도 아직 정식 신이 아니라서 말이오. 딸을 어서 마전궁馬鎭宮✦에 데려가고 마왕야馬王爺에게 유하이의 소개로 왔다고 하시오. 그대의 딸은 코에 종양이 있소. 마왕야에게 약을 지어달라고 해서 먹으면 금방 나을 것이오."

둘째 고모는 완리 고향 집에서 가까운 마전궁에 딸과 함께 찾아갔다. 마침 사당 사람들이 가마를 지고 점을 치며 용무를 묻고

✦　타이완 완리에 위치한 마전궁은 마부천세馬府千歲(마왕야)를 주신으로 모시는 사원이다.

있었다. 그렇게 약을 처방받았다. 약 한 첩에 겨우 10여 위안밖에 되지 않았는데 다 먹고 나니 아이의 병이 완쾌되었다.

첫 빙의 후에도 아버지는 아직 자기 몸에 어떤 변화가 생겼는지 이해하지 못했다. 단지 우연히 일어난 기이한 사건인 줄로만 알았다.

얼마 후 아버지의 젊은 친구가 법사를 만나러 가면서 아버지를 데려갔다. 아버지는 신을 믿지 않아 따라가서 구경이나 하려고 했는데 결국 또다시 빙의되었다. 당시의 주신은 오부천세 중 성격이 거친 지부천세池府千歲였는데 아버지 몸에 붙은 유하이 성황신을 악령으로 오해했다. 법사들은 그를 몰아내려고 다 함께 때리기 시작했다. 그런데 어찌해도 그를 이길 수가 없었다. 유하이는 갑자기 웃음을 터뜨리더니 말했다.

"이 어리석은 법사들아, 너희가 나를 얼마나 아느냐? 너희가 이렇게 나를 억누르려 하지만 그게 어디 쉬운 줄 아느냐?"

그것은 20대 초반인 유하이의 오기였다. 또한 그것은 아버지의 고집과 어린 시절 오만했던 기세와도 극히 비슷했다.

유하이는 지부천세에게 자신이 물귀신 출신 성황신이라고 소개했다. 그는 명말 청초 사람인데 태어나면서부터 부모가 없어 한 지주에게 입양되었고 그 후로 계속 집안을 위해 일해야만 했다. 이에 선원으로 파견되었는데 어린 나이에 파도를 만나 뒤집힌 뗏목에 눌려 죽었다. 물에 잠겼다 떠오르기를 반복하던 와중에 그는 신들이 지나가는 것을 보았다. 신의 도움을 갈구하며 끊임없이 기도했지만 어떤 신도 그에게 성스러운 손을 내어주려 하지 않았다. 그리하여 이 소년은 물귀신이 되었고 그 후로 해양 사고가 있을 때마다 사람을 구하고 물에 빠진 이를 뭍으로 건져내려고 노력했다. 그 덕분에 신이 될 수 있었다. 타이베이에서 유명한 샤하이성황霞海城隍↑이 북쪽을 순찰한다면 그는 남쪽을 지킨다.

유하이의 존재는 시종일관 신이 없다고 생각했고, 또한 고독한 존재였던 아버지의 삶에 변화의 불꽃을 지폈다.

셋째 삼촌이 살아 있을 때, 아마 비범한 체질 때문이었는지 그도 신에 빙의된 적이 있다. 하지만 몸이 너무 약해서 신의 강림이 길어질수록 그의 몸속을 통증이 파도처럼 휩쓸고 지나갔다. 그리고 셋째 삼촌이 세상을 떠난 후 아버지는 삼촌의 삶에서 미완성된 부분을 대신하여 신이 아주 잘 붙는 몸이 되었다. 마치 아직 건드리지 않았던 버튼이 가볍게 눌린 것처럼 소년의 평범하고 성실했던 인생 여정은 환상적이고 기묘한 여정으로 다시 시작되었다. 하지만 이 여정은 종착지가 없고 영원히 끝나지 않는, 위험을 감수하는 표류였다. 원래부터 이것이 아버지의 운명이었다.

유하이 성황신이 처음 찾아왔을 때는 아버지와 완벽히 통하지

↑   타이베이의 유명 관광지 '샤하이성황묘'의 주신.

못했다. 그의 계시는 언제나 갑작스럽게 내려와 어린 아버지의 삶도 함께 화를 입었으며 이에 대해 아버지는 매우 짜증스러워했다. 게다가 당시 유하이는 득도한 지 얼마 되지 않아 저승의 일을 판단할 지지地旨만 가진 상태로 조상, 왕자, 혹은 상극살, 귀신 들림 등을 처리할 권한만 지녔고 인간 세상의 일을 판단하는 천지天旨는 없었다. 즉, 범인들의 운세, 운도運途, 사업, 감정, 심지어 사람들이 수행하도록 인도하는 등의 세상사에 대한 권한을 아직 옥황상제로부터 받지 못한 상황이었다. 유하이는 아직 이승과 저승을 넘나들며 일을 결정하는 신격이 아니었다.

아버지는 점차 빙의 초반인지, 아니면 쉬는 틈인지, 혹은 오부천세 다섯 신이 곧 강림할 것인지 등을 감지할 수 있게 되었다. 대천세大千歲(이씨 왕야)와 이천세二千歲(지씨 왕야)도 몇 번 우리 가족을 도운 적이 있다. 그 후 아버지와 할아버지 둘 다 꿈에서 마더우麻豆 지역의 천상성모天上聖母, 타이완 민간에서 믿는 해양의 여신, '마조'라고도 부른다가 나타나 린 씨 가문은 자신과 인연이 있다며 린가에 직접 가서 인사를 받겠다고 했다. 그때까지도 약간 의심했던 아버지가 호기심에 할아버지와 함께 마더우를 방문했는데 정말로 그런 절이 있었다. 그들은 성모를 향해 즈자오擲筊ϯ를 세 차례 던졌고 정식으로 의식을 치름으로써 성모를 집으로 초대해 집안의 주요 가신家神이

ϯ　　　반달 모양으로 생긴 한 쌍으로, 던져서 점괘를 확인하는 도구.

되어달라고 청했다. 성모의 도착은 아버지의 신성神性과 인생을 온전하게 만든 듯했다. 성모는 린 씨 가문이 셋째 삼촌의 병을 고치다가 집안 형편이 악화된 것을 아버지가 번 돈으로 보답받았다고 알려주었고, 어머니가 난산할 때는 주성냥냥註生娘娘, 우리의 삼신할미에 해당을 보내 어머니 곁을 지켰으며 젊은 유하이가 천지를 받도록 도왔다.

천지를 받은 이후로 유하이의 신격은 완벽해졌다. 나중에 무슨 일이 있으면 뭇 신은 반드시 성황신을 통해 지시를 내렸다. 아버지는 그를 믿지 않았고 고집불통에다 완강했지만, 유하이는 그에게 세상을 구하러 왔다면서 만약 아버지의 몸을 빌려준다면 천문지리를 가르쳐주겠다고 했다. 아버지의 운명이 의지가지없는 '육친불의六親不依'라며 팔자가 세고, 가족과 형제 중에 그의 성공을 돕거나 그가 의지할 수 있는 대상이 없는 운명이라고 했다. 또한 사람들과 금전 관계를 금하지 않으면 사업은 전부 실패할 것이라고 했다.

아버지는 한동안 망설이다가 점점 받아들였고 결국은 자원해서 신 대신 인간 세상에서 행하는 사자가 되었다. 아버지는 오랫동안 심사숙고했다. 처음에 신이 범인의 삶에 작용할 수 있다는 점을 의심했던 것 외에도, 유하이가 처음 찾아와서 은혜를 갚으러 왔다고 했던 게 대체 무슨 뜻이었는지 고민했다. 신에게 빙의되기 전에 아버지 혹은 린 씨 가문에 유하이를 아는 사람은 전혀 없었고 조상들과도 인연이 없었다. 오직 어린 나이에 요절한 비범했던 셋째 동생이 하늘에서 득도하여 신선이 되었고 바다를 건너 신이 되었기 때문에 유하이를 보내 우리 가문에 보은하도록 했다는 것이 아버지가 생각하는 유일한 가능성이었다.

아버지가 마음속에서 내려놓은 적 없는 아쉬움은 바로 그가 셋째 삼촌을 순조롭게 구하지 못했다는 것이다. 또한 유하이의 출현은 고달픈 운명을 타고난 그를 도왔을 뿐 아니라 마치 음양으로 분리된 형제를, 두 사람이 서로 가졌던 근심, 염려, 깊은 정을 보이지 않는 곳에서 다시 연결했던 듯하다. 아버지는 여러 해 동안 『통서』를 연구하며 명리학과 풍수지리를 조금 알게 되었고, 자기 몸을 신에게 빌려주어 유하이와 함께 세상을 구했을 뿐 아니라 가끔 무료로 집의 풍수를 봐주거나 이름을 지어주었으며, 금기를 건드린다든가 혹은 무언가를 망칠까 두려운 마음에 모든 예절 법규를 엄격히 지켰다. 아버지의 신중함이 행여 다시 후회할 일을 만들까봐 두려워하는 마음이었음을 나는 서서히 이해하게 되었다. 그는 믿으면 믿었지, 또다시 잃는 것은 원치 않았다.

그해에 셋째 삼촌이 우리 집안의 풍수지리를 지켜주었지만, 아버지의 형제들끼리 셋째 삼촌이 누굴 더 돌봐주는지를 따지고, 당시 작은 항구의 지관이 와서 정해주었던 완벽한 풍수 자리가 파손된 후, 또한 집안 친척들이 하나둘 소천한 후부터 가세는 다시 일어서지 않았다. 그러나 아버지는 유하이에 빙의될 때마다, 그것이 셋째 삼촌이 마지막으로 남긴 따뜻함이자 그들이 가장 가까이 있는 순간이라고 느꼈다.

신의 몸

그러고 보면 아버지에게 물어본 적이 없다. 신을 어떻게 감지하는지, 신이 들어오는 건 대체 어떤 느낌인지. 마치 특수 임무 같은 비밀이라 아버지가 말할 것 같지 않았다. 우리가 먹고 자고 배설하듯, 혹은 변기에 앉아 멍하게 있듯 극히 자연스러운 일 같았다.

날씨가 매섭게 추운 날이면 습관처럼 새벽이 되어서야 욕실로 향했다. 물 온도를 아주 뜨겁게 조절한 후 욕조를 떼어낸 타일 바닥 위에 몸을 아기처럼 작게 웅크렸다. 샤워기 아래에 쪼그려 앉아 물로 몸을 가만히 씻어냈다. 무엇인가 물에 부식되었으면 하는 마음이었다. 물이 나선형으로 유유히 배수구로 흘러드는 모습을 황홀하게 지켜보다 샤워기를 위쪽으로 뒤집자 물보라가 분수처럼 사방으로 튀었다. 하지만 소원을 빌 수는 없었다. 큰 세숫대야 안에 고양이처럼 동그랗게 웅크려 따뜻함을 느끼려고 했으나 몸이 반쯤 튀어나왔다. 나는 소설에서 흰 장미☿가 변기에 앉아 자기 배꼽을 쳐다보았던 것처럼 뿌연 증기 속에서 내 몸을 바보처럼 바라보았다.

앉은 채로 배 위에 주름 잡힌 살을 꼬집었다가 놨다가 하는 동작을 반복했다. 처음에는 뱃가죽을 만지작거리며 무의식적으로 같은 동작을 되풀이한 게 다였지만 서서히 수많은 일이 떠올랐다. 어릴 때는 아침에 일어나자마자 이 닦고 세수하러 욕실에 불려갔는데 사실 나는 욕실에서 많은 시간 동안 꿈을 생각했다. 가장 편안한 곳이 욕실 문 바로 옆이었다. 흰색과 파란색의 모자이크 타일 위에 앉아 팔꿈치를 문틀에 괴고 머리를 문에 가볍게 기대면 욕조 위 네모난 작은 창문에서 햇빛이 내 얼굴에 직선으로 쏟아졌다. 작은 욕실은 마치 말랑거리는 튜브처럼 나를 태우고 아무도 없는 푸른빛의 수영장으로 갔다. 그곳은 혼자 망망대해를 표류하듯 평온했다. 아마 잠결에 물소리를 들으며 유유히 헤엄치다가 그 소용돌이 속에 평안히 빠져도 몰랐을 것이다. 가끔 더 졸릴 때는 잠옷 바지와 속옷을 습관적으로 벗고 변기에 앉아 등 뒤의 수조에 기대거나, 몸을 조금 틀어서 벽에 기댄 채 잠이 들었다. 비몽사몽간에 가는 물소리가 귓가에 흘러들어오고, 베란다와 통

☿   장아이링의 『붉은 장미, 흰 장미』의 주인공 중 한 명.

하는 나무 문의 날개 모양 통기구로부터 바람이 들어와 바지를 벗은 몸에 서늘하게 닿을 때면, 꼭 무언가가 내 몸속에 들어온 것 같았지만 확실치는 않았다. 또 다른 내가 이를 닦고 있나? 매번 문 두들기는 소리가 꿈에서 깨도록 하면 나는 이미 세수를 다 마친 줄 알았다. 하지만 어른이 손가락으로 내 눈에서 노란 눈곱을 떼어낼 때에야 비로소 사건의 진상을 깨달았다.

가끔은 내가 어디에 있는지, 혹시 또 다른 내가 있는 건 아닌지 헷갈렸다. 중학교 시절에 한번은 친구와 공중전화 부스에서 3학년 언니를 만났다. 나와 그녀는 서로 아는 사이였는데 어떻게 알게 되었는지는 기억나지 않는다. 수화기를 제자리에 걸어놓고 우리는 그녀와 이야기를 나누기 시작했는데 내 시선이 마침 그녀의 봉긋한 가슴 위에 닿았다. 그녀의 흰색 블라우스에 연노란색 속옷이 비쳤고 가슴에는 학생 번호가 수놓여 있었는데 글꼴과 색이 다른 사람의 것과는 미세하게 달라 보였다. 나는 그게 무엇인지 알고 싶었다. 호기심 많은 눈이 계속해서 자수실 색깔을 궁금해 했고 손가락은 제멋대로 다가가 물이 살짝 떨어지듯 그녀의 가슴을 가볍게 건드렸다. 그 순간 시간이 멈춘 듯했다. 모두가 숨을 멎고 시계 초침만이 한 바퀴를 돌았다. 그녀는 기함했고 나 역시 마찬가지였다. 하나의 꿈속 세계가 추락한 후 깨어났을 때처럼 변태라고 토할 것 같다고 욕하는 그녀의 목소리가 교정 안을 구불구불 감돌다가 벽에 부딪혔다. 그러고는 다시 내 귀에 돌아와 마치 천사의 고리처럼 내 머리 위에 원을 그렸다. 그 후로 우리는 서로에게 두번 다시 다가가지 않았다. 교실로 돌아오는 길에 친구는 당황스럽고 이상하다는 듯이 왜 그랬냐고 계속 추궁했다. 나는 "정말 모르겠어"라고 대답했다. 내가 정말 그랬단 말인가?

훗날 나는 혹시 몽유병이 가족력인지 추적했다. 그것은 열성유전으로 피하기 힘든 질병인 듯했다. 마치 덩굴처럼 몸 안에서 확장되고 만연해 피부 아래 보이지 않는 장기를 전부 감싸고 있다가 갑자기 발작했다. 아프지도 간지럽지도 않지만, 딱지 진 상처를 통해 내게 그곳이 찢어지고 피가 났다고 알려줄 것이었다.

아버지는 신에 빙의되면 화부터 냈다. 격렬한 소동이 반복되고 중첩되었다. 어떤 때는 향으로 자기 머리를 찔러 선홍색 피가 흘렀다. 사람들은 행여 신이 떠나버릴까 두려워 애써 신의 성깔을 억누르려 했다.

나는 아버지가 현실을 떠나 환상 속에 오래 떠돌 만한 정당한 이유가 있는 게 부러웠다. 그를 탓하는 사람은 아무도 없었다. 아버지는 목욕을 마치면 흰색 산화三牝 브랜드 속옷 위에 단정한 외출복을 걸쳤다. 그리고 양치한 후 성대한 의식을 치르듯 거실의 긴 의자 정중앙에 자리 잡았다. 그는 다른 신분으로 들어가야만 했다. 때로는 편안하게 하품을 몇 번 했고 아니면 말을 몇 마디 한 다음 엄숙한 자세로 앉았다. 피어오르는 연기 속에서 무언가가 그의 몸 안에 들어오면 그는 또 다른 자신, 신이 되었다. 신이 있을 때 아버지는 없었고 모두가 그 안에 신이 있음을 알았다. 신에게 물으러 온 사람들은 기도를 올리고 신의 명령을 들었다. 신이 화를 내면 모두가 신이 떠날까 두려워하며 그를 위로하고 달랬다. 하지만 그 순간에 아버지의 영혼은 어디로 숨었는지, 공기 중에 형태 없이 떠다니고 있는 건 아닌지는 누가 물을까?

신이 자기 몸을 벗어나 아버지에게 들어갈 때면 아버지 몸속의 한 칸이 마치 그릇처럼 영혼의 자리를 내어주었다. 신이 잘 자리 잡을 수 있도록, 그래서 영혼과 신이 터널을 오갈 수 있도록 공간을 비웠다. 꼭 냉장고 속 밀폐 용기 같았다. 몸 안에 음식을 몇 번이나 가득 담았으나 음식을 넣었다 빼는 과정을 반복하는 동안 천천히 부식되어 어느 순간 허물어지는 것이 그러했다.

아버지의 몸이 비워졌을 땐 늘 생각했다. 아버지가 신을 통해 구세救世의 책임을 지는 걸까. 아니면 신이 아버지를 신으로 만들어 높은 곳으로 이끄는 걸까. 나는 신에게 물을 때 내 진심을 털어놓는 것은 보류했다. 혹시나 신에게 아버지가 아직 한 가닥 남아 있을지 몰라서였다. 그것은 절대 들킬 수 없는 비밀이었다. 신이 있을 때 아버지의 인간관계는 넓게 펼쳐졌다. 신을 찾는 사람들이 자르지 않은 담배를 들고 와서 차례로 불을 붙였고, 작은 향로 안의 자욱한 톱밥 연기가 아버지라는 매개체 안으로 끊임없이 흘러들었다. 이렇게 과도하게 바쳐진 연기를 들이마시는 건 신일까,

아니면 아버지일까. 신을 찾아오는 사람들은 알까?

　아버지는 결코 신처럼 살지 못했다. 높은 곳에서 내려다볼 만큼 뛰어난 신체도, 수많은 변고를 피하거나 벗어날 능력도 없었다. 자신의 운명을 예지하는 능력도 부족했다. 명리학 장부 위에서 따지던 사주팔자의 좋고 나쁨은 어쨌든 그의 것이 아니었다. 내 마음속 미묘한 공포심이 이글대는 그 눈빛과 말들을 얼마나 신경 썼던가. 언제나 내 얘기를 하는 건 아닌가 싶어 두려웠고 경멸과 혐오의 대상이 될까봐 무서웠다. 나는 늘 상관없다는 말로 요동치는 심장 소리를 덮는 쪽을 택했다. 신에게 물으려는 사람들은 신이 있는 날이면 반드시 찾아왔지만, 신이 없는 날에는 우리 가족이 자연스럽고 평화로운 일상으로 돌아가게 놔두었다. 다만 끊임없이 떨어지는 나뭇잎처럼 지나치게 많은 후기를 남겼을 뿐이다. 신이 없는 나날 중 누가 말이라도 건넸던가? 인사를 나눌 때마다 나는 그 얼굴들을 머릿속에서 일부러 지워버렸다. 나는 나 자신과 그들 사이에 존재하는 요원한 몇 걸음의 거리를 생각했다. 아마 단 한 번 어깨를 스치고 지나간 영원한 업보에 불과할 것이다. 아버지가 그냥 아버지가 되고 몸을 더 이상 신에게 빌려줄 수 없는 날이면 공물의 주인들과 전화기 너머의 목소리들은 마치 거품처럼 환영으로 녹아 화로 속 마지막 연기로 흩어지지 않을까.

　어릴 때 이런 전설을 들었다. 음력 칠월에는 해가 지기 전에 대나무 장대에 말린 옷을 걷지 않으면 귀신이나 영혼이 옷에 달라붙는다고. 그런 것들은 형태가 없어서 잘 들키지 않는다. 나는 석양이 지기 전까지 미처 옷을 걷지 못한 적이 많았기에 밤공기에 서늘해진 옷을 입으며 늘 생각했다. 귀신들이 옷에 들어가 그 안에 숨은 건가? 아니면 그 옷을 입으면 내 영혼이 귀신에 덮이거나 대체되는 건가? 만약 영혼이 침식되어 내가 아닌 다른 존재가 되면 어떤 초월적인 능력이 생기거나, 아니면 귀신이나 신이 될지도 모르겠다. 그러면 아마 운명도 통제할 수 있을 것이다.

　무수한 밤 가운데 한번은, 여러 사람의 혼란한 그림자가 CCTV 작은 스크린 위에 나타났다. 낯선 이들과 가족의 그림자가 달빛 아래서 어수선하게 뒤섞였다. 숫자 세 개로 된 번호에 전화를 걸어 이건 애들 장난이 아니라고 진지하게 설명했던 것이 그때가 처음이었던가. 기억나지 않는다. 당황한 손은 벌벌 떨렸고 전화기 너머에서는 긴가민가하며 무슨 일이냐고 왜 전화했냐고 물었다. 뭐라고 대답했는지는 이미 잊었다. 필름을 장착할 때처럼 앞부분에서 몇 단락을 끄집어내려 시도해본다. 어머니가 캄캄한 거실에 앉아서 불을 켜지 말라고 경고하며 거의 기절할 것처럼 흐느끼고 있었다. 머리에 대형 비닐봉지를 뒤집어쓰고선 호흡을 도우려는 것이라 했다. 아버지의 두꺼운 외투에는 찢어진 곳이 더 많아졌고 악랄하게 웃는 얼굴처럼 생긴 구멍이 솜뭉치를 토해냈다. 아버지는 손상된 몸이 되어 신은 그의 몸에 들어갈 수 없었다.

일곱 번째 밤에 나는 창가의 그 방에서 잠을 잤다. 부모님 침대에 누워 그곳에서 잤던 기억의 단편들을 몇 가지 뽑아내다가 문득 내 영혼이 분리되었던 때가 떠올랐다. 처음에는 꿈을 꿨다. 무슨 내용인지는 깬 후에 깨끗이 잊었는데 이마에서 땀이 미친 듯이 흐르기 시작했다. 내가 부모님 침대에 단단하게 못 박히거나 결박당한 것 같았다. 팔다리를 전혀 움직일 수 없었고 당황해서 소리 지르고 싶어 크게 입을 벌렸는데도 아무 소리를 낼 수 없었다. 공포가 심장 박동과 함께 점점 커졌다. 작은 야간용 전등의 노란 빛은 방 전체를 여전히 밝히고 있었다. 전원이 꺼진 채 탁자 위에 놓인 텔레비전의 검은 스크린에는 내가 생각했던 귀신이 비치지 않았다. 침대에 누워 눈을 감은 내 모습이 보였다. 깊이 잠을 자듯 조용히 누워 있었다. 하지만 나는 침대 옆 텔레비전 스크린 앞에 서 있었다.

몇 번이나 고열로 인해 혼미한 중에 영혼이 흐릿해졌다. 마치 눈 한번 깜짝이면 사라질 것 같았다. 가끔 수면제를 먹으면 약 기운이 돌면서 뒤통수에 무언가가 파고드는 느낌이 들었고, 의식이 서서히 풀렸다. 잠에 빠지는 마지막 순간에 나는 종종 생각했다. 나는 나 자신을 잃는 걸까, 아니면 무언가가 내 안에 들어오는 걸까, 그렇다면 원래의 나는?

겨울밤이면 나는 늘 날이 밝아오기를 기다렸다. 밤이면 영원히 실현될 수 없는 소원들을 쫓았고 상처 받아도 아닌 척했다. 한약을 먹었지만 몸은 서서히 감각을 잃어갔다. 나는 울지 않았다. 그런데 그 목소리들은 왜 계속 마음속에 떠올랐을까.

"내가 왜 널 싫어하는지 알지?"

한마디 한마디가 내 몸속으로 침입했다. 체중은 그대로였으나 서서히 수척해져갔다. 영혼이 마지막 한 방울까지 전부 흘러나간 탓이리라.

어쩌면 자기 자신 따위는 없어도 괜찮을지 몰라. 나는 그렇게 생각했다.

나는 아버지처럼 뜨거운 물로 목욕한 후 깨끗한 옷으로 갈아입었다. 그리고 신당에 가서 향로에 불타는 나무 조각을 하나 던져넣고 톱밥으로 덮었다. 연기가 공간 전체를 에워싸도록 잠시 내버려두다가 다시 향 다섯 개를 태웠다. 나는 아버지의 눈빛과 말투를 따라 신에게 경건하게 말을 건넸고 다시 순서에 따라 향로에 향을 꽂았다. 아주 조심스러운 태도로 중로中爐에 세 개, 나머지에 각각 하나씩 향을 곧게 꽂았다. 나는 신 앞에 꿇어앉아 마음속으로 빌었다. 우리는 약속했고, 나는 할 수 있다고. 나는 신이 오기를 기다렸다. 텅 빈 내 마음속 중심을 내어놓길 원했다. 이곳에 들어와 다스리소서. 나를 닿을 수 없는 숭고한 경지로 인도하소서.

그 나날 동안 내내 죽음에 관한 꿈을 꿨다. 마치 바닷가의 장례 행렬을 뒤따르는 영화 장면처럼 꿈에 죽은 사람이 나왔다. 나무 관은 들린 채로 흔들거렸고 머리 위로는 명지冥紙가 흩날렸다. 산 사람들은 길을 따라가며 울었고, 울면서 걸었다. 몇 년이나 나는 불시에 꿈에서 죽음을 보았다. 그뿐 아니라 숨죽인 채 나무 관 속에 누워 명지, 부장품들과 함께 아무 빛도 공기도 없는 공간에 봉해진 환상을 보았다. 이것이 바로 죽음이구나. 깨어난 후에도 늘 두려웠다. 몇 번은 진짜 누군가가 그렇게 간 적도 있다. 나는 나 자신이 마치 어떤 센서 같은 체질로 변해 어둠을 불러올까봐 몹시 두려웠다. 마치 고소공포증이 있는 사람이 높은 빌딩 꼭대기에서 걸을 때처럼 언제든 바닥으로 떨어질 것만 같았다.

신을 믿고 싶었다. 이로써 기복 심한 내 마음을 달래고 싶었다. 그러나 나는 좀처럼 신에게 가까이 다가가지 못했다. 신전에서 신을 모실 때도 음陰의 성질을 가진 여자의 몸이라 신을 받드는 기수역할은 할 수 없었다. 내가 봤던 향토극鄕土劇 드라마의 줄거리를 보면 매회 신이 기적을 행할 땐 보통 주인공이 신에게 예를 표하고 그 후 신이 옆에서 지켜보다 법술을 행했다. 아니면 주인공이 의식 없는 상태에서 갑자기 신에 빙의되곤 했다. 주인공은 깨어난 후 아무 기억이 없기 때문에 그가 부재하는 동안 신이 무언가를 바꾼 것처럼 느꼈다. 나는 그렇게 믿고 싶었다. 신이 올 거라고, 와

귀신이나 죽은 사람을 위해 불살라주는 종이돈.

서 무언가를 바꿀 거라고.

　마치 드라이아이스를 뿌린 것 같았다. 불은 재가 되도록 계속 타올랐고 흰 연기가 온 신당을 가득 채웠다. 나는 아버지처럼 팔을 한 번 올렸다가 다시 내리며 눈을 감았다. 이빨 사이로 숨을 내뱉 자 무언가가 몸 뒤에서 천천히 다가왔다. 내 몸이 받아들일 수 있 을지 확신하지 못하는 상태에서 나는 곧 나 자신과 작별을 고했 다. 갑자기 빙의된 그 사람들처럼 울음을 터뜨렸고 격양될 때는 불 을 붙인 향으로 몸을 찔렀다. 나는 몸을 흔들면서 점잖은 민난어 를 읊조렸다. 아래층으로 내려와 공간을 떠다니며 몇 개의 지역을 손가락으로 가리켰고 시공간을 정지시켰다. 선녀봉은 없었으나 나도 모르는 마법을 부려 나쁜 짓을 한 사람들을 처벌했고 그들 이 알지 못하는 사이에 형벌을 내렸다. 그들은 놀라고 당황하여 마치 우리 가족 같은 표정을 지었다. 어쩌면 용서를 구할지도 모르 지. 다시 붉은 먹물로 부적을 몇 줄 쓴 뒤 태워서 그 재가 공기 중 에 흩날리도록 했다. 나는 또 한 명의 아버지를 보았다. 곧 손을 내밀어 그를 끌어당겼다. 추출한 필름을 빛에 노출한 후 또다시 장착했다. 이번 회는 결말이 좋을 것이다. 엔딩에서는 신의 공적을 소개하는 것을 잊지 말아야지. 그런데 아쉽게도 현신설법現身說法☦ 할 사람이 한 명 줄었구나.

☦　　　　　　부처가 여러 모습으로 나타나 중생을 위해 불법을 설파하는 것.

평화로운 상태로 돌아오며 타임머신의 터널같이 기다란 길 하나를 통과하는데 그 끝에 빛이 있었다. 길을 걸어 나오자 밝고 푸른빛의 바다가 펼쳐졌다. 바다는 평온했다. 바닷물의 투명한 파란빛이 햇빛을 굴절시켜 눈이 몹시 부셨다. 신당 안의 신의 용모는 예전과 똑같았다. 연기는 이미 흩어졌지만 나는 여전히 나 자신이었다.

거실에는 여명이 비치고 어머니는 긴 의자 한쪽에 머리를 기댄 채 잠들어 있었다. 방 안의 아버지는 몸을 웅크리고 면포 속 약 냄새와 뒤섞여 연약한 숨소리를 냈다. 나는 욕실로 들어갔다. 옷을 벗으니 여전히 향이 탄 재 냄새가 났다. 검은 재가 머리 위 여기저기에 조금씩 붙어 있었다. 변기 위에 앉아 졸고 있는데 햇빛이 창문으로 들어와 매우 밝았다. 어젯밤에 꿈을 꿨는지 기억나지 않는다. 얕게 잘 때는 꿈을 꾸지 않는다. 아무도 나를 깨우지 않았고 문틈으로 무언가가 들어온 것도 느끼지 못했다.

그럼 신은? 아버지 신은?

신을 본 적이 없으면 그가 신상神像의 껍데기 속에 갇혀 있는지 아니면 아버지의 말처럼 온 세상을 떠도는지 알 수 없다. 신에 빙의된 몸 또한 대체품일 뿐이다. 아버지는 몸을 신에게 빌려주어 일정 시간 동안 몸의 주권을 상실하고 하나의 매개체로 변한다.

그는 아버지일까, 신일까. 진짜일까, 가짜일까. 그건 답이 없는 질문이다.

아버지는 양^陽의 몸과 혼을 소유하여 신이 필요할 때면 사용될 수 있었고 신의 일부라고도 말할 수 있었다. 그러나 예측할 수 없고 손에 쥘 수 없는 그런 신비감이 몸과 함께 급속도로 하강하며 추락했다. 신이 떠나려는 걸까. 그래서 사람은 버려지고 매개체는 빈 껍질로 썩는 것인가, 아니면 합리적으로 생각해서 단지 사람들이 겁수^{劫數}라 부르는 신이 되기 위한 도전 과정에 불과한 것인가.

아버지를 병원에 데리고 가면 정신과 의사는 아마 이건 몽유병 증상 중 하나라고, 가짜이며 허황한 것이라 할 것이다. 우리에게 수많은 정신병 용어를 말해주며 진료기록표에 영어로 무언가를 빽빽하게 적은 후 적절한 약제를 처방할 것이다. 그러나 그것을 녹아버린 부적과 함께 음양수에 섞어 마시면 안 될 것이다. 그러고 나면 우린 더 이상 또 다른 나나 혹은 다른 존재를 몸 안에 갖지 못하게 될 것이며 몽유병이 완치되어버릴 테니까.

뭇 신에게 묻사오니

내가 기억조차 할 수 없을 만큼 어렸을 때부터 아버지는 신의 집행자였다. 눈에 보이지 않는 형이상학적 신이 아버지의 형이하학적 몸에 빙의되어, 주말이면 적어도 몇 시간씩 아버지는 신이 되었다. 거실에 깨끗한 향을 피우고 흰 연기가 퍼지면 사람들이 아버지 주위를 둘러쌌다.

내 기억에 신도들이 오는 날은 떠들썩하면서도 순수했다.

대부분은 고정 멤버였고 가끔 새 멤버가 들어와도 대체로 서로 잘 알았다.

당시 자주 먹었던 음식 중에는 기름기 많고 숯 향이 나는 짭짜름한 숯불 고기구이가 있었는데, 고깃집을 하는 아저씨가 노점을 접고 가져온 것이었다. 또 삶은 옥수수도 참 많이 먹었는데 그것은 구운 옥수수 장사를 하는 아저씨가 제공했다. 음료수 장사를 하시는 분들도 물론 있었다. 할머니나 아주머니들이 맛있는 간식을 가져오기도 했다. 음식을 먹으면서 텔레비전 프로그램 「맞춰봐 맞춰봐 맞춰봐」✝를 보았다. 음량은 극히 작게 조절해놓았다. 신의 공간에서 웃음소리가 조그맣게 새어나갈 때면 마치 토요일마다 즐거운 파티가 열리는 것 같았다.

게걸스레 먹고도 살이 찌지 않던 어린 시절, 나는 흰 연기 속에서 내가 좋아하는 구운 닭 날개와 옥수수를 실컷 먹었다. 내가 식욕을 억제하고, 운동 부족을 주의해야 하는, 통통하고도 키 작은 몸매로 변한 나이쯤에 그 순수하고 선량했던 사람들은 하나둘씩 모임에서 이탈했다. 그들은 아버지의 거실을 떠나 어쩌면 진정으로 신이 있는 곳에 갔다.

신은 있는가?

이 질문에 관해 나는 항상 의문의 한가운데에 있었다. 물론 나는 신이 있길 바란다. 하지만 내가 신이 마땅히 있어야 한다고 생각했던 순간에 신은 대부분 없었다.

처음으로 이 문제에 대해 생각했던 것은 박사 입학시험을 치를

✝   「我猜我猜我猜猜猜」. TV 종합 예능 프로그램으로 1996년부터 2011년까지 방영되었다.

때였다. 면접을 맡은 학자들이 내게 물었다.

"그러면 학생은 아버지가 진짜라고 생각하나?"

아마 당시에 내가 했던 대답은 학자들을 만족시키지 못했던 것 같다. 그들은 의심 가득한 목소리로 거듭 물었다.

"그렇지만 학생의 아버지잖아?"

내가 대답하면서 확신이 없었던 부분은 절대 아버지가 아니었다. 다만 어떻게 신의 존재를 증명할지, 신이 아버지 몸에 들어갔다는 증거를 어떻게 대야 할지 자신이 없었다. 당시 내 수험 번호는 예비 합격자 명단에 들어 있었는데, 결국 내 앞 번호까지만 뽑히고 나는 낙방하고 말았다.

길고 지루했던 그 몇 년, 신점 모임에 자리가 날 때면 늘 차례대로 자리를 채우는 사람들이 있었다. 몰리는 인파에 대비해 상담 공간은 거실에서 예전에 공장이 남긴 반 야외 공간으로 옮겨갔다. 그래도 낯선 사람들은 거실에 들어왔고 개인적인 생활 공간에까지 침입했으며 제멋대로, 하지만 능숙하게 에어컨을 켜고 편안하게 코를 골았다. 또 아이들이 다른 집 아이 장난감을 가져다 놓고, 집안을 제멋대로 뛰어다니도록 내버려두었다. 처음 온 이들에게 화장실 방향을 안내하기도 했으니, 잘 모르는 사람들은 아마 그들이 집주인인 줄 알았을 것이다. 그들은 주말에 가족이 다 함께 와 우리 집 거실에서 자유롭게 보냈고 우리 어머니가 준비한 저녁까지 같이 먹었다. 손님은 설거지를 안 해도 상관없으니, 신에게 물을 것을 다 묻고 부적까지 받고 나면 위층의 불당으로 올라가 신상 앞 향로 위에 향을 몇 차례 빙빙 돌린 다음 즐겁게 주말 휴가를 마무리했다.

낯선 사람들은 더 많은 낯선 사람을 데려왔다. 낯선 얼굴들이 우리 집에 점점 더 자주 나타났다. 그들은 내가 집주인인 줄도 모르고 얼굴에 별생각 없는 웃음을 드리운 채 탐색하듯 물었다.

"어디서 왔어요? 누가 소개했어요? 뭘 물어보러 왔어요?"

그 웃음은 마치 내게 '부끄러워 말아요. 어차피 우리는 다 똑같은걸요'라고 말하는 것 같았다. 어차피 다 같은 부류인데요, 뭘.

요즘은 번호표를 발급해서 먼저 온 사람과 나중에 온 사람 사이에 관성적으로 생기는 다툼을 피하게 한다. 아무리 가족이라도 신과 상담하려면 줄을 서야만 한다. 심지어 신이 우리 아버지인데도 그들은 웃으면서 내게 번호표를 찔러주었다. 이유는 정확히 모르겠지만, 예전의 내가 소유했던 사소한 아름다움들은 내가 집을 떠난 후 세월의 흐름과 함께 내가 싫어하는 모습으로 자랐다.

아버지는 결벽증이 있었으나 신을 위한 봉사는 좋은 일이라는 생각으로 문을 활짝 열어 많은 사람을 받아들였다. 사람과 사람 사이에서 추상적인 감각을 유지하는 동안에는 아마 완벽한 무균 상태가 될 수도 있을 것이다. 아버지의 결벽증은 점차 무용해졌다. 마치 귀신이 존재하는 것처럼 집 안이 점점 더 부정해지는 느낌이었다. 이 집 안에 사는 사람들, 우리는 미국 드라마 속 어두운 그림자처럼 사방으로 침입해오는 마귀에 맞서 싸웠다. 아버지는 신의 이름을 받들어 모든 일을 선함으로 대했으며 신을 찾아오는 사람들과는 다르게 아버지는 어떤 것도 탐하지 않았다. 오직 신의 백성처럼, 어린아이처럼 자기 소임을 다했다. 다만 그의 순수한 본성만으로는 악의 침식을 막을 수 없었을 뿐이다.

나는 아직도 확실히 모르겠다. 성직자로 일하는 일반인들은 신으로부터 더 많은 보살핌을 받는가? 목사, 신부, 수녀, 무당들은 다른 사람들을 위해 일하는 만큼 추가로 무언가를 받는가? 그들이 다른 사람을 선하게 돕는 것은 신앙에서 비롯된 것인가, 아니면 신이 내린 구세의 사명 때문인가? 원래부터 착해서인가, 아니면 우리 삶이 이미 좋을 대로 좋아졌기 때문에 남을 도울 만한 여력이 생긴 걸까? 사람은 돈이 생겨야 선해지듯 말이다. 이런 의혹들은 내가 자라면서 점점 더 깊어졌다.

세상 사람들은 분명 신이 주인집을 더 잘 돌봐줄 거라고 억측할 것이다. 그래서 딱 봐도 민가인 곳에 궁묘宮廟⚹ 간판이 걸린 모순적 풍경이 여기저기서 보이는 것이리라. 하지만 진실은 우리 집의 운이 전혀 좋지 않았다는 것이다. 전반적으로 재수 옴 붙은 집안이라고 생각한 적도 있다. 꼭 신이 우리를 깜빡 잊어버린 것처럼 통일 영수증統一發票⚹ 복권에 한 번 당첨되는 일조차 희박했다.

⚹　　　역대 여러 임금의 위패를 모시는 왕실의 사당.

온갖 좌절과 실패는 일상이었다. 최근 1~2년을 되돌아보면, 퇴근 후 형제들끼리 메신저 그룹 채팅이나 전화로 집안에서 샘솟듯 일어나는 갈등을 해결하느라 쉴 새가 없었다. 문제를 하나 해결하면 또 다른 문제가 생겼다. 이 세상 사람들, 특히 신점 모임에서 번호표를 받는 그 사람들은 아버지가 진짜 신인 줄로 착각했고, 심지어 어머니까지 잘못된 명단 속에 포함된 걸로 오해했다.

　사람들이 순수한 신앙심만으로 신을 찾아오는 건 아니었다. 사실 신에게 내놓는 제물도 자기 소원 성취를 위해 내는 대가에 불과했다. 가끔 뉴스에서 일부 종교를 믿는 광신도나 이상한 단체에 가입한 사람들을 보면 외부 힘을 빌려 마음의 결핍을 메우려는 이들 같았다. 순진하게도 나는 신을 찾아오는 사람들이 전부 마음이 연약한 줄로만 알았다. 시간이 흐르면서 사실 그들은 누구보다 강인하다는 사실을 깨달았다. 신에게 비는 행위는 더 나은 것을 향한 탐욕 같은 것이었고 신점 모임의 네트워크 속에서 자신의 가치를 세우고 싶었을 수도 있다. 그것이야말로 신에게 갈구하는 사람들의 숨겨진 진실이었다.

　마치 정권이 교체되는 것과 비슷하게 우리 집 안에도 오가는 사람들이 한 번씩 물갈이되었다. 그들은 상담일이나 각종 제삿날

---

　† 　타이완의 소매점에서 발급하는 일반 영수증에 자동 인쇄되는 복권 번호.

이면 제물을 가져와 바쳤고 마치 좋은 친구처럼 찾아와 낮부터 밤까지 수다를 떨었다. 식사를 셀 수 없을 만큼 많이 함께 나눴다. 부모님은 언제나 최선을 다해 사람들을 맞았다. 그들을 소홀히 대해서는 안 된다는 생각으로 식사 한번 대충 차린 적이 없었다.

하지만 나는 마음 한구석이 늘 불편했다. A 부부의 부인 되는 사람은 신에게 이렇게 물었다.

"우리 딸한테 남자친구가 있어요. 근데 저는 별로인 것 같아요. 그러면 그 남자친구는 대체 좋은 사람인가요, 아닌가요?"

신은 그녀에게 대답했다.

"그건 인간의 일이다. 본인이 안 좋다고 생각하는 것을 왜 여기 와서 묻느냐?"

신의 직언은 가끔 사람 속을 시원하게 해주었다. 신은 그녀에게 더 이상 대답하지 않았고 부적 하나조차 써주지 않았다.

A씨 부인은 매번 내게 월급이 얼마냐고 물었다. 연구소 교수가 조교비로 얼마나 주는지, 혹은 다른 프로젝트에 참여하면 얼마나 받을 수 있는지 궁금해했다. 또 아무도 묻지 않았는데 자기 아들이 매달 연구비로 얼마를 받는지와 교수에게 얼마나 사랑받는지 줄줄이 이야기했다. 이야기를 마치면 딸이 여행 중에 사온 선물을 꺼내서 우리 어머니에게 보여주며 흐뭇하게 웃었다. 그토록 아름다운 그들은 신에게 빌듯 아버지의 도움도 바랐다. 아버지가 바빠서 완곡하게 거절하면 그들은 노발대발하며 몇 번씩 난리

를 쳤다. 그 후 A 부부는 한동안 보이지 않았는데, 알고 보니 제사 비용 분담이 불분명하고 우리 부모님이 판매하는 제품 가격이 터무니없다며 헛소문을 퍼뜨리고 있었다. 신에게 묻지도 않고, 신의 네트워크에서 멀리 떠나간 그들은 바깥세상에서 여전히 자유롭게 잘 살았다. 신은 곁에 없지만 자기 영혼은 더 강대해졌다는 식의 미사여구로 자신을 포장했다.

이렇게 날조된 말들은 산에 가득 쌓인 쓰레기처럼 끊임없이 불에 태워야 겨우 없어졌다. 하지만 그건 여전히 작은 문제에 속했다. 아마 사람이 너무 많은 탓일 것이다. 인간은 습관의 동물이라 이런 작은 문제는 화가 나도 그냥 흘려보내는 데 익숙해졌다. 그것이 남들이 우리를 가장 선량한 가족으로 착각하게 만드는 결과를 낳았다.

신점 모임에 오는 새 신도들은 직업이 다양했다. 한동안 관찰해본 결과 생활상의 문제가 없는 사람이 진실한 신앙심으로 오기도 했고, 자신의 부족함과 결핍을 발견해 하늘의 신과 땅에 있는 신이 함께 신력을 발휘해주기를 원하기도 했다. 각종 실적이 부족한 사람들도 우리 집으로 열심히 뛰어왔다. 신에게 도움을 요청하려는 게 아니라 아버지에게 이것저것을 사라고 설득하기 위해서였다. 그 외에도 광대한 인맥을 자랑하는 사람들이 있었다. 아버지가 필요할 때면 명단이나 명함을 제공해주기도 했다. 아는 사람이다, 좋은 친구다, 말이 잘 먹히는 친구다라며 때로는 간단하게 번호로만 요약해서 줄 때도 있었다. 나는 이러한 인맥 관계를 가장 혐오했다. 이런 관계는 분란의 씨앗이 되기 때문이었다.

누군가 소개했던 소파 아저씨는 도박꾼이었다. 제때 물건을 주지 않을 뿐 아니라 가격도 다른 곳보다 훨씬 더 비쌌다. 의사소통 과정에서도 마치 윗사람처럼 거만하게 행동했고, 조금이라도 의견이 맞지 않으면 자기 집 건물에 불을 내서 예약한 소파를 태워버리겠다고 했으며 다른 직업을 비하하기도 했다.

"젊은 게 선생이랍시고 지가 고상한 줄 알아. 아주 못돼처먹었구만."

물론 정말로 소파에 불을 지르지는 않았어도 그가 저지른 악행은 현실이었다. 그 외에도 어떤 사람의 친구의 친구, 혹은 더 먼 친척 관계에 있는 사람에게 공사를 맡겼는데, 가격은 기겁할 정도로 비쌌지만 아무리 기다려도 공사가 끝나지 않았고 전문성도 부족했다. 완벽을 추구하는 아버지는 비용을 지불해놓고도 그 사람 대신 직접 자기가 생각하는 대로 공사를 끝냈다. 분노와 무기력을 느낀 아버지는 그래도 따지지 않겠다고 말했다. 아니, 소개인들이 아버지가 따지지 않는 게 옳다고 했다. 어차피 다 '우리 사람' 아니냐. 오직 그 이유 하나였다.

A 부부가 떠난 후 B 일가가 왔다. 신을 자주 찾아오지는 않았지만 제사에 드는 비용을 기꺼이 조금 더 부담했고 선의로 가득해 보였다. 우리가 자라서 집을 떠난 후 아버지의 가장 친한 친구

가 병이 나서 세상을 떠나자, 그 빈자리를 채운 것이 B 일가였다. 그들은 우리 부모님과 함께 수다를 떨고, 같이 밥을 먹고 가끔 여행도 다니며 은퇴 후의 삶에서 시간을 때울 수 있는 여가 활동이라면 뭐든 함께했다. 아버지가 조언을 필요로 할 때 끊임없이 사람들을 소개해주기도 했다. 아버지는 항상 그들을 신뢰했다. 그들이야말로 진짜 한 가족이라거나, 오랜 시간 떨어져 있던 친척이 아닐까 생각될 정도였다. B의 집안 사정이 어떤지는 잘 알지 못하지만 분명한 건 그들이 물건을 자주 빌려갔다는 사실이다. 비교적 민감하게 느껴지는 현금은 제외하고라도 착즙기, 전자레인지 같은 소형 가전에서부터 한 구석에 둔 대형 쓰레기 봉지, 나중에 가질지 모르는 아이를 위해 남겨둔 아기 침대와 소독용 냄비까지 빌려갔다. 그 집에는 신생아가 없었는데도 말이다. B 일가는 초대 없이도 마음대로 우리 집에 와서 자발적이고, 선의에서 우러나오는 도움과 조언을 제공하곤 했다. 그것은 우리 부모님이 그들에게 감사함을 느끼고 그들에게 마음의 빚을 졌다고 생각하게 했다. 가끔 나는 그들이 등 뒤에 어둠으로 가득한 다른 한 손을 숨긴 채 우리 가족에게 마수를 뻗치고 있는 건 아닐까 하는 의심이 들었다.

빌려간 물건들은 물론 두번 다시 우리 집에 돌아오지 않았다. 나는 그 감정들도 한 번 빌려가면 다시 돌아오지 않을까봐 두려웠다. 우리 집에 왕래하던 사람들은 신에게 구할 때처럼 우리 아버지에게 조건 없이 그들이 필요로 하는 것을 당당하게 요구했다. A 부부는 건강에 이상이 생기자 아버지에게 그들을 다시 신도 목록에 넣어달라고 요구했다. 우리 부모님은 신도 아닌데 왜 이렇게 큰 사랑을 베풀어야 할까?

어릴 때부터 우리는 신에게 묻는 경우가 극히 드물었다. 기껏해야 여행을 떠나거나 시험을 보기 전에 보호를 요청했고, 아니면 설명하기 힘든 일을 맞닥뜨렸을 때 구제를 요청한 게 거의 전부였다. 우리는 신을 찾아오는 사람들에게 필요한 서비스를 제공하는 데 대부분의 시간을 썼다. 과일을 썰고 차를 따르고, 작은 봉지에 부적을 담고, 향로에 향을 바치는 궈루過爐 의식까지 돕느라 불당까지 바쁘게 뛰어다녔다. 나도 신에게 고민을 얘기하고 싶을 때가 있었지만 그 신도들 무리 속에서 가십거리가 되고 싶지 않았고, 또한 시간은 앞으로 계속 나아가 이 순간도 곧 지나갈 테니 못 버틸 것도 없을 것 같았다. 삶에는 언제나 실수와 고통이 반복적으로 찾아오지만 이미 다 겪어본 것 아닌가? 그냥 지난 일로 웃어넘길 수 있었다.

다 자란 후에 나는 사람들의 시선에서 벗어나려고 몇 번이나 노력했다. 오직 신과만 대화하고 싶었다. 나는 신에게 그가 말하는 '관문'이 왜 이리도 많으냐고 묻고 싶었다. 언제나 작은 악을 저지를 뿐 아니라 큰 악도 밥 먹듯이 행하는 사람들은 선량하지 않은데도 불구하고 훨씬 더 잘 살았다. 그러고도 또다시 기생충처럼 우리 집에서, 우리 부모님에게서 무언가를 훔쳐갔다.

해가 저물 무렵이었다. 항상 신의 강림으로 뭇 신에게 공수를 구하던 우리 집 거실은 그날 담판의 장이 되었다. 어머니는 노년에 접어들던 나날 중 가장 실망스러운 하루를 겪고 있었다. 어머니는 보증과 관련된 금전 분쟁 때문에 상대와 정확히 따져야 하는 부분이 있었다. 상대는 착해빠진 어머니가 혈연관계를 고려해서 절대 법적 절차를 밟지 않으리라 판단한 듯했다. 증거로 확인할 수 없는 내용들을 자신만만한 태도로 늘어놨다. 상대방은 사과하지 않았다. 아마 사과할 마음조차 없었을 것이다. 마치 이 정도 사기는 당연하다는 듯이 말이다. 그 담판의 장에서 슬퍼하는 사람은 우리 어머니뿐이었다.

"그렇다면 우리 사이는 여기까지예요."

어머니의 마지막 한마디는 헤아릴 수 없을 만큼 복잡한 감정을 담고 있었다. 이미 신성함 따윈 잃어버린 그 거실에서 이제부터는 그간의 정과 사랑을 모두 끊고 서로 아무 사이도 아닌 남으로 살자고 말하고 있었다. 기득권자들이 그렇듯이 악한 자들은 콧대가 높고 시원시원해 보였다. 이미 원하는 것을 얻은 그들을 내가 어떻게 할 수는 없었다. 상대방은 자기합리화를 위해 울며불며 사방을 돌아다녔다. 피해자인 척하며 거짓말로 왜곡된 진상을 멀리멀리 퍼뜨렸다. 민들레 씨가 흩어지며 날아가듯 말이다.

매일같이 되풀이되는 악과의 전쟁 속에서 부모님은 많은 말을 하길 원치 않아 결과적으로 언어적으로 남들이 우세를 점하게 내버려두었다. 게다가 사람들은 거짓 평화를 유지하려고 두 편 중 어느 한편을 들길 꺼렸다. 담판 전쟁에서도 남편과 자녀들을 제외하면 아무도 어머니 편에 서주지 않았다. 어떤 사람은 어머니에게 이렇게 말했다.

"예전에 어려울 때 저쪽에서 진짜 도와주려고 했잖아요. 그때 저 사람 진심이었어요."

그러니까 다음번에는 서로 섭섭하게 하지 말라고 했다. 그러고는 고개를 돌려 상대방에게는 또 이렇게 말했다.

"진짜 바보 같네, 가서 따져봐요. 저 집 아들딸들 다 똑똑하다고요."

하지만 누가 이해할까. 어머니가 잃은 것은 돈이 아닌 신뢰였으며 감정적인 실망이 더 큰 부분을 차지했다는 것을. 마치 신성神性을 잃은 듯한 일상이었다. 신이 높은 곳에서 이 모든 걸 그냥 바라만 보고 있다는 건가? 대체 신이 진짜 있기나 한가? 왜 우리를 이렇게 좌절 속에 내버려두는가? 나는 신에게 너무나 묻고 싶었다.

신은 예전에 내게 글이 안 써질 때 찾아오라고, 와서 물어보면 알려주겠다고 했다. 하지만 형이상학적이며 어디에도 없는 신은 내가 글 속에서 그의 존재를 의심하고 있는 것을 알까? 인성人性이란 나이가 들수록 더 복잡해만 보였다. 등 뒤로 혹시 다른 목적을 숨기고 있을 것만 같아 사람들의 선의를 더 이상 쉽게 믿을 수 없었다. 인간의 선의는 소모품처럼 느껴졌다. 심지어 그들은 "희생해주어서 고마워요"라든가, "상처 줘서 미안해요" 같은 말은 하지 않았다. 길에서 우연히 마주치면 신경도 쓰지 않는다는 듯, 나를 고고하게 바라보는 눈빛은 마치 승리를 선포하는 것 같았다.

나는 집이 점점 부정해진다고 느꼈다. 집 안팎이 마찬가지였다. 가끔 어디서 오는지 모르는 소리를 들었고 깊은 밤에 거실로 들어가면 검은 그림자들이 보이는 것 같았다. 나는 보생대제保生大帝⚹가 있는 곳에서 구해온 정부淨符⚹를 태운 다음 두 가지 색의 쌀을 준비해 집 입구와 창가에 뿌렸다. 이 부정함을 물리치고 결계를 세워달라고 신에게 빌었다. 마치 어릴 적 람칭잉林正英⚹이 도사 역할을 했던 귀신 영화에서처럼 귀신들이 이 부적과 쌀알들을 건드리기만 하면 전기에 감전된 것처럼 상처 입고 제발 두번 다시는 우리 집에 가까이 오지 않기만을 얼마나 간절히 바랐는지 모른다.

⚹　북송시대인 979년 푸젠 통안同安에서 태어난 사람으로 의사였다. 본명은 오도吳夲다. 타이완에서 의료의 신으로 받들어진다.

⚹　도교, 불교, 중국의 민간 신앙에서 악귀를 몰아내기 위해 쓰는 부적.

⚹　1952~1997, 홍콩의 유명 영화배우. 강시 영화로 유명했다.

부모님은 여전히 신을 위한 제전祭典 하나하나를 정성을 다해 준비했다. 그러나 나는 더 이상 이런 행사를 예전처럼 순수한 마음으로 즐길 수가 없었다. 낯선 사람들이 왔다가 떠나는 것을 바라보며 나는 다음 신도 무리에서는 몇 명이나 남을지 알 수 없었다. 떠들썩한 무대가 끝나면 모퉁이 한쪽에 담배꽁초와 빈랑 열매 찌꺼기가 무더기로 쌓였다. 쓰레기는 종류별로 분류해야 하지만 그들은 언제나 다 섞어놨다.

예전에는 물론 이렇지 않았다. 어릴 때는 신의 생일이면 온 집안이 아침부터 밤까지 바빴다. 초등학교 시절에는 어머니가 하교 시간에 데리러 오는 걸 깜빡하기까지 했다. 나는 아무리 기다려도 어머니가 오지 않으면 먼 길을 그냥 걸어오기도 했고, 가끔은 신도 그룹 중에서 익숙한 사람이나 부모님과 비슷한 얼굴의 사람들이 우리 집이 바쁜 걸 알고 자기 아이를 데리러 온 김에 나도 데려가곤 했다. 어느 해에는 낯선 학부모가 한여름에 관우처럼 시뻘건 얼굴로 걷는 나를 보았다. 내가 몇 번이나 거절했음에도 불구하고 호의로 나를 집에 데려다주었고, 감사하다는 말을 건네자 바로 떠났다. 그것은 진정한 의미의 선함이자 도움이었다.

학교가 끝나 집에 오면 신의 탄생일을 축하하는 노천 영화를 상영할 스크린이 이미 세워져 있었다. 자전거를 탄 나는 집에 들어가려면 머리를 한껏 낮춰서 스크린 아래로 통과해야 했다. 언제나 신 앞에서 경건하게 머리를 조아리듯이 말이다. 과거의 노천 영화는 육중한 기계에 커다란 필름을 걸어서 사람 소리로 웅성웅성한 가운데 천천히 소리를 내며 돌아갔고 기계 앞쪽의 구멍에서는 빛을 곧게 뻗어내 큰 천에 영화를 투사했다.

신의 생일날 상영하는 노천 영화는 보통 여덟 명의 신선이 바다를 건너는 것으로 시작한다. 보통 평극경극의 타이완식 표현처럼 배우가 복장을 갖춰서 연기했다. 여덟 신선이 바다를 건너고 나면 진짜로 영화가 시작됐는데 내 기억에 제일 많이 봤던 영화는 린샤오루林小樓가 열연한 「복숭아 동자桃太郎」였다. 어린 나는 작은 의자를 하나 들고 와서 큰 스크린에서 나오는 영화에 집중했다. 가끔은 주의를 돌려서 모기를 때려잡기도 하고 때로는 아이스크림을 먹거나 밥그릇을 손에 들고 영화를 보기도 했다. 녹두톈탕綠豆甜湯, 차게 먹는 달달한 디저트을 먹을 때도 있었다. 그 순간들은 기계의 불빛 곁에 앉아 가끔 나와 대화하던 상영 기사 아저씨가 물끄러미 영화 스크린을 바라보고 다른 한편에서는 영화 필름이 천천히 돌아가던 그때의 모습처럼 조용하고 아름다웠다. 마치 신과 관련된 내 어린 시절의 기억처럼 말이다.

내가 몇 년이나 신의 탄생일 축제에 가지 않았는지는 잘 기억나지 않는다. 이제 모든 절차가 간소화되었다는 것도 몰랐다. 지금은 신을 마더우에 있던 원래의 절에 다시 모셔가서 향로에 예를 표하지도 않고, 노천 영화는 DVD 플레이어와 프로젝터로 대체되었다. 상영 기사도 이젠 영화에 문외한인 일반인이 맡고 있으며, 여덟 신선이 바다를 건너는 생일 축하 구간은 인형극 버전으로 바뀌었다. 잔뜩 쌓인 금종이와 귀여운 거북이 빵은 그대로였지만 왠지 마음에서 기억이 일부 사라진 것 같고, 일상에서 신의 아름다움을 느끼기는 점점 더 어려워졌다.

당시에는 즈자오擲筊에서 비겼다거나 아이들이 거북이 빵을 놓고 다투는 것에 대해 신이 누굴 더 많이 도와줬다며 왈가왈부하는 일이 없었다. 제사가 끝나면 다들 남아서 뒷정리를 도왔고 신을 불당으로 모신 후 모두 함께 둘러앉아 국수를 먹었다. 오늘 밤 신이 연간 운이 안 좋다고 했다거나, 천재天災가 있다고 했으니 다들 조심하자는 식의 이야기를 나눴다. 그러고 나면 당시 사람들은 공물을 조금 남기면서 말했다.

"우리는 이렇게 많이 못 먹으니 남겨두었다가 드세요. 제사에 올렸던 공물을 먹으면 평안하대요."

그 후에는 오늘 저녁 영화 선택이 정말 좋았다는 이야기를 나누었다. 일을 다 마치면 모두 일상으로 돌아갔다. 아무도 거실에 남아 있지 않았고 어지러운 쓰레기 더미도 없었다.

아침저녁으로 신에게 차를 올리는 의식을 진행할 때마다 나는 언제나 '뭇 신이시여'를 시작으로 각 신령의 이름을 순서대로 읽어나갔다. 백만장자가 되게 해달라거나 상류층 직업을 갖게 해달라고 기도하는 보통 사람들과 달리, 나는 우리 가족이 하루하루

편안하게 해달라고 기도했다. 동시에 우리에게 왜 이런 고난이 늘 찾아오냐고 원망하면서 마귀를 물리쳐달라고 빌었다. 유형의 마귀든 무형의 마귀든 말이다. 부디 좋은 사람들이 신의 보호 속에서 만사형통하기를 바란다.

아버지는 자신의 몸을 활짝 열어 신의 존재를 보지 못하는 사람들이 신의 존재를 볼 수 있게 했다. 모두가 신을 느끼지 못하고 고독하게 생존할 때 아버지는 시종일관 '좋은 사람은 신이 보호할 것'이라 믿었다. 나는 신점 모임이 끝나고 인파가 사라진 깊은 밤, 악귀를 내쫓는 부적을 한 장 한 장 태우면서 마음속 잡념을 몰아내고 어두운 곳에 빛을 밝혔다.

혈연에 의지할 수 없는 운명

아주 오랫동안 나는 고독한 삶을 원했다. 사람에게 의지하지 않았고 타인이 나에게 의지하는 것도 거부했다.

　외부 사람들은 부모님 두 분 모두 건강하시지, 내 이름으로 진 빚도 없지, 엄청난 가정불화도 없고, 가출했다거나 자해한 흉터도 없으니 내가 행복한 사람이라고 한다. '행복'이란 단어는 뭔가 특별한 꼬리표가 되어버렸다. 행복은 시간이 흐르면서 정의가 점점 모호해져서 어느 순간부터는 '반어법'처럼 들리기 시작했다. "너는 어쩜 안 불행할 수가 있니?"라고 묻는 것 같았다. 아마 그때부터였을 것이다. 오직 '불행' 리스트에 적용되는 항목이 없다는 이유로 내가 행복하다는 소리는 싫어졌다. 불행의 반대어가 왜 '행복'이어야만 할까?

나는 행복이 싫다.

어른이 되고 나면 삶에 진정한 행복이라는 것은 존재하지 않기 때문이다. 외부 사람들에게 행복해 보이는 우리 가정은 행복이라는 단어가 글자의 형태로만 남아 있는 것이나 마찬가지였고, 단어의 내재적 의미는 이미 착취되고 훼손된 지 오래였다.

어느 봄날 어머니는 난산 끝에 아들로 착각했던 나를 낳았다. 당초에 아버지는 일이 바빠서 바로 병원에 와보지 못했다. 어쩌면 그는 나를 곁에 남길지 말지를 고민했을 수도 있다. 퇴원 후 나는 할아버지 품에 안겨 아버지의 고향 집으로 향했고 그곳에 잠시 맡겨졌다. 당시에 여러 이유로 시골에 아이를 보내는 일은 드문 게 아니었다.

시간이 흘렀고 나는 결국 우리 집으로 왔다. 아버지는 그때 등장했던 신이 누구였는지는 기억하지 못하지만, 한 신이 아버지의 몸에 강림했다. 처음에는 아무도 이해하지 못하는 훠뤄어河洛話, 허난성 뤄양洛陽의 고대 방언로 이야기하다가 유창한 민난어를 구사하는 성황신으로 바뀌더니 사람들에게 분부했다. 이 여아가 집안에 재물을 가져다줄 것이니 집으로 데려오고 신을 양아버지로 삼으라고 말이다.

정말로 신이 아버지의 운을 특별히 보살피기라도 한 것처럼 아버지는 100만 위안에 가까운 돈을 벌어들였다. 30년 전에는 엄청난 액수였다. 우리는 초라하고 오래된 작은 공장 방을 떠나 공장과 주거 기능이 합쳐진 큰 철공장으로 옮겼다. 어머니 말로는 그 몇 년 동안은 뭘 하기만 하면 돈이 들어와서 언제나 통장에 10만 위안은 있었다고 한다. 형편이 갑자기 좋아짐과 동시에 아버지에게는 신의 길이 열렸으며, 당시에는 아무도 예측하지 못했던 깊은 수렁도 기다리고 있었다.

형편만이 아니라 집안 또한 떠들썩해졌다. 거실에는 늘 지인들 혹은 안면만 있는 사람들이 번갈아 오갔다. 우리 가족과 생김새나 윤곽이 비슷한 이들이 대부분이었는데, 남녀를 불문하고 아버지보다 나이가 조금 많은 사람도 있었고 약간 어린 사람도 있었다. 그 후로 사람들은 우리 집에 꼬리를 물며 들어왔다. 마치 신에게 소원을 빌듯 아버지를 향해 두 손을 줄줄이 내밀었다. 방문한 사람들은 위층 신당으로 올라가 향에 불을 붙이고 두 손을 합장하면서 신에게 빌었고, 아래층으로 내려오면 아버지를 향해 손바닥을 펴면서 외상으로 해달라고 빌었다.

어린 시절 신의 탄생일이면 철공장 외부에 큰 천을 걸고 저녁에 여덟 신선이 바다를 건너는 시작 부분의 공연을 준비했다. 본편은 리샤오루 버전의 복숭아 동자 영화였으며, 우리 집의 작은 금로에는 다량의 금종이가 활활 타고 있었다. 그 몇 년 동안 집에서 실제로 상연된 연극에는 아버지가 늘 '반 남자'라고 부르는 고모가 있었다. 그분은 할아버지가 재혼한 뒤 얻은 자식인데 오랫동안 정신적으로 문제가 있다고 의심받았다. 멀리서부터 택시를 대절해와서는 아버지에게 손을 내밀며 돈을 달라고 했다. 택시기사는 파란 지폐타이완 1000위안으로 약 4만3000원 뭉치가 손에 쥐어진 후에야 다시 왔던 길로 돌아갔다. 이런 일이 질리지도 않고 계속되었다.

어느 해에 아버지는 돈을 더 주는 것은 거절하고, 택시비는 대신 내주겠다며 그녀를 집에 보내려고 했다. 그러자 고모는 높다란 의자 하나를 문 앞으로 끌어와 대문 앞에 자리 잡고 바람을 쐬었다. 지나가는 사람들이 그 모습을 보고는 항의했다.

"이 집 가족은 정말 잔인하군요. 어떻게 노인네를 바깥에 둘 수 있어요? 노인을 내다 버린 건가요?"

그러더니 경찰을 부르겠다고 했다. 아버지는 쉽게 긴장하는 성격이라 이런 일이 있으면 자기변호에 급급해지거나 아니면 집안일이라 외부 사람은 이해 못 한다고 소리쳤다. 그 때문에 낯선 사람들은 우리가 가해자인 줄로 오해하곤 했다.

아버지는 늘 자기가 남을 잘 돌볼 수 있다고 생각했다. 아마 태생적으로 감정이 풍부한 사람인 것 같다. 그는 언제나 아쉬움을 너무 많이 느꼈다. 친구의 고생에 마음 아파했고, 다른 사람이 눈물 흘리거나 무릎을 꿇으면 독한 마음으로 거절하는 것은 하지 못했다.

아마 빨라야 내가 갓 사춘기에 들어섰을 때일 것이다. 언니들과 나는 곧 시내의 5층짜리 단독주택으로 이사해서 각자 자기 방을 갖게 되리라는 환상이 있었다. 새 시청 건물을 짓기 전에 아버지가 미리 주변 부동산에 투자했는데 몇 년이 지나자 그 지역이 황금 땅이 된 것이다. 그 집은 아버지가 형편이 어려운 친구에게 오랫동안 무상으로 빌려주었다. 내가 커서 이사가 가능한 나이가 되었을 때는 이미 우리 소유가 아니었다. 아름다운 그 꿈은 헛된 꿈일 뿐이었다.

아버지는 형제자매를 위해 빚을 대신 갚는 긴 여정에 들어섰다. 먼저 부동산을 담보로 잡았다. 그곳에 무상으로 살고 있던 친구는 그 집을 살 생각도 없었던 데다 오히려 아버지에게 왜 단독주택을 담보로 잡느냐며 비난했다. 이 때문에 그들은 살 집이 없어지는 궁지에 몰렸고 단독주택의 운명은 결국 법의 손에 맡겨져 경매에 부쳐졌다. 그 집은 더 이상 그들의 소유도, 우리 소유도 아닌 타인의 것이 되었다.

아버지는 몹시 분노했다. 협조해주지 않는 친구를 바라보며 무력감을 느꼈지만 달리 어찌할 방법이 없었다. 결국 아버지에게 고마워하는 사람은 아무도 없었다. 그저 미움의 대상이 되었을 뿐이다. 아버지는 낯선 사람 취급을 당해 연락이 점점 끊겼으며, 혈연도 소용없었다.

인간은 일평생 더 많은 소유를 추구한다. 형편만 좋아질 수 있다면 타인에게 상처를 줘도 언젠간 지나가고 잊힐 것처럼 이를 위해 수단 방법을 가리지 않는다.

돈을 빌려달라며 우리 집에 왔던 사람들, 울고 비는 사람들, 아버지가 대신 빚을 갚아주었던 낯익은 사람들은 모두 내게 부러움의 대상이었다. 누구였더라, 그 공무원 집안. 각종 생활 혜택을 누리고, 우리에겐 없는 부동산도 갖고 있으면서 정기적금 우대 이자를 받으려고 정기적으로 우리 집 벨을 눌렀다. 그들이 올 때마다 아버지는 금고 깊숙한 곳에서 파란 지폐 여러 장을 꺼내주었다. 마침내 아버지가 한 번 거절하자, 그들은 우리 집안을 험담하고 다녔다. 그들이 인터넷에 '내가 못 나갈 때는 냉담하고 잘나갈 때만 다정하다' '친척 간에는 서로 도와야 하지 않는가'라며 익명의 글을 올렸던 것을 기억한다.

고기 냄새, 채소 냄새, 온갖 잡내가 뒤섞인 시장에서 어머니도 이상한 시선을 느꼈다. 어머니의 친구 말로는 어느 집이 도박 빚 때문에 먼 도시로 도망갔는데 그게 아버지가 돈을 안 빌려준 탓이라고 했다. 나도 아버지 고향 집 밖에 있는 편의점에서 낯선 사람이 우리 친가에 대해 쑥덕거리는 소리를 들었다. 우리 아버지는 형제자매가 죽을 지경이어도 돕질 않는다고 말이다. 아버지는 그런 소문을 듣고도 담담하게 말했다.

"에이, 남들이 내 사정을 어떻게 다 알아."

그러면서 담배 연기를 내뿜었다.

아버지의 중년 후반에서 말년까지의 삶은 깊은 수렁에 빠졌다가 기어오르고, 또다시 수렁에 빠지는 일로 점철되었다.

신이 처음 그에게 다가와 몸을 빌렸을 때 아버지는 여전히 신을 믿지 않는 상태였다. 오히려 신을 의심했다. 성황신이 아버지 몸에 강림했을 때 나는 왜 아버지를 택했냐고 물었다. 신은 아버지에게 바른 기운과 성실함이 있는 반면, 탐욕이나 타인을 해치는 마음은 없기 때문이라고 답했다. 아버지에게 빙의한 성황신은 젊은 나이에 익사한 물귀신이었다. 수백 년간 무수한 사람을 물에서 구해낸 공으로 신이 되었고 그 후로도 1000년을 수행했다. 성황신은 언제나 이렇게 말했다.

"나는 손톱만 한 신일 뿐이다."

하지만 사실 그는 수없이 많은 사람을 도왔다. 아버지도 똑같이 미미하고 평범한 인간에 불과하면서 마치 신처럼 사람들을 구하고 싶다는 욕심이 있었다.

성황신과 상담을 마친 사람들은 모두 감격한 얼굴로 그에게 감사를 표했다. 그러면 신은 늘 이렇게 말했다.

"할 일을 했을 뿐이다. 나는 더 많은 사람을 구하고자 한다."

아버지는 신이 아닌데, 신이 있든 없든 사람들을 구하겠다는 책임감을 지니고 있었다. 하지만 사람들은 늘 그를 잊었다.

나는 점점 이해하게 되었다. 그들은 혹시 우리가 더 잘사니까 당연히 그들의 짐을 짊어져야 한다고 생각한 건 아닐까, 우리가 더 많이 가진 듯 보여서 안 도울 이유가 없다고 생각한 건 아닐까.

나는 성황신에게 아버지가 왜 한평생 이렇게 비참한 삶을 살아야 하느냐고 물었다. 아버지가 형제자매의 빚을 대신 갚아주기로 결심한 뒤부터 과거에 꿈꿨던 미래는 전부 사라지고 금전 요괴가 따라붙기 시작했다. 신은 아버지의 팔자가 '육친불의六親不依'라고 했다. 마치 우주에 홀로 멀리 떨어져 외로운 별처럼 타인에게 의지할 수 없으며, 혈연이 박약하다고 했다. 성황신은 누가 되었든 간에 타인과의 돈거래는 절대 금하라고 예전부터 아버지에게 경고했다.

아버지는 "어쩔 수 없어. 사람이 이 지경에 놓였는데 어떻게 하나?"라며 권유를 듣지 않았다. 또한 신이 분명히 실패한다고 경고했는데도 친구와 동업해서 타이로 고철 사업을 이전했다. 초등학교 시절에는 나도 몇 년간 '사와디카'(타이어로 '안녕하세요')를 읊을 일이 있었다. 아버지가 타이에서 가져온 지독한 두리안 냄새도 처음 맡아보았다. 철공장 앞에 원래 야외 창고였다가 나중에 차고가 된 공간이 있었는데 그곳에서 큰 두리안을 잘랐다. 고약한 냄새가 마치 만화영화에서 역겨운 황록색 기체에 둘러싸인 것처럼 온 집 안에 퍼져서 오래도록 사라지지 않았다. 마치 곰팡이가 지독하게 퍼지듯이 말이다.

신이 예언했던 대로 타이에서 투자한 사업은 실패했다. 합작 투자에 대한 분란도 적지 않았다. 먼 친척의 남편은 아버지가 아픈 가족을 보러 잠시 타이완으로 돌아온 틈을 타 공장 기계를 훔쳐다가 팔았고, 아내 몰래 딴 여자와 바람을 피웠다. 아버지는 그후의 파멸로 또다시 경멸을 당할 수밖에 없었다.

나의 출생은 아버지에게 재물복을 안겨줬으나 이는 사실 액운이나 다름없었다. 혈연으로 맺어진 다양한 관계가 어둠 속에서 줄줄이 손을 내밀어 아버지를 붙잡고 매달렸다. 어쩌면 신은 막내딸이 가져온 재물은 행복이 아니라 불행의 씨앗이라는 걸 아버지에게 말하지 않은 게 아닐까.

끝없는 돈과의 싸움에서 아버지는 단 한 번도 이겨본 적이 없다. 최근 아버지는 불법 점유를 당해 소송을 냈다. 이 문제로 법정에서 열변을 토할 때 가해자는 아무것도 모른다는 듯 불쌍한 사람의 연기를 했다. 한편 아버지가 고용한 변호사는 이를 감당할 정도로 유능하지 못했다. 어쩔 수 없이 파란 지폐를 더 많이 꺼내 친구들이 소개한 변호사로 세 번이나 바꾸었다. 그러고 나서야 손실액에 훨씬 못 미치는 배상금을 받아낼 수 있었다.

대학을 졸업한 후 석사과정을 준비하던 시절, 내가 만났던 사람들은 하나같이 내가 기댈까봐 두려워했다. 그들은 막내딸이란 한마디로 철없음의 대명사라며, 손위 형제들이 남긴 온갖 좋은 것을 누리며, 그들의 도움을 받아 성장한다고 했다.

"우리는 네가 독립적으로 살도록 가르칠 거야. 남들이 전부 너한테 잘해줄 거라거나 남들한테 의지해도 된다고 생각하지 마."

그때 나는 남에게 의지할 생각은커녕 이미 '육친불의'로 살기로 마음먹은 터였다. 아버지보다 더 단호하게 끊어내리라고 다짐했다. 나는 항상 언니들이 했던 말을 기억했다.

"누가 돈을 대줄 거라고 기대하면 안 돼. 나쁜 습관이 들면 안 되니까 생활비는 스스로 벌어. 용돈은 줄게."

우리는 기본적으로 더치페이를 했지만, 나는 행여나 불화가 생기는 게 싫어 각자 몫을 내고 남은 자투리 금액은 내가 기꺼이 감당했다.

석사과정을 밟고 있던 20대 중반, 부모님은 내 책상 컴퓨터 아래에 파란색 지폐 다섯 장을 끼워놓곤 했다. 나는 점점 마음이 불편해져서 아버지에게 주지 않아도 괜찮다고 말했다. 아버지는 지금도 종종 묻는다.

"주머니에 돈은 좀 있어?"

내가 차를 몰고 나가려 하면 아버지는 기름이나 넣으라며 파란색 지폐 한 장을 내민다. 심부름 다니던 어린 시절처럼 잔돈은 여전히 내 차지다. 석사 후반에는 혹시라도 도움받게 될까봐 아르바이트를 하며 모든 비용을 스스로 벌었다. 학비도 가족들이 못 내게 했다. 나마저 아버지에게 부담 되는 게 두려웠다. 나는 나 자신에게 경고했다.

"나는 지금부터 아무한테도 기대지 않을 거야. 그러니 당신도 나한테 의지할 생각은 하지 마."

나는 나 자신을 책임진다. 남에게 의존하지 않는다. 하지만 남들이 나를 마음대로 이용하는 것도 거부하며 누구도 부양하지 않는다.

깊은 수렁을 헤매던 시절에는 아버지의 희생을 이해할 수 없었다. 아버지가 원한 것은 오직 '가정의 화목'뿐이었지만 그건 어쩌면 일방적인 감정에 불과했는지도 모른다. 성황신은 이렇게 말했다.

"네 아버지는 친하다고 생각하겠지만, 상대방도 그렇게 생각하는지는 모르지."

앞서 말했듯이, 아버지는 형제자매 중 돌아가신 셋째 삼촌과 가장 사이가 좋았고 생김새도 가장 닮았다. 젊을 때 두 사람은 티격태격하면서도 잘 지냈다고 한다. 어쩌면 셋째 삼촌이야말로 아버지의 진짜 형제였는지 모른다.

셋째 삼촌이 세상을 떠날 때 기이한 일이 많이 생겼다. 신은 셋째 삼촌이 원래 하늘의 별인데 인간으로 태어났다면서 세상에서의 시간이 다하였으니 가족들은 부디 슬퍼 말고 그를 보내주라고 했다. 셋째 삼촌이 죽기 전에 신은 그의 죽음이 온 가족을 더 잘 살게 해주기 위한 희생이라고도 했다. 아버지와 형제들은 셋째 삼촌의 사망 후 실제로 큰돈을 벌어 고향에서 한때 풍운을 누렸다. 최근 몇 년간의 긴 어둠 속에서 아버지도 그렇게 생각했던 것은 아닐까. 자기 한 사람의 희생이 남들에게 좋은 일로 돌아온다면 그것이 온 가족의 행복이라고 여겨 신의 권고를 마음대로 무시해버린 건 아니었을까.

아버지는 매년 마조媽祖신 생일 전야가 되면 집 안에 모셔둔 신주를 마더우의 묘에 다시 모시고 가서 귀루 의식을 치렀다. 오후에는 나와 인근의 다이톈부代天府, 타이난의 큰 도교 사원에 갔다. 우리는 함께 용의 몸처럼 길게 뻗은 18층 지옥을 걸었다. 용의 입이 지옥의 입구였고 위쪽에는 악귀들이 있었다. 안쪽은 어둡고, 피범벅이었다. 제16층 지옥에는 "도박, 사기, 모조품 판매자는 응당 '할복'형을 받아야 한다"고 쓰여 있었고 인형 배가 갈라져 내장이 흘러나왔다. 또 제17층 지옥에는 "꾼처럼 유언비어를 퍼뜨려서 싸움을 붙이고, 살인을 교사하는 자는 응당 '혀를 뽑히고 뺨이 뚫리는' 형을 받아야 한다"고 되어 있었다. 혀가 뽑힌 인형의 튀어나온 눈에는 두려움이 가득했다. 만약 아버지를 해친 사람들이 지옥에 떨어진다면 아버지는 마음 아파할지도 모른다.

어둠이 걷히고 야외까지 걸어가면 천당이었다. 그곳에는 이십사효二十四孝, 중국의 저명한 24명의 효자가 걸려 있었다. 성인이 된 나는 '효孝'의 의미가 헌신과 희생이라는 걸 깨달았다. 그러면 어찌 천당일 수 있겠는가. 지옥이 몇 층이든 끝까지 걸어가면 빛이 있을 줄 알았는데 현실에 끝이라는 건 존재하지 않았다.

갑자기 영화 속 대사가 떠올랐다.

"현실이야말로 지옥이야. 넌 여기가 천국인 줄 알았구나? 내가 지옥에 온 데에는 분명 이유가 있을 거야. 벌을 다 받으면 떠날 수 있겠지."

그랬다. 영화의 주인공도, 아버지도 자신을 억누르고 남을 떠맡는 형벌을 받는 중이었다. 아버지는 성황신이 물귀신이던 시절에 애써 뭍으로 끌어올리려 했지만, 결국 자원해서 빠져 죽은 익사자가 아니었을까. 다른 익사자들에게 꽉 붙잡힌 채였지만 물 밑의 사람이나 귀신들을 밟고 올라가고 싶지는 않았던 건 아닐까.

오랜 시간에 걸쳐 친구들과 돈 문제를 겪고 불만이 생긴 아버지는 대부분의 사람과 관계가 소원해졌다. 마치 잔잔해진 물 표면같이 일흔을 앞둔 아버지의 삶은 약간 조용해졌다. 그는 마침내 외로운 사람이 되었다. 의지할 친지도, 의지하러 오는 친지도 없으니 세월이 참으로 고요하다. 이제 행복해질 때가 되었다.

선남선녀 🚶

토요일마다 우리 집 거실에서 열렸던 신점 모임의 기억은 대략 초등학교 시기로 거슬러 올라간다. 오랫동안 아버지가 왜 그 늦은 밤 신이 되어 선남선녀들 사이에 둘러싸여 있었는지 그 이유는 몰랐지만 나는 거실 모임을 아주 좋아했다.

완리 야시장은 토요일이 최고였다. 신과의 상담이 막 시작되거나 중단되었을 때 우리 남매는 야시장에 들러서 야식을 샀다. 구운 옥수수 가게 사장님은 아버지의 절친인 아린 삼촌의 친구였는데 늘 우리에게 삶은 옥수수를 공짜로 주었다. 소금물에 데친 짭짤한 맛이 일품이었다. 집에 오면 우리는 사무용 책상 옆에 있는

🚶   불법에 귀의한 남녀를 이르는 말.

작은 등나무 탁자에 둘러앉았다. 등 뒤에 모여 있는 사람들, 신과의 문답, 피어오르는 향과는 전혀 다른 시공간에 있는 것 같았다.

신과의 상담을 목적으로 아버지를 찾는 친구 중 낯선 얼굴은 거의 없었다. 오래 왕래하다보면 진짜 친척보다 더 가까워졌다. 항상 느지막이 도착하는 천 아저씨는 노점 장사에서 남은 닭 날개, 닭다리, 닭 꽁지 등을 들고 와서 식탁에 푸짐하게 늘어놓았다. TV 채널은 토요일 예능 프로그램에 맞춰놨는데, 음량은 최소한으로 해놓아서 가까이 다가가야 들을 수 있었다. 텔레비전 속 진행자의 작은 웃음소리와 우리 목소리가 뒤섞이다가 누가 큰 소리로 웃기라도 하면 등 뒤에 있던 어머니가 "조용히 좀 해!"라고 외치며 어깨를 두들겼다. 나는 천 아저씨가 가져온 닭 꽁지를 한입 베어 물고는 아린 삼촌 가게에서 가져온 샤오완퉁표 음료수를 들이켰다. 300밀리리터짜리의 작은 컵이 딱 좋았다. 당시 어린이 음료에 무가당, 저당 음료수 따위는 없었고 무조건 당도 100퍼센트였다.

천 씨 아저씨는 아버지보다 나이가 조금 더 많았다. 내 기억에 일찍부터 흰머리가 많았으며, 키가 크고 마른 체형은 그가 팔던 바삭하고 기름진 닭 날개와는 정반대였다. 그는 아들 때문에 걱정이 많았다. 아들은 변변한 직업 없이 지내다가 돈 많은 아내를 만나 데릴사위처럼 처가에서 살았다. 어느 날 천 아저씨는 귀엽게 생긴 손자 사진을 신에게 보여주었다. 신은 붓을 붉은 먹물에 찍어 아기 머리 위에 부적을 그린 다음, 붓으로 입, 혀, 혀뿌리에 점을 찍었다. 아이는 두 살이 되도록 아직 말을 못했고 낼 수 있는 소리도 극히 한정적이었다. 천 씨 아저씨는 혹시라도 아이가 벙어리일까봐 걱정이었다. 신은 아이에게 물건을 만지게 하면서 자연스럽게 소리를 내도록 도와주라고 했다. 마침 그해에 나는 『헬렌 켈러』를 막 읽은 상태였다. 설리번 선생님도 헬렌 켈러가 먼저 물을 만져보도록 한 후, 선생님 입 모양을 손으로 만지면서 소리를 내도록 가르쳤다. 나는 동쪽 타이난의 작은 설리번이 되어 천 씨 아저씨의 손자를 안고 정수기를 보러 갔다. 레버가 달린 수도꼭지에서 물이 뿜어져 나오는 모습을 아이에게 보여주었다. 아이가 매우 신나기에 나는 거듭해서 "물, 물…… . 미음, 리을, 물이야"라고 알려주었다. 아이는 신이 추천한 청다의원에서 진료받은 후 혀뿌리를 자르는 수술을 했다고 들었다. 그 후로 미약하게나마 소리를 내기 시작했다고 한다. 그 후 다시 만나보지는 못했지만 아이도 헬렌 켈러처럼 훌륭한 사람이 되었을까?

언제나 눈살을 찌푸린 채 아들과 손자를 걱정하던 천 씨 아저씨는 정확히 기억나지 않는 어느 해에 더 좋은 곳, 더 먼 곳, 신에게 질문할 필요 없이 바로 만날 수 있는 곳으로 떠났다.

지금도 구이 요리를 먹을 때면 천 씨 아저씨의 간판 요리였던 닭 날개 구이가 떠오른다. 내가 먹어본 최고의 닭 날개 구이였다. 단맛과 짠맛이 딱 조화롭고 껍질이 바삭바삭했으며 불맛을 제대로 조절해서 은은한 숯 향이 났다. 다만 이제는 그것이 신에게 속한 맛이 된 게 아쉬울 뿐이다. 내가 죽어 하늘에서 다시 인연이 닿는다면, 천 씨 아저씨가 한 번 더 숯불을 피워 내게 고향의 맛을 하나 구워주었으면 한다.

천 씨 아저씨가 떠난 후, 선남선녀들은 내가 자라는 동안 천천히 늙어갔고 결국은 무리에서 떠났다. 그들이 신의 마중을 받았다고 이야기하는 사람은 없었다. 단지 그들이 고통 없는, 더 나은 곳으로 갔다고 느꼈다. 남은 사람들은 떠나는 이들의 마지막 길을 함께 배웅했다. 시간이 어느 정도 지나면 일상은 예전처럼 회복되었다. 새로운 듯, 그대로인 듯 평범하고 비슷해 보였지만 누구의 빈자리인지는 어렴풋이 알았다.

내가 처음이자 유일하게 했던 심령 체험도 선남선녀 무리를 이탈한 사람을 본 것이다. 여름방학 소집일이라 아침 일찍 학교에 가서 청소를 마친 나는 배가 몹시 고파 최대한 낮은 자세로 자전거 페달을 힘껏 밟아 집으로 갔다. 청과시장 어귀에서 우연히 만난 어머니는 길 반대편에 서서, 자전거를 탈 때는 허리를 곧게 펴라고 외쳤다. 집에 도착한 나는 반쯤 주저앉은 자세로 철제 셔터문을 열고 거실로 들어갔다. 어머니가 기다란 거실 형광등 네 개 중 하나만 켜둔 데다 다른 철문은 한밤중인 것처럼 굳게 닫혀 있어서 거실에는 미약한 빛 한 줄기뿐이었다. 구석구석이 어둠 속에 잠겨 있었다. 나는 배고픔과 피곤함이 번갈아 달려드는 가운데 구석진 곳에 놓인 일인용 의자에 누가 앉아 있는 것을 보았다. 뭘 잘못 봤거나 환영이겠거니 생각했지만, 가까이 다가가 보니 꽃무늬 치파오를 입은 여자였다. 그 모습이 왠지 모르게 낯익었다. 문득 우리 집 신이 여전히 신당에 모셔져 있어 귀신이 제멋대로 오간 적은 없다는 점이 떠올랐다. 지금 혹시 신이 자리에 없어서 평소에 보지 못하는 게 보이는가 싶어 당황스러운 마음이 들었다. 황급히 계단을 마구 뛰어올라가 2층까지 갔다가 다시 내려왔을 때 의자는 비어 있었다.

나중에 아버지와 대화해보니, 과거에 조상들이 교류했던 지인이 아닌 외톨이 귀신이나 혼백은 우리 집 문턱에 발을 디딜 수 없다고 했다. 문밖에는 모두 부적이 붙어 있고 신당에는 신이 자리를 지키고 있었기 때문이다. 그제야 우리는 그맘때가 원자이ᵡᶠᶠ 아저씨의 부인인 원자이 아주머니의 기일이었음을 깨달았다. 게다가 매달 기리는 상병일賞兵日이기도 했다. 돌아가신 지 얼마 안 된 원자이 아주머니가 사람들을 그리워하며 상병일에 맞춰 찾아온 것이다. 그녀는 생전에 상병일마다 제물을 가져와 참배하고 향로에서 향 세 대가 다 탈 때까지 수다를 떨다가 저녁이 다 되어서야 제물을 집에 가져가 식사 준비를 했다. 그 무렵 그녀의 딸은 완리로에 빙과점을 열었다. 나는 몇 번이나 할인된 가격으로 아이스크림과 궈샤오이몐鍋燒意麵, 타이완식 냄비국수을 즐겼다. 마침 그녀의 큰아들과 내 남동생은 초등학교 동창이기도 해서 모두가 상병일에 만나면 아주머니 눈꼬리의 주름이 길게 늘어지도록 끝도 없이 웃고 수다를 떨었다.

그 집 가족들은 쉽게 쉽게 신에게 묻는 성격은 아니었지만, 제사에는 꼭 왔다. 보통은 자녀의 창업이나 새집 입주 등 큰일이 있을 때만 신으로부터 공수받으러 찾아왔다. 손자들이 아직 어릴 때 깜짝 놀라거나 하면 달래기 위해 찾아왔고, 큰 시험을 앞두고서 머리에 빨간 잉크로 부적을 내려받으며 시험이 순조롭기를 기도했다. 시간이 흘러 자녀들의 일이 뜻대로 잘 이뤄지면서 원자이 아저씨가 주말 거실 모임에 참여하는 횟수도 점점 줄었다. 자녀와 손자들은 모두 바빴고 원자이 아저씨는 은퇴 후 편안하고 흡족스러우며 안심되는 노년 생활을 즐겼다. 자연히 무슨 일이 있을 때마다 건건이 신에게 물어볼 필요가 없었다.

거실 모임의 역사만큼 아직은 어렸던 나는 신을 의심해본 적이 없었다. 신이 강림하는 날이면 자연스레 따라오는 발자취들과 내왕하는 어른들이 신에 대해 갖는 동경심에 익숙했고 수많은 친지의 아름다운 착각도 즐겼다. 하지만 이젠 모든 게 달라졌다. 나는 이미 반항심을 숨길 줄 알고, 타인 앞에서는 진실을 숨긴 채 예의 바른 표정을 지어낼 줄도 아는 어른이 되었다. 천박한 성인의 시선으로, 성숙한 어른이 더 이상 숨기지 않는 갈망을 마주했다. 좀 더 직접적으로 표현한다면 탐욕 말이다.

나는 정확히 언제부터 거실 모임이 따뜻한 기억에서 멀어졌는지 시간순이나 달력 위 빨간 주기로 표시할 수가 없었다. 아무도 모르는 방식으로 서서히 멀어졌을 뿐이다.

최근 몇 년간 타이난에 머물면서 초인종이 울리고 스피커 반대편에서 유쾌한 목소리로 "제물 가지러 왔어" 하는 소리를 듣는 일이 드물어졌다. 옛날에는 사람들끼리 서로 잘 알았고 가끔은 제물을 가지고 와서 제사를 지낸 다음 몇 시간 먼저 바쁜 일을 보러 갔다가 다시 가지러 오는 게 일상이었다.

지금은 심야의 전화가 그것을 대체했다. 새벽 한 시, 아버지가 막 잠들었을 때 갑자기 전화가 울렸다. 알고 보니 거실 모임에 새로 온 신도 아주머니였다. 그녀의 남편은 오랫동안 만성 질환으로 고통받아왔는데 그날 밤 갑자기 통증이 심해져서 참을 수 없는 지경이었던 듯하다. 그녀는 전화를 걸어와 남편의 건강에 문제가 없도록 아버지에게 급히 위층 신당에 올라가 신에게 아뢰고 향을 피워달라고 재촉했다. 어찌할 도리가 없던 아버지는 그녀를 위로하면서 빨리 병원에 데려가서 응급 진료를 받으라고 했다. 그녀를 위해 향을 피우겠다고도 약속했다. 그것이 처음으로 밤에 걸려온 전화였지만 곧 시간 간격을 두고 몇 번의 밤으로 다시 연장되었다. 밤 12시 혹은 새벽 1시 반, 그녀는 남편이 참지 못할 정도로 통증이 심하다며 거듭 아버지에게 신께 빌어달라고 부탁했다.

내 기억에 아주머니는 지금같이 초조하고 불안한 모습이 되기 전 신에게 상담하러 온 적이 몇 번 있다. 당시 그녀는 꼭 황제가 황후를 간택하는 것처럼 며느리의 장단점을 세세히 따졌다. 참다 못한 신이 대체 뭘 알고 싶은 거냐고 물었다. 그녀가 어떤 일을 어떻게 처리해야 되는지 몇 번이나 반복해서 물으면 신은 예전에 다 했던 얘기인데 내 말대로 하지 않고 왜 또 와서 묻느냐고 했다. 몇 번은 그녀가 계속 돈이 안 벌린다고 불평하면서 "경기가 안 좋아서 장사가 엉망인데 어떻게 하죠?"라고 물었다. 사실 그녀는 다년간 우리 아버지와 사업 아이템 하나를 두고 온갖 영업 수단을 다 동원해가며 경쟁했고 이미 낮은 가격을 계속해서 깎았다. 또한 아버지 사업장의 상품이 너무 비싸다거나, 흠집이 있다는 식으로 넌지시 내비쳐 결국 원하는 모든 것을 얻은 사람이었다.

신은 "경기가 나쁘면 모두가 어렵지, 네 사업만 안 되는 건 아니다"라며 그 이상은 답변하지 않았다. 딴 데 가서 물으라는 식으로 힌트를 줬다. 다시 찾아왔을 때 그녀는 이미 초조함이 극에 달한 상태였다. 그녀는 흐느끼며 무릎까지 꿇고는 아버지의 몸에 강림한 신에게 말했다.

"제발요, 제발 부탁드려요. 제가 몇 번이나 부탁했잖아요. 제발 들어주세요."

마치 매장에서 부모에게 물건을 사달라며 울며부는 아이 같았다. 설령 신이 "그것은 사람의 일이다. 신이 해결할 수 있는 일이 아니다"라고 답해도 그녀는 계속 빌었다. 나는 사람이 도움받을 곳이 없으면 자기 자신을 위해 더욱 독실해진다는 사실을 점점 깨달았다.

내가 아버지에게 물었다.

"저 아주머니는 현실에서 별로 선한 사람이 아닌데도 신이 보호해주나요?"

아버지가 대답했다.

"남편 병을 고치려 하는 걸 보니 본성이 나쁜 사람은 아니야. 조금 이기적일 뿐이지. 나는 신을 위해 일하고 있으니 사람을 따지면 안 돼."

아버지는 시종일관 신이 세상을 구할 뜻을 가졌으니 이 세상에서 신을 대신하는 몸인 그도 반드시 선을 행해야만 하며, 타인과 서로 견주어 따지지 않는다는 원칙을 신봉해왔다. 물론 비용도 받아서는 안 되었다. 많아봐야 신의 탄생일에 모두 각자 역할을 나눠 신에게 보답하는 영화나 가자희歌仔戲를 준비한다든가 꽃바구니나 거북이 빵을 만드는 정도였다. 여기에 필요한 잡비를 금전으로 환산한다면 선을 행하고 세상을 구하는 것은 불가능하다.

아버지는 그렇게 조심스레 신의 뜻을 받들었지만, 다른 어른들은 모두 이익을 추구했고 이익을 갈망하는 마음 때문에 신을 찾아오고 빌었다. 새로운 역사에서 선남선녀들은 하나같이 자기 자신만을 생각했다.

전염병이 돌던 해에 아버지는 쉽게 긴장하고 불안해하는 자신의 성격과 가족들의 설득을 받아들여 접신 시간을 크게 줄였다. 중요한 일이 아니고서는 상담 요청을 거절했다. 겨울철에 아버지는 감기로 몸이 약해진 상태였는데 어떤 사람이 신과 상담할 수 있냐고 물어왔다. 아버지가 거절하자 그는 신의 옆자리를 꿰차고 앉아 스스로 우두머리桌頭, 신탁 옆에 앉아 무당의 말을 대신 전해주는 사람 역할을 맡았다. 사람들에게 약 처방을 써주고, 부적의 사용법을 알려주는 갓파河童 ⚲ 아저씨가 되었다. 그가 아버지에게 말했다.

"당신은 신에게 빙의될 몸이 아닌데 상담을 해주니 불시에 여기가 아프고 저기가 아픈 거요. 접신하는 사람이 여기저기 아플 리가 있소?"

아버지는 차오르는 분노를 삼키고 그를 대강 달래서 집으로 보냈다. 그를 거의 방문 거절 명단에 올리다시피 한 후 그와의 연락을 대폭 줄이고 집에 올 시간도 거의 주지 않았다. 갓파 아저씨는 그래도 어디 이득 볼 구석이 없나 하고 분주히 다녔다. 그는 신의 이름을 받들어 친구 집에 부적을 붙이고 다녔다. 일이 끝난 후에는 밤참 명목으로 남의 집 궤짝에 들어 있는 양주를 요구했고 약간의 차비를 더 받아내고 나서야 만족해 그 집 문을 나섰다.

⚲　　　일본의 요괴 혹은 전설상의 동물. 청색과 회색 몸에 머리 위에는 물을 담은 접시가 얹혀 있고 손에는 갈퀴가 붙어 있다. 장난치는 것을 좋아해 사람들과 씨름하거나 사람 혹은 말을 물속으로 끌어들이기도 한다.

이게 신의 뜻인지 아버지가 마음이 약해서인지는 모르겠지만 10년 남짓 동안 갓파 아저씨는 신 혹은 우리 집을 진정으로 떠난 적이 없었다. 그는 슬럼프에 빠졌을 때 섣달그믐날 핑계를 대고 우리 집에 왔다. 아버지는 그에게 들어오라 했고 우리 식구들과 한 해의 마지막 식사를 함께함으로써 신점 모임 멤버들과의 역사를 갱신했다. 그는 아버지의 친한 친구도 아니면서 우리 가족과 설 명절 식사를 함께한 첫 번째 사람이었고 심지어 언니들의 혼담이 오가는 식사 자리에도 자원해서 참여했다. 신과는 전혀 무관한 남의 집 사생활인데 말이다.

한 번도 떠난 적 없는 갓파 아저씨는 멋대로 정한 우두머리 신분으로 자신의 먼 친척 여러 명을 신점 모임에 가입시켰다. 공짜 상담은 물론이고 비용이 들지 않는 공짜 저녁까지 먹였다. 아니면 오래된 멤버들보다 훨씬 더 일찍 신탁의 다른 모서리 자리를 차지하도록 그들을 중간에 끼워넣었다. 상담자용 의자에 더울 때까지 앉아 있어도 절대 자리를 떠나지 않았다. 그는 아버지가 신에 빙의되면 대신 주인 노릇을 하면서 상담과 관련된 모든 사안을 진두지휘했다.

나는 예전에 끓어오르는 심정으로 아버지에게 왜 저런 사람을 곁에 두느냐고 물었다. 아버지는 울적함을 혼자 삭이고, 정말 분노를 참을 수 없을 때에만 그를 거절했다. 하지만 또다시 그가 찾아오면 늘 이렇게 말했다. "저 사람도 변하고 있어. 신이 인도하실 거야. 저 사람은 본성이 안 좋아서 습관을 고치기 어려운 것뿐이야." 두 사람의 교우관계가 겹치는 것도 아버지가 그를 거절하기 어려워한 이유 중 하나였다. 하지만 그분은 금세 아버지를 화나게 했고, 모든 것은 출구 없는 악순환에 또다시 빠져들었다.

타인에게서 비롯된 다양한 번뇌는 상담 공간을 빠져나와 거실로까지 밀려들었다. 그랬다가 신내림이 끝나면 신성을 잃은 공간은 가족 간의 분란으로 변질되었다. 최근에 누가 상담하러 왔는지, 누가 안 왔는지, 누가 낯선 사람을 많이 등록시켰는지, 혹은 누가 심야에 신을 찾으며 전화했는지를 두고 부모님은 항상 다퉜다. 본래 순수했던 한 가족의 생활 공간이 소원을 실현해내려는 선남선녀들로 인해 개인적인 신앙 공간으로 전락했다. 그들이 빌면 반드시 응답을 받아야만 해 거절할 수 없었다. 거절했다간 터무니없는 말꼬리를 잡힐 게 뻔했다. 우리는 일반인의 환상 속에서 완벽한 신격이나 인격을 갖춰야만 하는 사람들이었다. 다른 사람들 눈에 선을 행하는 사람이었던 아버지에게는 거절할 권리가 없었다. 혹은 주인장으로서 불필요한 분란을 겪어내는 것이 필수였다. 이미 균형을 잃은 관계 속에서 우리는 자신을 희생해가며 선량하지 못한 사람들을 수없이 도왔다.

성인이 된 나에게는 고민이 생겼다. 신의 기준은 대체 뭘까?
'경배하는 자에게 신의 가호가 있으리라'라는 말은 아주 쉽게 달성할 수 있는 목표 지점이 되어버린 것 같다. 내가 경건한 신앙을 가지고 신의 말씀을 따르기만 하면, 타인에게 악을 행해도, 신의 이름으로 사기를 쳐도 잘살게 되는 걸까, 자유롭게 살 수 있는 걸까. 그래도 신에게 바친 것들을 대가로 하여 여전히 신의 가호를 누릴 수 있는 걸까.

향에 불을 붙이고 신에게 아뢸 때면 먼저 "선남인 저는 누구입니다" 혹은 "선녀인 저는 누구입니다"라고 자신을 소개한다. 하지만 진정한 선남선녀라면 독실한 믿음이 우선시되어야 한다. 나는 여전히 어릴 적 선남선녀들을 생각한다. 비록 운명을 피하지 못하고 일찍 모임을 떠났으나 '만약' 그들이 어전히 여기 남아 있다면 얼마나 좋을까. 운명은 항상 '만약'이라는 단어를 훔쳐서 이곳에 남은 우리에게 건넨다.

그들이 떠난 이 세상에 더 이상 진정한 선남선녀는 없다. 선량하고 독실했던 그들은 이제 하늘에만 있다.

다리를 건너

그해 연말에는 모두가 12월의 축제 분위기를 기대하고 있었다. 어둑어둑한 한밤중에 아버지는 차를 몰고 난딩교南崀橋 저편에서 수십 년간 변함없는 길을 따라 집에 왔다. 거실 등은 이미 모두 꺼져 있었고 어머니가 방 안에만 불을 밝힌 채 아버지를 기다리는 중이었다. 아버지가 철제 셔터를 여는 소리가 들려 나도 아래층으로 내려왔다. 아버지는 외출복을 벗고 유백색 러닝셔츠와 반바지만 입은 채 한겨울 그날 밤이 지나도록 입을 떼지 않았다. 새벽녘의 공기와 시간은 꽁꽁 얼어붙은 것 같았다. 마침내 어머니가 침묵을 깨자 아버지는 먼 곳을 바라보며 천천히 말했다.

"그 좋은 사람이 이렇게 가버리다니……."

그때부터 아버지는 밤마다 텔레비전 정치평론 프로그램을 보면서 담배에 불을 붙이고, 도넛 모양의 연기를 깊이 내뱉으며 고독한 그림자로 살았다.

만일 그날 밤을 기점으로 몇 년 치 일력을 거꾸로 붙인다면 아버지는 일력 한 장을 뜯을 때마다 거듭 다리를 건너 끊임없이 거슬러올라갈 것이다. 아린 삼촌이 우리 집에 올 때마다 지나는 그 길을 말이다. 아린 삼촌이 아프고 난 후부터 아버지는 전화만 울리면 곧바로 그의 집으로 향했다. 그의 병원 진료와 물리치료에 동행했을 뿐 아니라 그를 위해 신에게 빌고 제사를 지냈다. 온갖 강장제도 다 찾아다녔다. 치료에 도움 되는 이런저런 방법을 그가 혹시라도 거절할까봐 걱정하면서 말이다.

과거에는 아린 삼촌이 난딩교 저편에서 자딩茄莊구의 일부를 살짝 지나 완리에 진입한 후 골목길을 몇 번 돌아 우리 집에 오는 경우가 대부분이었다. 아버지는 내가 태어난 지 얼마 안 되었을 때 큰돈을 벌면서 철공장을 매입했다. 번화한 완리로를 조금 벗어난 완리의 작은 마을 한구석에 고철 공장을 차렸다. 아린 삼촌은 원래 우리 공장에서 일하던 노동자였다. 당시 아버지는 인생의 최정점을 찍는 중이었고 사업은 매우 번창했다. 어머니와 아버지는 안팎으로 바쁘게 뛰어다녔고 나는 혼자서 온 집 안과 공장의 1, 2층을 돌아다니며 놀았다. 한동안 2층의 큰 방에서 일꾼들이 기계를 조작해 판 압착 작업을 했던 것으로 기억한다. 아린 삼촌도 그곳에서 기계를 마주보고 등을 돌린 채 일하던 일꾼 중 한 명이었다.

아버지가 사업차 외출하면 아린 삼촌은 아버지를 대신해 공장의 대소사를 돌봤다.

고철 사업은 몇 년간 이어졌지만, 막바지에는 상황이 시소처럼 오르락내리락했다. 아버지는 곤란에 빠진 친척들을 돕기 위해 저축해둔 돈을 밖으로 한 번씩 퍼주었다. 그러던 어느 날 누가 타이에서 투자 명목으로 아버지를 초청했다. 아버지는 서서히 쇠락하던 고철 공장을 타이로 이전하기로 했다. 신이 일찍부터 아버지에게 타이 투자를 하지 말라고 권했지만 결국 그는 머나먼 열대의 나라로 떠났다. 친구에게 이미 하겠다고 대답했으니 두말하는 사람이 될 순 없다면서 말이다. 아버지는 일관되게 그런 고집을 보였다. 인생은 현수교처럼 유동적이고 끝이 없으며, 흔들리고 불안할 수도 있지만 아버지는 고집스럽게 가겠다고 했다. 설령 나중에 후회할 일이 생기더라도 아버지가 그 결과를 감수할 것임을 나는 알았다. 아린 삼촌 역시 조금의 망설임도 없이 아버지를 따라 전진했다. 아버지의 인생은 마치 현수교처럼 한 걸음 내딛을 때마다 출렁거렸으며 기복이 심했다. 그 열대지역의 모험은 인생 한가운데의 불안정한 다리여서 처음과 끝을 예측할 수 없었고, 아린 삼촌은 결과가 무엇이든 의리를 위해 앞으로 돌진하는 바보였다. 자칫하다간 둘이 함께 떨어질 수 있었다. 둘은 혼자보다 덜 외롭겠지만 잘못 디뎌서 떨어지기라도 하면 더 많이 다친다.

가끔 어머니와 함께 타이난을 지나 가오슝 지역의 샤오강 공항으로 마중 나가기도 했다. 꽃무늬 셔츠를 입은 그들은 피부가 더 새카맣게 탔고 짐가방에는 각종 선물이 가득 담겨 있었다. 아직 초등학생이었던 나는 그것이 인생 승리의 표상인 줄로만 알았다. 집에 돌아오면 아버지가 가방에서 선물들을 꺼내주었는데, 어머니의 디올 립스틱, 샤넬 아이섀도가 있었다. 그리고 지금까지 거실의 유리장에 안전하게 보관되어 있는 위스키들이 있었고 그중엔 사슴 모양에 금박을 한 한정판도 있었다. 아버지의 운명은 때로 짓궂은 장난 같았다. 그 후 몇 년간 신의 예언대로 동업에 문제가 생겼다. 타이의 불볕더위만큼 분쟁은 심해졌고 결국 아버지는 기계를 다 처분하고 타이완으로 돌아왔다. 아린 삼촌은 그 모든 과정에서 아버지 곁을 지켰고 함께 귀국했다.

아버지는 업종 전환을 준비하면서 남는 시간에는 신의 매개체가 되었다. 매주 토요일이면 거실에서 상담 모임이 크게 열렸다. 아버지가 접신하기 시작하면서 신경 쓰지 못하는 자질구레한 일은 다 아린 삼촌이 맡아서 손수 처리했다. 그는 언제나 신이 된 아버지의 옆자리에 앉아 신의 공수를 상세히 기록했다. 그것은 누구든 쉽게 앉아 모방할 수 있는 위치가 아니었다. 아버지가 무엇을 하든 그 곁에는 아린 삼촌이 있었고 그들은 말하지 않아도 통했다.

아린 삼촌 역시 아버지처럼 신을 감지하는 체질이었지만 몸에 신이 내리는 일은 많지 않았다. 신이 내리기 시작하면 그의 반응은 매우 격렬해서 고대어를 격하게 읊으며 불붙은 향으로 머리를 거듭 찔러댔다. 그의 정수리에서 솟아 나온 핏줄기가 작은 강처럼 흘렀다. 신이 물러가고 주변에 있던 사람들이 놀라서 어쩔 줄 모를 때 그는 얼굴에 흐르는 핏물을 수건으로 닦으면서 괜찮으니 놀라지 말라며 웃었다. 훗날 아버지의 신은 아린 삼촌이 다치는 것을 막기 위해 그의 접신을 종종 허락하지 않았다. 그렇게 그는 수십 년 동안 아버지와 신 곁을 지키며 직분에 어울리는 사람이 되었다.

신은 몇 년 전부터 아린 삼촌이 혼자 세상을 경험하게 하라고 지시했다. 아린 삼촌은 성공적으로 전업했다. 당시는 냉차冷茶 비즈니스가 대유행하기 전이었고, 길거리에 온갖 브랜드가 즐비하지 않던 시절이었다. 그는 신이 내려준 샤오완퉁小玩童이라는 브랜드로 학교 앞 작은 노점상에서 시작해 결국 번듯한 가게까지 차렸다. 그때까지 한 번도 냉차를 마셔본 적 없던 아버지는 일평생 '샤오완퉁' 음료만 마셨다. 음료 가게가 순풍에 돛을 단 듯 순조롭게 나아가 한 가족이 먹고살기 충분해졌을 때쯤 그들은 새 단독주택도 사며 상승세를 탔다. 반면 아버지는 다른 일을 하는 데 어려움을 겪었고 형제간의 분란도 있었다. 심지어 아버지는 마음이 약해서 다른 사람에게 돈을 빌려주거나 대신해서 빚을 갚아주다가 부동산도 팔고 점차 빈털터리가 되었다. 아이였던 나는 아버지의 번민과 상처, 그 진짜 내면에 가까이 다가가기 어려웠지만 그래도 좋은 날이든 궂은날이든 최소한 아버지를 이해해주고 아버지 곁에 서 있는 사람이 있다고 생각했다. 아버지가 슬픔이나 분노, 혹은 친형제로 인해 고통을 겪을 때마다 그의 곁에는 언제나 하소연할 수 있고, 목적 없이 그를 진심으로 대해주는 진정한 형제가 있었다.

그들은 각자의 자리에서 일에 집중했고, 저마다 다양한 인생의 난제에 부딪혔다. 나중에야 나는 아린 삼촌이 아버지와 마찬가지로 혈연관계를 끊지 못하고, 의도적이든 그렇지 않든 혈연관계 속에서 짐을 짊어진 사람들을 불쌍히 여긴다는 사실을 알게 되었다. 유능한 사람일수록 좀더 고생하는 삶을 사는 것 같다. 늘 불평하지만 막상 손을 놓지 못했던 아버지는 상처받은 후에 또 화를 내고 낙담했지만, 아린 삼촌은 항상 웃는 얼굴이었고 시원시원했다. 매번 어쩔 수 없는 일에 맞닥뜨릴 때마다 이렇게 말했다.

"이미 이렇게 됐는데 어떡해. 괜찮아, 곧 지나갈 테니까."

그러고는 왼쪽에 궁묘 이름이 인쇄된 흰색 러닝셔츠를 입고선 가뿐한 걸음으로 성큼성큼 걸어갔다.

아린 삼촌과 아버지는 모두 독실한 신앙심을 갖고 있었다. 신이 예전에 그의 인생의 어려움과 운명에 대해 정확히 예언했고 기나긴 인생길에 빛을 비추며 인도했다. 어쩌면 삶의 전반부에는 신의 말이 옳았을 것이다. 그가 아버지 곁을 떠나 직업을 바꾼 다음부터 상승세를 탔기 때문이다. 하지만 더 높은 곳에 올라갈수록 공기가 희박해진다는 건 신이 말해주지 않았다.

수십 년간, 아린 삼촌의 아이들은 우리 아버지를 익숙하게 '삼촌'이라고 불렀다. 이름을 붙이지 않고 그냥 친근하게 부르는 호칭이었다. 나 또한 삼촌의 자녀들을 오빠, 언니라고 불렀다. 마음 안쪽의 비밀스러운 깊은 곳에 작은 극장이 하나 있다면 그곳에는 한 가족의 드라마가 펼쳐지고 있을 것이다. 비록 성은 다르더라도 말이다.

매년 고정적인 달력상의 궤적을 따라 그와 아버지는 길일을 택해 자주 참배하러 오는 회원 몇 명과 함께 집에 모셔둔 마조를 마더우에 있는 원래 사당으로 보내서 귀루 의식을 치렀다. 신은 일 년에 한 번 집으로 돌아갔다. 오는 길에 아린 삼촌은 차의 조수석에 앉아서 동서를 가로지르는 고속 고가도로 위를 달려 우리 집으로 향했다. 고가도로 출구가 보이면 그는 품속 작은 바구니에서 폭죽을 꺼내 준비하다가, 자동차의 행렬이 마조를 호송해 우리 집 입구에 들어가면 불을 붙이기로 했지만, 큰길에서 작은 길로 접어들고, 공원과 계근대^{차량의 무게를 재는 장치}를 지났는데도 움직임이 없었다.

신이 돌아와 집 안 신당에 자리 잡은 후, 그는 갑자기 몸을 일으키더니 울기 시작했다. 그 소리는 가느다란 고음에 가까웠고, 표정도 과거에 접신하여 타이완의 옛 노랫가락을 읊을 때만 못했다. 대신 매우 특수한 곡조의 민난어가 그의 입에서 끊임없이 흘러나왔다. 아버지가 무거운 표정으로 물었다.

"당신은 채부蔡府⚘가 아니시군요. 실례지만 누구십니까?"

처음에는 침묵하다가 다시 흐느끼며 조그마한 소리로 의미가
불분명한 민난어를 읊었다. 시종일관 분명하게 말하지 못했다. 그
러다 갑자기 말투가 무겁게 바뀌더니 다양한 사람, 일, 사물을 나
열했다. 모호한 와중에 내키지 않는다, 내려놓지 못하겠다는 말만
분명히 들릴 뿐이었다. 마침내 멈춘 다음에도 아린 삼촌은 정신
을 차리지 못했다. 바로 또다시 그 집안의 정신正神인 '채부천세'가
강림했다. 채부는 기질이 불같아서 강림할 때든 물러날 때든 매
우 격렬했다. 이번에도 강림하자마자 불같이 화를 냈다.

아린 삼촌에게 신들이 번갈아 강림하자 다들 당황해 어쩔 줄
몰랐다. 이때 집안 이층의 신당 공간은 연기로 가득했고 희뿌연
연기가 짙은 향불 냄새를 풍기며 바닥에 깔려 창문으로 빠져나고
있었다. 그것은 발로發爐, 향로 안의 향에 갑자기 불이 세게 붙는 현상였다. 아버지
는 즈자오擲筊를 세 번 던져 신의 지시를 확인한 후 즉시 신에게 몸
을 맡겼다. 그는 낮고 느린 투로 말했다.

"그 집안 조상과 친척들이 번갈아 몸에 붙었는데, 지금 저 사람
몸은 이미 못 견딘다고. 빨리 병원에 데려가야 해."

⚘　　　아린 삼촌 집안을 관장하는 채씨 신을 말한다. 보통 채부, 채부천세라
불린다. —옮긴이

겉으로는 멀쩡하니 아무 문제가 없어 보였지만 사실은 신체 내부의 병변에서 피가 뿜어져 나오고 있었다.

중환자실에서 일반 병동으로, 다시 집으로 오기까지 아버지는 늘 아린 삼촌과 동행했다. 아린 삼촌은 발병한 지 얼마 안 됐을 때는 걸을 수 있었지만 점차 한쪽 몸이 저리고 힘이 빠져서 다른 사람의 부축을 받아야만 걸을 수 있게 되었다. 나날이 나빠지는 몸 상태와 함께 웃음기도 사라졌다. 아버지가 가장 자주 다리를 건넜던 시절이다. 아버지는 언제나 바깥보다 집을 선호했지만 아린 삼촌이 식사를 걸렀다거나 기분이 안 좋다거나, 혹은 병원이나 물리치료를 거부한다거나 하면 바로 그를 데리러 갔다. 집에 있을 때면 혹시나 아린 삼촌네 가족들의 전화를 놓칠까 걱정했고, 그가 외롭지 않을까, 쓸데없는 생각을 하지는 않을까 우려했다. 매달 정기적으로 열리는 상병일 제사 때에는 대부분 아버지 차로 그를 데리고 왔다가 다시 집까지 데려다주었고 시간이 없으면 그의 가족들에게 부탁했다. 사람들에게도 그와 대화를 나누라고 권했다. 집을 나서기 직전에 아버지는 매번 의식적으로 신당에 향을 피운 후 '성모聖母, 유하이 성황신, 뇌왕공雷王公, 호야공虎爺公……' 등 신의 이름을 하나하나 부르며 채가의 주인이시여, 아린 삼촌을 보호해주시고 빨리 건강을 회복하게 해달라고 빌었다.

정기적인 병원 방문 외에도 신령을 만나 다양한 치료법을 시도했다. 아린 삼촌이 병마에 발목 잡힌 시간은 끝이 보이지 않는 해안선만큼이나 길었다. 시간은 병과 사람이 소리를 잃을 때까지 괴롭혔다. 아버지를 만나러 우리 집에 올 때마다 그의 눈에 비친 슬픔은 입 밖으로 나오지 않는 수많은 이야기를 하는 듯했다. 아버지는 그 눈빛의 언어를 모두 알아들었다. 아버지는 삼촌을 격려하고 싶어서 늘 훈화식으로 치료 잘 받으라고, 안 그러면 집안은 누가 책임지느냐고 했다. 아린 삼촌은 두 줄기의 눈물을 흘리며 소리 없이 울었다. 한 집안의 가장이자 운명을 비웃던 그는 이제 신의 매개체가 될 수도, 다른 일을 보좌할 수도 없었다. 모든 위치에서 발언권을 상실했다. 더 이상 문장을 분명히 말할 수 없게 되면서 서서히 스스로 언어를 끊은 무언인無言人이 되었다.

사람은 살다보면 천천히 삶에 길들고 익숙해진다. 어쩌면 모두 아린 삼촌의 아픈 모습에도 익숙해졌을 것이다. 그는 말하지 않아도 떠나지 않고 여기 있었기에 우리는 다들 손에 희망 한 가닥을 꼭 쥐고 있었다.

음력으로 한 해의 마지막 날이었다. 어느 해였는지는 잊었다. 신은 내년 운이 좋지 않으니 필요하다면 개운改運 의식을 치러야 한다고 했다. 공장이 휴업한 이후로 비어 있는 넓은 공간에 잘 아는 도사를 모셔왔다. 앞에서는 제개를 올렸고 뒤에서는 신과 하나 된 아버지가 밧줄을 내리쳐서 소리를 냈다. 개운을 위해 벤치로 직접 칠성교七星橋를 구축했고 그 아래에는 일곱 개의 촛불을 세워 칠성등七星燈을 만들었다. 북두성군北斗星君에게 이곳에 와서 액운을 제거해달라고 빌었다. 나와 우리 가족은 제개 소식을 듣고 몰려온 낯선 인파에 뒤섞였다. 각자 자기 생년월일과 성별을 쓴 허수아비를 들고 차례로 칠성교에 올랐다. 칠성교 옆에서는 도사의 조수가 정향을 태우는 화로에 부채질하면서 계속 사람들에게 주의시켰다.

"다리에 올라가면 뒤를 돌아보지 마세요!"

인생 또한 뒤돌아볼 수 없는 여정이다. 나는 때로 그것을 잊고 뒤에서 사람들이 잘 따라오고 있는지 돌아보고 싶다. 하지만 금세 등 뒤에서 누군가가 내게 외칠 것이다.

"돌아보지 마세요!"

갑자기 불확실한 공포감이 내 몸을 연못 바닥의 물풀처럼 휘감았다. 뒤돌아보면 더 이상 나쁜 운을 바꿀 수 없거나 혹은 좋은 운과 함께 땅바닥으로 추락할까봐 몹시 두려웠다. 운명도 그때부터 바뀔지 모른다.

지난 몇 년간은 아린 삼촌도 개운 의식의 인파 속에 있었다. 하지만 운명을 바꾸기 위해 줄을 설 필요는 없었다. 그는 오랜만에 아버지와 함께 신의 강림을 받아, 신으로서 법기法器를 들고 선남선녀들을 인도했다. 의식이 막 끝나면 먼저 다리에 올라간 빨간 머리 도사가 방울을 흔들며 주문을 외웠다. 그러고 나면 아린 삼

⽊ 도교에서 북두칠성을 신격화한 존재. 인간의 수명을 주재한다. ─옮긴이

촌의 채부천세가 다리를 통과했고 마지막은 아버지의 유하이 성황신 차례였다. 인파가 흩어질 때쯤 신과 하나 된 아린 삼촌과 아버지도 칠성보법을 밟으며 다리를 지나가야 했다. 거대한 정향과 환풍기에 둘러싸인 채 칠성보법으로 다리에서 내려오던 그들은 뭇 선남선녀로부터 신망과 기대를 받는 신이었다. 다리 끝의 화로를 지나자 그들의 몸에서 신이 물러났다. 그들은 또다시 범인으로 돌아왔다. 나는 도무지 알 수 없었다. 칠성교를 지나던 그들도 혹시 제개를 받았을까?

아린 삼촌이 더 이상 신과 관련된 업무를 도울 수 없게 되자 매년 하던 개운 대회는 더 이상 열리지 않았다. 신점 모임의 일상에서 신의 바로 옆자리는 여러 사람이 돌아가면서 맡았다. 아린 삼촌은 모임의 회원 자격으로 밀려났고 가끔 결석도 했다. 삶이 멀어진 다음에는 과거의 투명한 그림자만이 존재했다. 여러 사람이 그의 빈자리를 대신하려고 노력했다. 자발적으로 신의 옆자리에 앉았고 자발적으로 번호표를 발급했다. 그러다 또다시 자기 친구를 중간에 끼워넣기 시작했고 금종이를 구입하기 위해 모은 공금의 숫자는 맞지 않기 시작했다. 그렇게 자질구레한 일상이 그의 부재로 인해 점점 낯선 모습이 되어갔다. 아버지에게는 서서히 일상을 나누는 다른 친구들이 생겨났다. 아버지는 반 은퇴 후의 삶을 그들과 함께 그린 망고를 자르고 로젤 식초를 만드는 등 소소한 일을 하며 지냈다. 그렇게 자취를 감추나 싶었던 액운은 완전

히 사라지진 않고, 이제 좀 평안해졌다 싶으면 또다시 침입해왔
다. 대개는 아버지가 친구와 돈 문제로 갈등을 겪을 때, 그들이 불
쌍한 척하면서 아버지의 냉정함을 탓할 때, 혹은 아버지가 또다
시 사기를 당해 큰돈을 잃는 교훈을 얻을 때였다.

'의형제.' 아버지가 이런 단어로 아린 삼촌을 부른 적은 없지만,
아버지와 친했던 사람들의 역사를 거슬러 올라가면 '의형제'라
불렸거나 근접했던 사람이 몇 명 있었다. 피부가 까매서 '시꺼먼
스'라고 불리던 이상한 아저씨는 온몸에 빈랑 냄새와 술 냄새를
풍기면서 내가 어릴 적 손가락을 깨물었다. 또 작은 재벌은 되는
듯한 부자 아저씨가 호화 주택으로 우리를 초대한 적도 있다. 물
론 내가 이름과 얼굴을 모르는 사람들도 명단에 있었다. 그들은
아버지를 위험에 끌어들였거나, 투자에서 돈을 잃도록 사기를 쳤
거나 하는, 내 기억에선 이미 지워버린 크고 작은 분쟁들 때문에
더 이상 왕래하지 않았다. 아버지가 '의형제'라고 부르던 친구들
은 이제 가족들 눈에도 매우 낯설어 보였고 만나도 이름 대신 아
저씨, 삼촌 등의 호칭으로만 예의를 차리고 지나갈 뿐이었다. 아
린 삼촌이야말로 아버지의 그런 점을 가장 잘 알고 있었다. 아버
지가 신일 때나 사람일 때나 그는 언제나 아버지 곁을 든든히 지
켰다. 그는 병으로 말을 잃은 다음부터 아버지를 만나면 자주 눈
물을 흘렸다. 오직 아버지만이 그의 투명한 눈물에 숨겨진 진짜

의미를 알아보았다. 그것은 수백 가지 이유가 빚어낸 슬픔이었다. 그가 아프고 난 후 아버지의 외로움은 더 깊어졌다. 방문하는 친구들이 있었지만 아린 삼촌의 빈자리를 촘촘히 채우진 못했다. 아버지와 아린 삼촌 사이에는 형제 혹은 의형제 같은, 말로 다할 수 없는 친밀함과 견고함이 있었다.

　그것이 운명이었는지는 모르겠지만 아버지는 피할 곳이 없는 것처럼 늘 분란과 마주했다. 아버지를 지지해주는 사람들도 있었지만, 그들은 일찍 모임을 떠나거나 자기 상황에 맞게 은퇴 생활을 즐겼다. 노년에 이르러서도 온갖 풍파를 겪으며 분주하게 사는 사람은 우리 아버지밖에 없었다. 아린 삼촌은 아버지만큼 운명의 기복이 심하진 않았지만, 삼촌 역시 끝이 보이지 않는 어둠 속으로 무력하게 빠져들었다. 이 두 사람은 신을 굳게 믿었다. 아버지는 자녀들의 학업, 시험, 가족 간의 화목, 땅이나 집 구매, 건강과 관련된 자질구레한 일상과 혹시 모르는 큰일들에 관해 반드시 신의 공수를 구했고 스스로 명리학과 풍수지리 책들을 공부했다. 아린 삼촌은 아버지와 신에 대해 확고한 믿음이 있었다. 자신도 본가에서 작은 사당의 신을 물려받았기에 과거에 토지 징수로 철거되었던 사당을 재건하고 싶어했다. 발병 초기에는 아픈 몸으로 공사장에 가서 무거운 패널을 옮기려고도 했다. 아마도 신의 믿음을 잃을까봐 두려웠거나 여러 해에 걸쳐 보호해준 신에게 부끄러워서였을 것이다. 나는 그들의 신앙이 집념에서 오는 것인지,

신의 매개체로서의 충성심인지, 신의 힘이 인생의 결함을 메워주리라는 믿음에서인지, 아니면 신은 예측 가능한 삶이기에 그에게 일평생을 바쳐 도움을 구하려는 것인지 알 수 없었다. 그렇다면 신은? 신은 이 선남들의 빙의를 어떻게 생각할까?

아버지는 신에게 물어본 적이 있을까? 평생 끝없는 번뇌에 갇힌 그의 운명을, 친척들 때문에 골치를 썩이고 친구들에게 해를 입고 신점 모임 친구로부터 접신의 황당함에 관해 비웃음을 당했던 운명을 정말 바꿀 수 없을까? 아린 삼촌은 신의 가르침을 받들어 열심히 살고 사당을 지어 보은하려 했지만, 그의 병은 신이 강림했을 때 생겼다. 운명은 또다시 신의 손에 맡겨졌다. 만약 운명이 모든 것을 결정한다면 신은 무엇을 바꿀 수 있을까? 결국 그들이 신을 믿는 것인지, 아니면 신이 그들을 보호하는 것인지, 나는 이 두 가지를 확실히 구분할 수 없었다.

그의 마지막 해는 신도, 사람도 예측하지 못했다. 신점 모임 멤버들은 여전히 아린 삼촌의 상황에 관심을 가졌다. 신이 말했다.

"올해만 잘 넘기면 좋아질 것이다."

그날 모임이 끝난 후, 깊은 밤에 전화가 왔다. 아린 삼촌이 더 이상 숨 쉬지 않는다는 것이었다. 병원으로 가는 길에 그의 심장이 멎은 시간을 구급대원이 기록했다고 했다. 역시 천기를 누설해서는 안 되는 것이었을까, 아니면 사당의 첨시籤詩, 점대에 시를 써서 길흉을 점치는 것에 "운명이라면 반드시 이루어질 것이니, 내 명에 없는 것을 억지로 이루려 하지 마라"(『명심보감』「순명順命」)라고 쓰여 있듯, 인생은 정말 억지로 구해낼 수 없는 걸까? 나는 오랫동안 이 답이 없는 문제를 놓고 고민했다. 신은 먼저 운명을 정해놓고 적당한 사람을 골라 그것을 짊어지게 하는가? 아니면 사람이 먼저고 그다음에 신이 그에게 맞는 운명을 지워주는가? 신은 정말로 인간의 인생을 통제하고 있는가?

아린 삼촌의 이름은 '착한 사람은 하늘이 돕는다吉人自有天相'라는 말을 축약한 것이다. 몸이 아픈 것이 하나의 관문일지라도, 모든 사람이 겁劫을 짊어지고 살지라도, 하늘은 그를 더 보호해주리라고 믿었다. 그렇게 오랜 시간 독실했던 그를 신이 좀더 보살펴, 그의 생명줄을 늘려주리라고 생각했다. 견뎌만 냈다면 다 좋아졌을 그해를, 아린 삼촌은 결국 이겨내지 못했다. 천상天相은 길인吉人이었던 이를 깜빡 잊은 걸까? 그는 착한 사람이었지만 하늘의 도움을 받지 못했다.

아버지는 울지 않았다. 다만 그의 마지막 시간 동안 계속 다리를 건넜을 뿐이다. 혼자서 가기도 하고 때로는 다른 친구들을 데려가기도 했다. 마지막으로는 아린 삼촌이 집을 떠나고 다리를 건너, 더 먼 곳으로 가는 길을 배웅했다. 돌아오는 길에 난딩교를 지나는 짧은 구간은 어쩌면 가장 긴 일방통행로였을 것이다.

도교에서는 사람이 죽으면 반드시 먼저 음부陰府, 죽은 후에 가는 지하

세계에 가서 내하교^{奈何橋, 저승으로 가는} 다리를 건너야 한다. 생전에 악을 행한 자는 다리를 건너지 못하며 지옥의 사자에게 피의 연못으로 끌려간다. 물론 생전에 선을 행한 자는 순조롭게 다리에 오른다. 마치 옛날 텔레비전 드라마에서처럼 죽은 사람은 별안간 달을 둘러싼 듯한 언뜻 평범해 보이는 작은 다리 앞까지 걸어가는데 눈앞에는 다른 길이 없다. 다리를 건넌 다음에는 한 노파가 수심에 가득한 얼굴로 국을 한 사발 건네며 마시라고 권한다. 망자가 의심 없이 한 모금 들이키는 순간 이생에서의 기억은 모두 잊고 내면이 텅 빈 사람이 된다. 과거를 보지 못하는 사람들은 다리를 건넌 후 국을 받아 마셨기 때문이다. 나는 아린 삼촌이 분명히 다리위에 올랐으리라고 믿는다. 정말로 신이 있다면 신은 음부의 심판자에게 그가 평생 얼마나 정직하게 살았는지 말해줄 것이다. 그래야 신에 대한 일평생의 헌신이 헛되지 않을 것이며 병에 걸려 죽기까지의 충성이 값질 것이다.

다리를 건너는 아린 삼촌은 혹시라도 뒤를 돌아볼까. 자신의 일생과 아버지를 생각할까. 곧 맹파^{孟婆}의 국을 마시면 그의 평생이 전부 비워져 선악도 없이 깨끗해지리라. 신도 없고 아버지도 없는 곳에서 고독하게 다리를 건너리라.

귀여운 말

어머니는 저녁 8시에 일일 연속극을 하지 않는 주말 저녁이면 일찌감치 샤워를 마친 후 거실에 앉아 과일을 먹으면서 텔레비전으로 「최고의 가수超級紅人榜」 '차오지훙런방'으로 타이완의 노래 경연 프로그램를 보았다. 아버지는 그냥 쉬기도 하고 평소 보는 정치평론 프로그램을 포기한 채 어머니와 함께 텔레비전을 보기도 했다. 그 프로그램에서는 일반인 어린이와 어른 참가자가 마치 그해의 '오등장五燈獎' 타이완의 옛날 종합 예능 프로그램 무대에 오른 것처럼 민난어 노래를 불렀다. 노래를 마친 후 불을 밝히고 평점을 매기면 누군가가 타이틀 디펜더의 자리에 올랐다.

아버지는 음악을 거의 듣지 않았다. 옛날에 공장에 살았을 때는 동틀녘부터 저물녘 사이에 민난어 방송 소리, 기계 돌아가는 소리, 일꾼들의 대화 소리가 울리곤 했다. 나도 학교에 다니기 전에는 사회자의 약 홍보 문구를 따라하곤 했다. 아버지는 빨간색 위룽裕隆, 자동차 브랜드 소형차에서 달랑 카세트테이프 하나를 계속 돌려 듣다가 한참이 지나서야 교체했다. 내가 학교에 들어가기 전에는 야오쑤룽姚蘇蓉의, 초등학교 때는 덩리쥔鄧麗君의 카세트테이프가 차 안에 있었던 것으로 기억한다. 그 후로는 내가 잘 모르는 타이완 가수와 그들의 노래가 우리의 자동차 여정을 가득 채웠다. 집으로 돌아오는 길에 차가 시빈공로西濱公路에서 완리 공업지구로 좌회전해 들어가는 구간은 매번 비탈길이었다. 어린 나에게 그 비탈길은 롤러코스터를 탄 것처럼 높낮이의 차이 때문에 몸속이 간질간질한 느낌을 주었다. 그런데 그때마다 차 안의 카세트테이프에서는 마침 특정 노래가 흘러나왔다. 야오쑤룽이 "오늘은 집에 안 들어가"라며 고음 구간을 부르는 중이었거나, 아니면 나도 따라 부를 수 있는 "휘릴리~ 내 마음은 얽히고설켰네, 화랄라~ 후룰루~"쉬샤오펑徐小鳳의「안개 같기도 꽃 같기도像霧又像花」 부분이었다. 자동차가 롤러코스터의 마지막 구간처럼 빠르게 하강할 때면 나는 카세트테이프의 여자 가수와 함께 "무슨 말이야, 내가 산꼭대기 선녀처럼 생겼다고……. 아! 내가 좀 묻자. 네 양심은 대체 어디에 있니?"를 힘차게 불렀다. 천샤오샤陳小雲의「사랑의 사기꾼, 내가 좀 묻자愛情的騙子我問你」의 가사였다. 훗날 차 안의 카세트테이프들의 AB면에 어떤 노래가 있었는지 기억하지 못해도 오직 그 길, 비탈길에서 위아래를 오르내릴 때 나오던 그 몇 곡은 기억난다. 마치 각각 다른 노래를 기억에서 새로 조합한 것처럼 말이다.

아버지가 노래를 잘 불렀던가? 콧노래를 흥얼거리는 것조차 본 적이 없다. 반면 어머니는 「최고의 가수」를 보면서 부정확한 박자로 노래를 마음대로 흥얼거리곤 했다. 그러면서 어떤 것이 일본 엔카고 어떤 것이 잔야원詹雅雯 노래인지 아버지에게 설명해 주었다. 아버지는 가만히 들을 뿐이었다. 지금도 아버지는 차 안에서 민난어로 나오는 약 광고를 듣는다. 마치 예전에 공장에서 일하던 시절에 듣던 것 같은 전천후 민난어 방송이라 노래는 거의 틀지 않고, 사회자가 계속 이야기를 이어가거나 간혹 약품 몇 가지를 홍보했다. 나는 아버지들이 다 그런 줄로만 알았다. 생계를 챙기느라 여가 활동이라고는 모르는 사람들. 노래도 듣기만 하는 정도일 뿐, 부를 줄은 모르는 사람들이라고.

큰언니의 결혼식 때였다. 누군가 갑자기 피로연장을 가로질러 맨 앞의 무대까지 갔다. 요염한 자태에 언변과 노래에 능한 중년 여성 사회자에게 다가가더니 노래를 신청했다. 몇 명의 하객이 번갈아 무대에 올라 노래를 부르고 난 후, 낯선 전주곡이 무대에 울려 퍼졌다. 궈진파郭金發의 「귀여운 말」이었다. 모두가 두 눈을 반짝이며 누가 무대에 오를지 기다리던 중, 아린 삼촌이 아들에게 등을 떠밀려 무대에 올랐다. 그는 당황한 듯 웃으며 무대에 올라갔고 「귀여운 말」을 유유히 부르기 시작했다. 그의 노래를 들은 것은 그때가 처음이자 마지막이었다. 사실 그 노랫소리는 잘 기억나지 않는다. 아마 부드럽고 약간 중후한 느낌이었을 것이다. 그날 사람들의 얼굴은 놀라움과 웃음으로 가득했다. 그가 노래를 다 부르고 무대에서 내려오자 누군가는 휘파람을 불었고 아버지도 그날 밤만큼은 폭죽이 터지듯 웃었다. 연회가 끝난 후 약간 취기가 오른 아버지는 자신이 젊었을 때 춤 좀 췄다면서 집 안 거실에서 사교 댄스 시범까지 보였다. 모처럼 긴장을 풀고 농담도 했다. 그날 밤 그들은 마치 젊은 시절로 되돌아간 듯, 환하게 웃는 얼굴로 귀밑의 흰머리까지 감췄다.

인생도 노래처럼 반복 재생 기능이 있다면 얼마나 좋을까. 다들 가장 좋아하는 노래 속에 머무르기를 원하지 않을까. 나는 플레이리스트를 하나 만들고 싶다. 그 안에 사랑 말고는 아무것도 채우지 않으리라.

아마 샤오징텅蕭敬騰이 장후이江蕙의 「무언화無言花」를 부른 뒤 몇 년 후의 일이었을 것이다. 아린 삼촌은 말없는 꽃이 되었다. 그는 인생의 비탈길에서 완충지대도 없이 바닥까지 급강하했다. 마치 노래에서 저음부를 마주치면 목소리가 갑자기 미끄러지면서 음이 이탈되듯, 혈관의 피가 꽃이 만발하듯 퍼져나가 그의 언어와 행동을 마비시키고 신체 균형을 깨뜨렸다. 그는 땅에 떨어진 무언의 마침표가 되었다. 아린 삼촌에게는 힘든 시간이었다. 신과 의사 선생님의 당부에도, 때로는 아이처럼 성질을 부렸고 식사를 제멋대로 거르기도 했다. 몸이 서서히 약해지고 말라가면서 정신도 예전만큼 또렷하지 않았다. 우리 집에 올 때마다 아버지가 음식을 더 먹으라고 권하면 그는 말 잘 듣는 아이처럼 거절 없이 받아들였다. 나는 평소에 쓰던 유리그릇은 큰 철제 그릇으로, 젓가락은 국 숟가락으로 바꿨다. 내가 고기와 채소를 철제 그릇에 꽉 찰 때까지 차곡차곡 쌓아서 둥그런 도시락처럼 만들면, 그는 아직 힘 있는 왼손으로 한 숟가락씩 천천히 음식을 떴다. 나는 먹는 모습을 바라보면서 그가 배부르게 먹었으면 하고 바랐다. 다 먹고 난 그릇에는 다시 오이 완자탕을 채워주었다. 물론 국물용 큰 갈비도 함께였다. 가끔 그가 이렇게 많이는 못 먹는다는 의미로 손을 휘휘 내저으면 나는 마치 어른이 아이를 가르치듯 더 드시라고, 다 드셔야 한다고 말했다.

아린 삼촌은 아픈 후부터 말과 행동이 고장 난 카세트테이프 같았다. 단절된 시간의 간격들을 순조롭게 연결하지 못했다. 나는 이 지나친 고요함을 도저히 받아들일 수가 없었다. 종종 그의 목소리를 떠올렸다. 초인종이 울릴 때마다 "제6파출소입니다. 순찰입니다!" 혹은 "가스 배달이요!"라고 외치는 그의 목소리를 기대했다. 어릴 때는 그의 일관된 농담을 진짜로 받아들였고 잔뜩 긴장해서 아버지에게 "경찰이 왔어요!"라고 말했다. 아린 삼촌이 가벼운 발걸음으로 대문을 통과하는 걸 보고서야 내가 속았음을 깨달았다.

그의 발병 이후로 나는 다시 어린아이로 돌아갔다. 그를 만나면 애교를 부리면서 몸이 나아 내 결혼식에서도 꼭 「귀여운 말」을 불러줘야 한다고 졸랐다. 언니 결혼식에서만 해주는 건 차별이라며 애처럼 생떼를 부렸다. 그는 항상 미소를 지었으나 확답은 주지 않았다. 또 한번은 어른이 되고 나서의 묘한 어색함을 꾹 참고 그의 집에 전화를 걸었다. 나는 그에게 물리치료를 반드시 받아야 한다고, 지금 확답을 달라고 전화기에 대고 혼잣말처럼 말했다. 그는 겨우 몇 음절의 소리로 대답할 뿐이었다. 그러나 나는 그날이 올 거라고 믿었다. 그가 내 결혼식에서 노래를 부르는 날, 좋은 날이 오리라고. 나는 삼촌과 통화를 마치며 그가 전화를 끊은 것을 확인하고 나서야 종료 버튼을 누를 수 있었다.

만약 내 인생을 길이로 구분한다면, 첫 3분의 1은 아린 삼촌이 우리 집 고철 공장에 막 일하러 왔을 때일 것이다. 갓 태어나서 강보에 싸여 있던 나를 할아버지가 시골집으로 데려가 한동안 키웠다. 핏줄을 밖으로 돌릴 수 없다는 할아버지의 강경한 태도와 이 아기가 집안을 일으킬 운명이라는 신의 공수가 있은 다음에야 아버지는 나를 다시 데려왔다. 신의 예언은 정말로 실현되어서 몇 해 동안 아버지는 큰돈을 벌었고 우리가 지금 사는 철공장으로 이사했다. 번창하는 사업을 막을 수 없었던 아버지와 어머니는 밖으로 바쁘게 돌아다녔다. 학교에 다니기 전까지 나에게 철공장은 나만의 유원지였다. 1층 바깥 작업장에서는 아주머니와 이모들 여럿이 산처럼 쌓인 구리철사를 처리했고 2층 방 안쪽에서는 많은 일꾼이 기계를 조작했다. 그 옆에는 녹색 플라스틱 완제품들이 대기 중이었다. 위쪽에 붙은 금속 조각들은 팔기 위해 뜯어내야 했다. 또 야외 한쪽에는 색색의 전선이 무더기로 쌓여 있었는데 나는 어린이집 셔틀버스 선생님을 흉내 내면서 그 위를 오르내렸다. 그것이 내 일과였다. 기억을 되짚어보면 부모님의 그림자는 물방울이 떨어져 번진 글자처럼 흐릿했으나 그 자리를 다른 사람들의 그림자가 선명하게 메꾸었다.

　시간은 나를 유모차에 앉아 밖을 바라보던 어린 눈빛에서 젖을 떼고 공장을 맘대로 누비고 다니는 아이로 성장시켰다. 어머니는 일꾼들의 오후 간식을 준비하느라 바빴고 아버지는 밖에 나가 사업 이야기를 하거나 물품 하역을 챙기고 있었을 것이다. 기계 소음이 잠시 멈추고, 민난어 방송이 우렁차게 울리던 오후였다. 뜨거운 태양 아래서 극도로 심심했던 나는 여공 이모처럼 산이나 네모 모양 금속 바 위에 구불구불 달라붙어 있는 구리선을 작은 쇠망치로 쾅쾅 내리쳤다. 익숙한 목소리들이 나를 부를 때까지 말이다. 긴 토시와 장갑을 착용한 여공들은 철제 도시락에 싸온 간단한 음식을 나에게도 몇 입씩 먹여주었다. 일꾼 아저씨들도 내게 작은 고기 조각을 한입씩 먹여주었다. 그것이 내 인생 최초의 영양가 있는 점심 식사였다. 오늘은 이 이모가, 다음 날은 저

이모가, 때로는 이 삼촌이, 때로는 저 아저씨가 매일 다른 색깔의 채소를 나눠주었다. 일꾼들의 도시락에 닭다리는 거의 없었고 반으로 잘라 국물용으로 푹 고아낸 돼지 뼈가 보통 큰 자리를 차지하고 있었다. 나는 거의 항상 돼지 뼈를 차지했는데 대부분은 아린 삼촌이 준 것이었다. 몇 년이나 그와 그의 아내는 점심시간마다 나를 먹여주었다. 어린 시절 나는 다행히 한입씩 먹여준 그들 덕분에 방치되지 않았다.

오후나 저녁 무렵 일이 끝나면, 마치 부모님과 함께 일터에 갔다가 온종일 놀고 집에 다시 돌아오는 아이처럼 오토바이 앞쪽에는 아린 삼촌이, 뒤에는 그의 아내가, 중간에는 내가 끼어 탔다. 다른 사람들이 봤다면 그 집에 딸이 하나 더 생겼다고 오해했을 것이다. 나는 그 집에서 난생처음으로 녹색 야쿠르트를 먹어보았고 신나게 뛰어놀았다. 또 처음으로 화동花童, 결혼식 때 신부 뒤에서 베일을 잡고 따라가는 아이이 되어보았고 미용실에 가서 폭탄 머리 파마도 해보았다. 2~3일간 해변 근처 유치원에 방청 수업을 다니기도 했다. 유치원 야외 학습 시간에 나는 폭신폭신한 토끼 모자를 쓰고 겨울의 자딩茄萣 해변에서 해안선의 기복을 관찰했다. 그리고 다시 토끼 모자를 쓰고 아린 삼촌과 그의 아내 사이에 끼어서 오토바이를 탔다. 집에 가는 길에 아린 삼촌은 아마 노래를 흥얼거렸을 것이다. 그가 더 이상 부르지 않고 나도 크면서 잊어버린 노래, 그리고 모래바람처럼 미세하면서도 무한히 쌓인 기억은 모두 아린 삼촌의 집에서 시작되었다. 그의 집은 마음속 깊은 곳에 숨겨둔 나의 작은 집이기도 했다.

돌봄의 책임을 학교가 대신 맡게 되었을 때 나는 더 이상 오토바이 사이에 끼어 탈 수 없는 나이였다. 성장 그래프는 나이가 들면서 거리가 조금 더 넓어졌다. 그 몇 년간 아버지는 철공장의 이전과 폐업을 한꺼번에 경험했으며 아린 삼촌과 고용주-직원으로서의 관계를 끝낸 후 서로 평생 가장 신뢰할 수 있는 진실한 친구가 되었다. 아린 삼촌은 시종일관 아버지 곁을 지키면서 나의 아동기, 사춘기, 성인기도 전부 지켜보았다. 내 인생에서 3분의 2를 함께했다. 우리 사이가 극도로 친밀한 것은 아니었고 마음속 이야기를 털어놓거나 품에 안겨 애교를 부리지도 않았지만 마치 연을 날리듯이 점점 늘어나는 성장 그래프 속에서 내가 가까이 있든 멀리 있든 누군가가 어느 한쪽에서 나를 생각한다는 걸, 조용한 방식으로 나를 살며시 붙잡고 있다는 걸 알고 있었다. 그가 아프고 난 다음부터 나는 손을 그의 어깨에 밀착되지 않을 정도로만 가볍게 두르거나 혹은 어깨를 주무르며 시시한 이야기들을 했다. 과거에 내가 다른 도시에서 집으로 돌아오면 그는 항상 웃으며 내 상황을 궁금해했다.

"시간이 어디 있어서 여길 왔어, 밖에서 굶기라도 했나, 왜 그렇게 말랐니?"

그러고는 그의 음료 가게의 바 테이블을 가리키며 말했다.

"마시고 싶은 거 만들어서 먹어. 큰 컵에다 버블티 좀 타 먹어!"

많이 마셔도 상관없으니까 실컷 먹고 살 좀 찌라고 했다.

가끔은 아버지보다 아린 삼촌이 더 좋았다.

나는 대학에 들어가기 전까지 큰 시험이란 시험은 모조리 망쳤다. 아버지는 잔뜩 긴장한 채 시험장에 데려다줄 때부터 합격자 발표일에 분노를 터뜨릴 때까지 나를 쓸모없는 애 취급했다. 하지만 아린 삼촌은 아버지보다 훨씬 느긋했고 가끔은 이런 말도 해주었다.

"학교 좀 못 가면 어때, 우리 집에 와서 장사하면 되지!"

뜬구름 잡듯 가벼운 농담이 나에게 포옹보다 더 큰 위로를 안겨주었다.

아버지는 중학교 때 생계를 위해 학교를 그만뒀다. 그가 어린 시절 쓴 일기장은 뉴스와 시사평론으로 가득했다. 글자가 잘 재봉한 옷처럼 가지런했고 일기장의 줄마다 안정적으로 배열되어 있었다. 당시 선생님은 아버지가 학업을 포기하는 것을 몹시 아쉬워했다고 한다. 그가 한 아이의 아버지가 된 후부터 그 아쉬움에는 사람들의 시선까지 더해졌다. 그들이 매기는 서열 속에서 그는 아들도 갖지 못했고 부자도 아니었다. 시선들은 불이 되어 아버지를 태웠고 무거운 부담이 되었다. 학업과 관련된 사안이라면 아버지는 아이들이 모든 것을 이루길 원했지만 정작 자녀들에게 그럴 능력이 있는지는 잘 몰랐다. 반면 아린 삼촌에게는 되면 좋고 안 돼도 상관없는 일이었다. 어차피 길이란 사람이 걸어서 내는 것 아니냐고 했다. 아버지는 용감하게 길을 개척하는 사람이었으나 늘 자녀들 앞길에 장애물이 있을까 노심초사했다. 아린 삼촌은 항상 아이들에게는 그들만의 복이 있으니 아버지한테 긍정적으로 생각하라고 권했다.

이렇게 생각해선 안 되겠지만, 만약 아린 삼촌이 내 성장 과정에서 아버지 역할을 대신했더라면 나는 수많은 좌절과 실패에 그렇게까지 절망하지 않았을지도 모른다. 왠지 버려질 듯한 두려움도 느끼지 않았을지 모른다. 그는 내가 그냥 아이처럼 굴어도 괜찮다고 말해주었다. 아이니까 합리적인 선에서 자유롭고 편안하면 그만이라고, 계량화할 수 있는 것은 무조건 줄 세우는 순위표에 억지로 낄 필요가 없다고 말이다.

"학교 못 가면 딴 길을 찾으면 돼. 배만 안 곯으면 되는 거야."

공장에서 노닐던 어린 시절 나는 아린 삼촌에게서 커다란 막대사탕을 하나 받았다. 그 집만 해도 아이가 여럿인데 어떻게 내가 그 사탕을, 색색의 동그라미가 그려진 큰 막대사탕을 가졌는지 알 수 없다. 그 만족감은 시간이 지나도 사라지지 않았다. 나는 당시 아린 삼촌의 얼굴에 떠올랐던 미소를, 그리고 어렸던 나의 함박웃음을 기억한다. 영화 필름처럼 아름답게 찍혀 있다. 정지 화면만 보면 남들은 달콤한 부녀 사이인 줄 알았을 것이다.

어른이 된 후에도 속으로 내겐 아버지가 두 명이라고 생각했다. 딸들이 결혼할 때도 두 아버지가 모든 절차를 함께하고 결혼식과 피로연장을 누볐다. 그건 아버지들이 가장 기뻐하던 순간이기도 했다.

결혼 적령기에 들어서면서 나도 나만의 그 순간에 대해 환상을 품기도 했다. 아린 삼촌이 즐거움을 일찍 빼앗긴 것이 아쉬울 뿐이다.

긴 투병 기간에 우리는 아린 삼촌의 숨어버린 유머 감각을 일깨우려고 노력했다. 한번은 내가 발을 삐끗해서 한의원을 겸하는 절에 침을 맞으러 갔다. 그땐 아린 삼촌도 정기적으로 머리에 침을 맞으러 다니고 있었다. 진료를 기다리는 동안 나는 애써 농담을 던졌다. 어떻게든 그의 기분을 좋게 하고 싶어서 내가 어쩌다 계단에서 굴러 발을 삐었는지 과장해서 묘사했다. 또 언니 결혼식 때 삼촌이 그렇게 노래를 잘하는 줄 몰랐다며, 거의 귀진파랑 똑같았다고 너스레를 떨었다. 내가 실망할까봐 그랬는지 그는 소리 없이 미소를 지었다. 하지만 입꼬리가 올라가는 각도는 확실히 예전 같지 않았다. 지난 몇 년간 신점 모임에서 누군가 '여자는 나이가 차면 시집가야지' 식으로 눈치를 주면 나는 웃는 얼굴로 언어가 또렷하지 않은 아린 삼촌에게 말했다.

"나는 삼촌이 나아서 「귀여운 말」을 불러줄 수 있을 때 결혼할 거예요!"

기한 없는 투병 생활 속에서 나는 그와 함께 그날을 고대하고 싶었다.

커서 집을 떠나고 나니 내가 아버지의 걱정과 불안을 물려받은 게 더 확실해졌다. 난 어쩔 수 없는 아버지의 딸이었다. 잠드는 법을 잊어버린 수많은 날에는 열 손가락으로 양을 셌다. 그래도 아린 삼촌에게서 유머와 쾌활함을 물려받은 덕에 긍정적으로 살 수 있었다. 훗날 그는 더 이상 웃지 못하게 되었지만 나는 그가 얼마나 명랑한 사람인지 잘 알았다.

그날, 차를 몰아 아린 삼촌의 집으로 향하던 길에 아버지는 평소와 달리 라디오를 틀지 않았다. 그 여정엔 바람 소리조차 스며들지 않는 고요함이 함께했다. 아마 아린 삼촌을 보러 간 건 그때가 마지막이었을 것이다. 그곳에 갈 이유가 사라졌기 때문이다. 그 사진을 언제 골랐는지는 모르겠지만 사진 속 아린 삼촌은 마지막 나날들처럼 눈빛에 형용할 수 없는 우울함을 담고 있었다. 마치 먹구름이 뒤덮은 흐린 날처럼 말이다. 그의 가족들이 말했다.

"슬퍼하지 마세요. 하늘에서는 팔자가 좋을 거예요."

나는 사진 속 그의 슬픈 얼굴을 잊고 기억 속 항상 쾌활했던 모습만 기억하고 싶다.

돌아오는 길은 어릴 때부터 익숙했던 길이다.

자동차가 아린 삼촌의 집을 떠나 천천히 웨이즈네이團仔內 지역을 빠져나온 뒤 약간 황량해 보이는 공동묘지를 지나 오른쪽에 공장길이 나오면 자딩이었고, 마지막으로 우회전해서 난딩교에 진입하면 어느덧 완리였다. 아린 삼촌은 이 길을 수십 년 왕복했다. 거리상으로는 아주 가깝지도 않고 멀지도 않았다. 마치 우리 사이처럼 말이다. 어릴 적 나는 아린 삼촌 부부 사이에 끼어서 이 길을 지났다. 당시에는 길이 평평하지 않고 기복이 심해 20분 정도 걸렸다. 우리 세 사람은 오토바이를 타고 덜컹거리며 난딩교를 건넜다. 자딩을 지나 천천히 웨이즈네이로 진입해 길에서 반쯤 낮은 위치에 있는 집에 도착했다. 영화 「기생충」에 나오는 반지하 집처럼 좁고 긴 데다 거실도 아주 작았다. 문을 열고 나가면 위로 올라가야 길이 있었다. 집은 누추했지만 즐거운 웃음으로 가득한 몇 년이었다.

아린 삼촌의 인생 마지막 길에 아버지는 아린 삼촌이 내 마음을 알 테니 남부 지역까지 배웅할 필요는 없다고 했다. 그날 나는 아주 먼 도시에 있었다. 흐린 하늘을 바라보며 그의 가족들이 하늘에서 필요한 모든 것을 준비해두었으리라 믿었다. 문득 나는 그를 배웅하는 길에 말 한 마리를 보내고 싶어 노래 한 소절을 불렀다.

"아~ 귀여운 말아, 난 언제나 너를 생각한단다."

아버지는 늘 걱정했다. 아린 삼촌이 행여 자기를 포기했던 건 아니었을까, 그래서 마지막 순간에 숨 쉬기를 포기한 건 아니었을까 하고 말이다. 하지만 나는 낙관적이었던 아린 삼촌을 생각하며 그가 이 모든 것을 긍정적으로 받아들인 후, 다 내려놓고 멀리 갈 수 있는 사람이라고 생각했다.

아린 삼촌이 무대에서 노래하던 때엔 모두 즐거운 분위기에 흠뻑 빠져 가사의 의미는 별 의미가 없었다. 몇 년 후 나는 마스팡馬世芳의 음악 칼럼을 통해 「귀여운 말」이 송별의 노래였음을 알게 되었다. 「귀여운 말」은 일본 엔카 「닷샤데나達者でナ」를 번안한 곡으로, 원곡의 제목은 "행운을 빌어요, 잘 지내세요"라는 의미였다. 주인이 오랫동안 함께했던 애마를 팔면서 아픈 마음은 꾹 누르고 새 주인과 잘 살기를 바라는 마음을 묘사한 노래다. 결혼식장의 빨간 카펫에 서서 딸의 손을 다른 남자에게 건네는 마음은 새 주인이 말 고삐를 이어받을 때처럼 아쉽지만 행복을 비는 마음이 아닐까.

말을 팔 때처럼 딸을 시집보내는 것도 일종의 이별이라면, 사별은 영원히 다시 볼 수 없는 더 깊은 이별이다.

내가 웨딩드레스를 입는 날이 와도 「귀여운 말」을 부르며 딸의 앞날을 축복해줄 사람은 이제 없다. 아버지가 마음을 열 사람도, 어깨의 짐을 내려놓고 홀로 신나게 사교춤을 췄던 꿈같은 밤도 이제는 없다. 다만 그가 신이 있는 저편에 도착했을 때 부디 신의 가호가 있기를 바랄 뿐이다. 그가 하늘에서 계속 웃고, 내 꿈속에 와서 다시 농담할 날을 기대할 뿐이다.

아린 삼촌은 말을 타고 머나먼 저편으로 떠났다. 만약 그를 위해 우는 사람을 본다면 그는 미소를 띤 채 흥얼거릴 것이다.

"아~ 귀여운 말아, 눈물 흘리지 말거라. 아~ 눈물 흘리지 말거라. 나도 떠나고 싶지 않아. 바늘이 마음을 찌르는 듯하구나……."

아쉬움은 있겠지만 슬픔은 아닐 것이다. 그는 언제나처럼 시원시원할 것이다. 흰 러닝셔츠를 입은 그는 평소처럼 속삭일 것이다.

"뭐 때문에 울고그래? 울 필요 없어."

먼 곳으로 가스 배달을 간다며, 장난꾸러기 아린 삼촌은 광대하고도 먼 저편으로 여행을 떠났다.

내 이름의 첫 글자 린*은 나무 목*자 두 개로 이루어진다. 나무 한 그루는 아린 삼촌이고, 나머지 한 그루는 아버지다. 우리, 이 가족이다.

부적을 태우다

노란 바탕에 빨간 잉크가 가득 뻗어 궤적을 그리는 부적이 유리그릇
속에서 불이 붙어 재가 되도록 구불구불 타는 모습을 지켜보는 게 좋다.
그것은 밤의 어둠에 녹아들어 한 줄기 위안이 된다.

악몽은 주기라도 있는 것처럼 밤 속 어딘가에 잠복해 있다가 한 번씩
내 잠에 뛰어들었다. 나는 꿈에서 장송 행렬이나 목관을 보기도 하고
현실에선 멀쩡한 가족 때문에 공포에 질려 울기도 했다. 한번은 이마에서
송송 배어난 마른 땀이 마치 곰팡이가 슨 집 안 벽면을 타고 올라가듯
옆머리와 귀밑머리를 슬금슬금 파고들었다. 깜짝 놀라 잠에서 깨었을
때 휴대폰 시계는 정확히 4시 44분을 가리키고 있었다. 나는 겁에 질려
불이란 불은 다 켜고 책상 등까지 침대 방향으로 돌려놓았다. 최대한 벽 쪽
구석으로 몸을 웅크렸다. 잠이 다시 들긴 했는지 알 수 없는 몽롱한 상태로

서향 창문에서 오후의 빛이 들어올 때까지 지새웠다.

낮에 깨어 고향 집에 전화를 걸었다. 민난어로 수화기 저편의 아버지에게 그 꿈의 모습을 최대한 자세히 전하며 머뭇거리듯 말했다.

"어젯밤에 아빠가 죽는 꿈을 꾸었어요……"

만약 고향 집이었다면 아버지는 분명 곧바로 부적 일곱 장과 향 세 대를 사용해서 주문을 외웠을 것이다.

"신령님이시여, 이곳에 오셔서 악귀를 물리쳐주소서."

그리고 나면 불에 탄 부적과 향을 내 머리 위에서 앞뒤 좌우로 돌렸을 것이다. 그 검정 부적은 별똥별처럼 내 마음의 평안과 순조로움을 빌어주었을 것이다.

며칠 후 나는 고향에서 온 작은 소포를 받았다. 지퍼백 안에 작은 봉지가 세 개 들어 있었고 봉지마다 정부淨符와 천사압살부天師壓煞符, 모두 부정, 귀신, 잡귀 등을 제거하는 부적이다가 소첩으로 들어 있었다. 봉지 겉면을 보니 익숙한 글씨체로 사용법이 쓰여 있었다.

"한 번에 하나, 얼굴 쪽을 향해 불을 붙이고 머리 위에서 세 번 돌린다."

그 부적들은 아버지 몸에 신이 강림했을 때 아버지의 손으로 쓴 것이었다. 나는 신의 힘과 아버지의 위로 덕에 편안히 잠이 든다.

2장

일상: 신이 없는 곳

❀

가끔은 생각한다.

계속 걷다가 우리 모두 빛을 잃은 건 아닐까.

어쩌면 우리는 놀이공원에 간 적이 없었는지도 모른다.

하지만 나는 아버지가 환상보다 더 아름다운 놀이공원을

만들어내리라 믿는다.

서서히 자신을 내던질 저편의 낙원에서.

계근대 ☀

외갓집 울타리 밖에는 이미 몇 년째 사용하지 않은 계근대 사무실이 있었다. 어머니는 어쩌면 소녀 시절에 자매들과 번갈아 그 작은 초소를 지키며 창문을 통해 화물차나 트럭들이 고속도로에서 과적으로 벌금을 맞는 위기를 피할 수 있도록 중량을 측정해주었는지도 모른다.

어릴 때는 계근대가 뭔지 몰랐다. 하지만 오전 수업만 있었던 여름날 오후면 친구나 동네 아이들과 함께 계근대에서 장난치고 서로를 쫓아다니며 놀았다. 고무 밑창을 사이에 두고 철판의 화끈한 열기가 신발 바닥에 전해지는 것을 느낄 수 있었다. 아이들끼리

☀   화물차 과적 등을 단속하기 위해 도로나 지면에 설치한 대형 저울.

직사각형의 큰 철판 위에 엉덩이를 대고 앉으면 안 되고 사각형 밖 콘크리트 바닥에 앉아야 안전하다고 서로 일깨워주곤 했다. 차량이 들어오면 아이들은 가장자리로 비켜 서거나 초소 안으로 들어갔다. 계근대 초소에서 일하는 어른들이 열중해서 무게를 재는 모습을, 그리고 초소의 작은 창문을 통해 운전자에게 중량을 통지하고, 돈을 받고, 거스름돈을 내주는 과정을 지켜보았다. 초소 안에는 외갓집 아이들이 키를 쟀던 흔적이 아직 남아 있을지도 모르겠다.

외할아버지 소유의 그 계근대 외에 철공장을 운영한 우리 집 근처에도 계근대가 있었다. 예전에는 껌을 사러 근처 구멍가게에 갈 때마다 계근대를 지나면 한번 밟고 그 위를 왔다 갔다 하기도 했다. 차가 다니지 않으면 그 위에서 물풍선을 갖고 놀았다. 하지만 내가 길 입구의 계근대에 방문하는 주목적은 잔돈을 바꾸거나 복사할 일이 있어서였다. 옆으로 돌아가 사무실 문을 두드리면 안쪽에서 일하던 이모들이 문을 열어주었다. 그 순간 시원한 냉기가 쌩쌩 우리를 맞아주었다. 이모들은 날씨가 너무 더우니 사무실 안에 좀 있어도 된다고 했다. 당시는 이미 편의점에서 복사나 인쇄가 가능했는데, 계근대 사무실에서는 여전히 1위안만 받거나 가끔은 공짜로 복사를 해주었고 간혹 우리 손에 사탕을 쥐여주거나 시원한 음료를 내주었다. 내가 대학에 들어가고 난 후 계근대의 수요는 점차 줄었다. 텅 빈 사무실에는 사람도, 차도, 이모들도 더 이상 없었다. 몇 년이 더 지나자 계근대는 아예 철거되었고 그 자리에 공장 건물이 들어섰다. 집에 가는 길에 그곳을 지나칠 때마다 언제나 따뜻했던 계근대 이모들이 생각난다.

점점 자라던 시기에 내가 복사하거나 인쇄한 자료는 무수히 많았다. 학비 고지서가 제일 많았고 깜지_{암기해야 할 사항을 종이가 새까맣게 보일 정도로 빽빽하게 적어넣은 종이}나 성적표도 있었다. 계근대 사무실의 베테랑 이모들은 내가 다닌 학교뿐 아니라 내 학업 성적이 끝에서 몇 번째인지, 학비가 얼마인지를 무의식적으로 알 수밖에 없었다. 하지만 이모들은 이에 관해 과도하게 평가하지 않았다. 기껏해야 '좋은 학교 다녔네'가 전부였다.

외갓집 계근대는 그보다 훨씬 더 일찍 시대의 발전에 따라 도태되었다. 실제 영업 기간은 극히 짧았고 원래의 계근대 기능은 이미 잃어버린 지 오래였다. 내가 마지막으로 그곳에 들어갔던 건 초등학교 고학년 때다. 나는 속칭 '피부 뱀'이라고도 불리던 대상포진에 걸렸다. 대상포진 바이러스의 뱀이 몸을 한 바퀴 돌면 죽는다고들 했다. 당시 외할머니는 나를 위해 계근대 초소의 문을 열었다. 아주 오래 개방하지 않았던 작은 집의 먼지가 빛 속에 휘날렸고 먼지투성이의 퀴퀴한 곰팡내가 우리를 맞이했다. 외할머니는 문턱에 기다란 풀 한 다발을 내려놓았다. 우리는 문턱을 사이에 두고 서로 마주 보았다. 그녀는 냄비 뚜껑을 내 정수리에 씌운 다음 주문을 외우면서 솥뚜껑 가장자리를 식칼로 부드럽게 두드렸다. 마지막으로 문턱의 풀 다발을 칼로 힘껏 내리쳐서 자르면 의식이 끝났다. 거의 2주를 대상포진으로 고생하는 동안 엄마는 나를 저녁마다 계근대 초소에 데려갔다. 외할머니가 열쇠로 문을 열면 작은 창문을 통해 쏟아지는 석양빛에 먼지들이 반짝이며 날아다녔다. 우리는 먼지에 잠긴 채 새로운 시작을 선포하듯 '피부 뱀'을 베는 신비 의식을 거행했다. 의식이 끝나면 외할머니는 부드러운 손으로 나를 집에 이끌고 가 단골 메뉴였던 카레를 만들어주었다.

그 후로 계근대의 문은 거의 열리지 않았다. 계근대의 네모난 철판 위에는 화물 무게를 측정하러 온 화물차가 아니라 각 가정이 소유한 고급 자가용들이 세워졌다. 먼저 도착해서 계근대에 새로 뽑은 차를 주차해야 모두가 볼 수 있었다. 마치 전시장의 투명유리 속 자동차처럼 사람들 눈에 띄지 않을 수 없는 구조였다. 외갓집에 온 사람들이 가장 먼저 입에 올리는 화제 또한 계근대에 주차된 자동차에 관한 것이었다. 누가 새 자동차를 샀는지, 어떤 새로운 기능이 있는지 말이다. 자동차 얘기가 끝나면 학교나 성적처럼 친구들에게 득의양양하게 자랑할 수 있는 아름다운 이야기가 줄줄이 이어졌다. 우리 차, 즉 아버지의 차는 계근대에 주차한 적이 거의 없었다. 오는 방향상 외갓집 뒤편의 궁묘 공터에 주차한 후 조금 걸어오는 게 훨씬 더 편했기 때문이다. 또 다른 이유는 온 가족이 출동하는 일이 거의 없었고 운전할 필요가 없을 만큼 거리상 가깝기도 했기 때문이다. 하지만 그 덕분에 비교하는 시선에서 벗어날 수 있었다. 있어봐야 "가가이 살면서 왜 늦게 와서 일찍 가고 그래?"처럼 오래가지 않을 사소한 질책 정도였다.

남들의 시선이나 조건을 따진다면 어머니는 자매들 사이에서 결혼을 아주 잘 한 편은 아니었을 것이다. 어머니는 중매를 통해 아버지를 만났다. 성실하고 좋은 남자 같다는 친구들의 평가만 듣고서 농촌 출신의 평범한 아버지에게 일평생을 바쳤다. 그녀는 지주의 딸이라는 신분을 내려놓고 평범한 가정주부로 살았다. 인생의 긴 여정에서 아버지에게도 호시절이 있었다. 한때 고액의 예금과 부동산도 소유했다. 그러나 아버지는 형제와 친구들을 챙기느라 부동산을 팔았고 업종도 바꾸었으며 몇 번이나 빈털터리 상태로 돌아갔다. 어머니는 원망하지 않았다. 다만 성벽 밖의 시선이 그들의 상상과는 달랐을 뿐이다. 아버지는 곧잘 이렇게 말했다.

"옛날에 다들 내가 없다고 무시했어."

억눌린 상처와 분개가 말끝에 옅게 묻어나왔다. '없다'는 말은 과도한 재산이 없고, 아들이 없으며, 대단한 직함이 없는 것이 전부였다. 아버지는 기나긴 세월을 남들 눈에 '없이 보인다'는 상처를 안고 살았다.

아직 어렸던 나는 아버지의 상처에 공감할 수 없었다. 설날 같은 명절 때면 아내와 함께 장모님 댁에 방문하는 것이 이치에 맞는 일이지만 아버지는 늘 똑같은 답변만 내놓았다.

"나는 집을 봐야 해."

아버지는 집을 비우면 안 된다는 이유를 들어 자신의 부재를 합리화했다. 그런 감정들은 시간이 지날수록 작은 물방울이 조금씩 떨어지듯 아주 미세하고 설명하기 어려운 감정으로 쌓였다. 내가 아버지가 결혼했던 나이에 이르자 난 아버지가 생각이 많고 예민한 사람이라는 걸 알게 되었다. 그는 사람 사이에서 미묘하게 달라지는 공기를 느꼈고 사람들이 하는 농담 속에서 미세한 구린내를 맡곤 했다. 마치 내가 순위가 낮은 학교에 다니던 때처럼 말이다. 당시 사람들은 나를 부를 때 이름 대신 학교명에 미인美人이라는 두 글자를 붙여서 불렀다. 하지만 나는 그 말이 내 아름다움을 칭찬하는 것이 아니라 달콤한 농담으로 포장된 비웃음이란 것을 알았다. 무심한 어른들은 아이들이 그런 농담을 못 알아듣는다고 생각하지만 나는 아버지처럼 마음 한구석에 쌓아놓았을 뿐, 못 알아들었거나 잊어버린 것은 아니었다.

'미인'이라는 칭찬은 내가 대학에 진학했을 때 혹은 내가 1등 상을 받았을 때 비로소 진정한 아름다움으로 변했다. 한동안은 아름다움에 대한 평가가 객관적인 수준을 훨씬 넘어서기까지 했다. 사람들은 나를 언론에서 완벽한 여성의 대명사로 추앙하는 여성 연예인 이름으로 대신 불렀다. 사람들은 그녀와 내가 무척 닮았고 내가 그녀만큼 아름답다고 했다. 내가 나조차 모르는 완벽한 아름다움을 가졌다니! 아주 미묘한 기분이었다. 새콤한 탄산음료 병을 따서 하루 동안 놔두면 탄산과 신맛은 사라지고 설탕물만 남지 않는가. 마치 그런 음료수를 마신 것처럼 달기만 하지 맛은 없었다. 엄격히 말하면 변질된 것이나 다름없었다.

폐쇄된 계근대의 측정 기능을 대체한 것은 사람들의 시선이었다. 그들은 시선으로 측정했다. 자기 시선에서, 자기 생각에 국한된 가치를 쟀다. 측정은 일상의 공방전이 되었다. 자기 가치를 잃고 싶은 사람은 아무도 없으니 타인의 가치를 깎아내릴 수밖에 없었다.

어떤 친척이 아내와 막 결혼했을 때 처가에서 무시당한 이야기를 꺼냈다. 결국 그는 기나긴 결혼생활 중 처가 행사에 대부분 가지 않았다. 아내와 아이들은 친정에 갔지만 그는 고집스럽게 자기 집을 지켰다. 나는 그제야 왜 아버지가 외갓집 가족 모임에 잘 안 갔는지 이해할 수 있었다. 과거에 아버지는 항상 집을 나서기 전에 우리에게 당부했다. 예의를 갖춰라, 어른들에게 존칭을 써라, 식사 후에는 치워야 한다, 다른 사람들이 질문하면 조심해서 잘 대답해라……. 그는 우리가 다른 사람들에게 칭찬받을 만큼 착하게 행동하기를 원했다. 모임에 온 사람들은 신이 나서 등수 이야기, 상 받은 이야기를 떠들었다. 어디에서 1등 상을 받았다며 다양한 재주를 뽐냈고 우리를 초라하게 만들었다. 어두운 구석 자리로 밀려난 듯한 느낌은 마치 어릴 적 자주 상연했던 연극과 비슷했다. 아이들끼리 장난치고 노는 상황에서 누가 넘어져 다치면 보통 먼저 우는 쪽이 동정받고 승리를 쟁취하지 않던가. 누가 옳았든 간에 울지 않는 쪽이 잘못한 것이고 가해자였다. 어른들이 빛을 깎아내리면 제아무리 하늘의 별이라도 빛나지 못한다.

나는 울지 않았다. 단 한 번도 그런 적이 없다. 어릴 때 사람들의 시선 속에서 온갖 오해와 부당한 평가를 받아도 말없이 대응했을 뿐이다. 나 자신을 방어할 힘이 생기고 나서야 비로소 예의를 지키면서 조용히 반격하는 법을 배웠다. 아버지가 보지 못하는 곳에서 말이다.

나도 성숙한 나이가 되었을 때쯤, 당시 아버지가 왜 그렇게 매사에 엄격했는지, 아이들을 왜 그렇게 제한했는지 돌아보았다. 경제 상황이 어떻든 간에 그는 값비싼 학원비를 기꺼이 부담했고 합격자 명단에 아이들의 이름이 있기만을 고대했다. 그 외에도 우리는 모든 대인관계에서 반드시 예의를 지켜야만 했다. 식사 모임이면 상 차리는 것을 돕고 차를 따르는 등 예절을 다해야만 했고, 어른이 젓가락을 들기 전에는 음식을 집으면 안 되는 것은 물론 모임이 파한 후에도 마음대로 음식을 싸가면 안 되었다. 물론 설날에도 마음대로 봉투를 받으면 안 되었다. 만약 받기라도 하면 아버지는 금액을 두 배로 쳐서 되돌려주었다.

나는 아버지의 이런 엄격함을 원망했다. 내가 일상 속 아주 작은 한 부분만 완벽하지 않아도 아버지는 한참을 다그쳤다. 철이 없다고, 아직도 덜 자랐다고 했고 너는 다른 집 아이보다 한참 부족하다고, 다른 집에 너 같은 애가 어디 있느냐고도 했다. 그런 질책은 내 유년기와 청년기를 가득 채웠다. 그럴 때면 나는 아버지의 출생 신고가 늦어져서 생일이 잘못 기록되었을 뿐, 그는 완벽주의자인 처녀자리가 분명하다고 생각했다. 그렇게 단순화해버리고 말았다. 지금 돌아보면 그 모든 상처는 내 안에 먼지처럼 겹겹이 쌓이고 있었다. 나 역시 식사 모임에 나가서 타인의 수많은 시선과 쉴내 나는 언어를 감내해야 했고 경쟁할 의사가 전혀 없는데도 순위 경쟁에 참여해야 했다. 그런 것이 조금씩 누적되는 과정에서 아버지의 상처 혹은 한을 이해하게 되었다. 우리까지 그런 상처를 받지 않았으면 했던 아버지의 마음을 말이다.

그 시절 우리를 평가하던 시선들이 잊은 게 있다. 인생의 평가는 마라톤 경기 같아서 긴 코스 중에 늘 추월당할 가능성이 있다는 점이다. 마지막 결승선을 넘기 전까지는 최후의 승리자가 누구인지 아무도 알 수 없다.

순위표를 올라가는 속도가 지지부진했던 우리 가족은 그림을 좋아하던 언니 한 명이 미술대학에 합격하자 마침내 외갓집 식구와 친구들을 초대해 고층 빌딩 회전 레스토랑에서 고급 뷔페를 먹었다. 접시 위에는 지중해 요리와 고급 생선회가 올라왔다. 철없게만 보였을 나도 내 시상식에 외할머니와 부모님을 초대하게 되었다. 외할머니는 평가 일색의 시선 속에서도 항상 나를 따뜻하게 대해주었던 분이다. 이러한 반전이 타인들 눈에는 우리가 마치 고급 행사의 입장권을 얻은 것처럼 보였던 듯하다. 아버지는 마침내 계근대의 사각 철판 위에 차를 대고 남들에게 딸 자랑도 할 수 있게 되었다. '없는' 사람이 '있는' 사람으로 바뀐 것이다.

아버지의 딸들은 처음에는 일렬로 늘어서서 시선들의 공격을 막아내고 부모를 보호하는 법을 배웠다. 가해자들은 우리 자매가 아주 보통이 아니라고 말하고 다녔다. 아버지는 우리 평판이 나쁘게 퍼질까봐 걱정했지만 우리는 일찍부터 걱정할 필요 없는 고집불통으로 자랐다.

시간이 우리를 순위 전쟁에 밀어넣고 난 후, 전쟁에 참여할 마음이 없던 우리도 서서히 교과서 밖, 현실 속 게임의 규칙을 이해하기 시작했다. 그제야 너무나 잘 사는 것처럼 보이는 사람들도 완벽한 겉모습 뒤에는 형편없는 속모습이 있다는 걸 깨달았다. 상점에서 친구들에게 물건을 고가로 팔거나, 보증서를 위조해 이득을 취했고 몰래 고가의 물건을 가져갔다. 오직 남들 눈에 자기가 잘 사는 것처럼 비치고 싶어서였다. 그래서 다른 집 딸이 고고하게 결혼식을 거행할 때 아버지의 딸은 여전히 고민하고 있다. 은퇴한 것이나 다름없는 부모님이 결혼식 비용을 내는 게 맞는지, 부모님에게 한 푼도 부담 주지 않고 내가 내는 게 맞는 것인지를.

우리가 실낱같은 희망을 쥐고 천천히 전진할 때 먼지는 찬란한 빛이, 누적된 상처는 휘장이 된다. 삶이란 불공평할 수도 있음을 받아들이면서도 더 이상 증오하지 않는다. 높은 곳을 향하던 초심이 여러 쌍의 눈들로부터 칭찬받기 위함이나, 경쟁에서 승리자가 되기 위함이 아니었던 게 분명해진다. 그리고 사람들에게 나야말로 장거리 달리기의 승리자라고 선언한다. 나의 소망은 시선들로 빚어진 높은 성벽 밖의 자유로운 풍경이며 아버지의 상처가 치유되는 것이다. 아버지가 사교 모임이라는 전쟁터에서도 평가가 쏙 빠진 언어로 자녀들에 관해 이야기할 수 있기를, 자기 마음이 타인을 개의치 않고 훨훨 날도록 놓아주기를 바란다.

아버지도 조금 더 늙으면 원망하지 않을 것이다.

노년을 향해 가는 아버지는 인생길에서 언제나 대상포진처럼 만연한 인재人災를 맞닥뜨렸고 때로는 피부 깊은 곳의 신경에 은은한 고통을 느꼈다. 나는 아버지를 위해 바닥에 원을 그렸다. 아버지는 그 안에 서서 태양을 바라보고 있었다. 나는 원 주위를 빙빙 돌면서 그 원을 자르고 신비한 주문을 외웠다.

"피부 안의 뱀을 베려면 걸린 솥을 뒤집어써라. 베려면 산으로 뛰어가거라. 베려면 멀리멀리 뛰어가거라."

계근대 안에서 열심히 무게를 측정하던 손들과 그 따뜻한 온도가 떠올랐다. 나는 그 따뜻함으로 아버지의 지난 상처를 끊어냈다.

만약 어느 날 아버지가 계근대에서 무게를 측정하는 날이 온다면, 나는 그가 어지러운 세상의 눈빛들로부터 받은 상처가 아니라 사랑을 측정할 수 있기를 바란다.

놀이공원

어릴 때 나와 남동생은 부모님을 독차지했던 시기가 있었다.

아마 언니들은 이미 성년에 가까운 나이였고 집에는 초등학교 저학년생인 나와 남동생만 있었던 것 같다. 아버지는 일요일마다 우리 둘을 데리고 놀러 나갔다. 가는 곳은 거의 정해져 있었다. 고정된 목적지였던 다강산 외에도 사당, 뒷산, 주변의 비구니 절과 우연히 길을 가다가 발견한 명승지 등을 번갈아 방문했다. 또 절에 가서 절밥도 여러 번 얻어먹었다. 절밥은 반드시 공용 젓가락과 수저로 떠야 했고 연회에서처럼 여덟 명에서 열 명이 한 테이블을 사용했다. 그때는 아직 인터넷이 삶의 구석구석에 퍼지기 전이라, 나들이를 가면서 서점에서 파는 큰 지도에 의지하지 않으면 기억력을 시험하는 모험이 되었다. 아버지는 과거에 가오슝의 아롄阿蓮 지역과 다강산 일대에서 군 생활을 했기 때문에 익숙한 길로 찾아가는 게 별문제는 아니었다. 지도나 GPS가 거의 필요하지 않았다. 차오펑사超峰寺, 다강산에 있는 절의 뒷산은 거의 우리의 주말용 뒷동산이나 마찬가지였다. 아버지는 그곳에 갈 때마다 「비구니가 낳은 아들」이라는 전설을 거듭 들려주었다. 아버지가 이야기해주기로 그들은 훗날 뒷산 깊은 곳에서 자급자족하며 살았다고 한다. 당시 이야기 속 아이가 팔던 아이스크림을 우리가 몇 개나 먹었는지는 기억나지 않지만, 산을 배경으로 찍은 사진과 주말 나들이의 즐거움은 여전히 남아 있다.

전환점이 언제였더라, 기억이 가물가물하다. 아마 놀이공원 광고가 텔레비전에 등장하고 서점의 여행 서적들이 전국 각지의 놀이공원을 소개하던 시기였을 것이다. 책이 안내하는 타이난의 놀이공원들은 우리 집에서 아주 멀었다. 하루는 내가 여행 책에 나오는 놀이공원 사진을 가리키며 여기 가고 싶다고 말했다. 새로 생긴 놀이공원으로 잔디 썰매를 탈 수 있는 곳이었다. 아마 당시 나는 지도를 잘 보지 못했을 것이고, 아버지는 운전 중이라 지도를 볼 틈이 없었을 것이다. 어머니도 헷갈려했고 남동생은 너무 어렸다. 결국 우리 넷은 미국 드라마에서 본 것 같은 숲속 오솔길에서 길을 잃었다. 미국 드라마였다면 계속 길을 가다가 고요한 분위기가 물씬 풍기는 우아한 묘지를 지났을 테지만, 현실의 우리는 전혀 다른 세계에 사는 듯, 아버지의 빨간 소형차가 양쪽으로 웃자란 풀숲에 묻혀버렸다. 차 한 대만 겨우 지나갈 수 있는 작은 길이었고 전방은 빽빽한 풀로 덮인 미지의 황야였다. 게다가 풀숲 안에 무덤이 꽤 많이 있었다. 아버지의 평소 성격을 생각해보면 그때 분명히 화가 폭발했거나 지도에 대고 욕설을 퍼부었을 것이다. 물론 나는 더 이상 놀이공원에 가자는 말을 꺼내지 못했다. 결국 우리는 잔디썰매장이 있는 새 놀이공원에 가지 못했다.

어린이들은 나들이를 아주 자연스러운 일로 생각한다. 나도 아버지가 어떻게 우리와 놀러 다닐 수 있었는지 생각해보지 않았다. 자라면서 가족 나들이가 줄어드는 것은 청춘과 시대가 동시에 전진한다고 오판하기 때문이다. 많은 일이 가족 여행을 대체할 것이고 아이들은 모의고사 시험문제를 풀거나 친구와 노는 데 더 많은 시간을 쓸 것이다. 그러나 우리는 시간이라는 바람에 더 멀리 날려간 어른들을 잊고 있다. 그들이야말로 더 이상 나들이를 떠날 이유가 없는 사람들이다.

기억을 되짚어보면 아버지가 우리를 데리고 간 유일한 놀이공원은 안핑安平 뒤편 바닷가에 인접한 추마오공원뿐이었다. 그건 주말마다 우리가 다강산에 다니기 훨씬 전으로 남동생은 아직 태어나지도 않았고, 나는 유치원생, 언니들은 초등학교 중간학년이거나 고학년이었다. 아버지는 온 가족을 추마오공원에 데려가 한 주의 마지막 날을 보냈다. 당시 추마오공원은 가장 인기 있는 나들이 명소여서 타이난 사람이라면 어릴 적 추마오공원에서 찍은 사진 한 장쯤은 다들 있을 것이다. 공원 안에 놀이기구가 많았는 지는 기억나지 않지만 분명 몇 걸음을 지날 때마다 테마 조각상, 팔선, 서유기, 십이간지, 모자상, 혹은 어릴 때 읽었던 효자 이야기 속 장면이 등장했다. 공원 입구에서 맨 끝까지 걸어가면 큰 소가 누워 있었는데 등에는 어린 목동이 타고 있었다. 우리는 그곳에 서 단체 사진을 찍고 공원 안에서 가짜 동물조각상에 올라타 놀 았다. 기다란 용이 가장 인기가 좋았다. 집에는 옛날 사진이 몇 장 있었다. 아마 언니들이 종이 바람개비를 손에 든 채, 공원 한구석 에서 어머니와 함께 찍은 사진일 것이다. 성인이 된 언니들과 내 게 추마오공원에서의 기억은 마치 현재의 그곳처럼 얼룩지고 공 허했다. 과거를 돌이켜보면 큰 소 모형과 공원 밖 노점상의 굴튀 김 그리고 여기저기서 가짜 동물들과 찍은 사진뿐이니 얼마나 따 분하고 무미건조한가.

내가 집을 떠나고 몇 년이 지나 추마오공원은 위광도漁光島, 타이 난의 여행 명소로 도심에서 가장 가깝고 많은 여행자가 해수욕을 즐기며 석양을 보기 위해 찾는 곳 의 일부로 눈부시게 변신했다. 예술제가 활발히 개최되었고 현대 미술품이 들어왔다. 어느 날 예술제 인터넷 사이트에 오직 내 기 억과 사진 속에서만 존재했던 이미지가 올라왔다. 그제야 추마오 공원이 당시 가장 신나고 재미있는 시설을 갖췄었다는 걸 깨달았 다. 놀이공원에서 가장 주목받는 존재인 놀이기구 시설 말이다. 나는 언제나 놀이공원이 낙원 같은 존재가 될 수 있다고 믿었다.

성지聖地처럼 사람들이 즐거움을 숭배하고, 즐거운 분위기를 만끽할 수 있으며, 높이 날고 이리저리 흔들리는 놀이기구의 자극 속에서 잠시 현재의 시간을 잊고 마음마저 멀리멀리 날려보낼 수 있는 곳이라고 믿었다.

놀이공원 방문은 어린 시절의 졸업여행 같은 것이었다. 나이가 어리고 유연할수록 바이킹이나 롤러코스터를 탄 후 곧바로 회전 찻잔, 범퍼카, 회전그네 혹은 공중자전거에 줄을 선다. 공중에서 흔들릴 때면 의식도 허공에 붕 떠서 몸으로부터 은근히 분리되는 듯한 쾌감이 든다. 그 순간 나는 다른 시간에 대해서는 전혀 생각하지 않는다. 기계가 서서히 속도를 늦추다가 완전히 멈추면 나는 여전히 어지러움을 느끼며 나 자신을 찾고 있을지도 모른다.

아버지도 가끔 자신을 버릴 수 있다면 얼마나 좋을까.

성인이 된 나는 기억의 어떤 단편에서 갑자기 추마오공원이 떠올랐다. 내가 아버지와 함께 황량해진 추마오공원에 들어섰을 땐 파손된 큰 소만 예전 그대로였다. 그나마도 여기저기 긁히고 부서져서 조금 슬퍼 보였다. 큰 소의 등에는 여전히 어린 목동이 타고 있었고 그 앞 석판에 새겨진 '화평, 성실, 근면, 부귀'라는 글자가 아직도 선명하게 공원 창립자의 신조를 소개하고 있었다. 창립자는 어린 시절 가난해서 과일을 훔쳐 따먹다가 매를 맞았다고 한다. 성인이 된 그는 일본으로 건너가서 성공했다. 훗날 고향으로 돌아와서는 놀이공원을 지어 그 안에 과일나무를 가득 심고 무료로 개방했다고 한다. 과거에 우리가 단체 사진을 찍었던 동물조각상과 다른 조각상들도 많이 파손된 상태였다. 마치 어릴 때 보았던 좀비 드라마처럼 동물들은 더 이상 친근하지 않은 모습이었고 눈빛에서는 기괴함마저 흘렀다. 과거에는 이런 조각상들이 교육 목적이나 경고 목적으로 많이 쓰였다고 한다. '논리와 도덕' '신앙' '조상' '권리와 의무' 등등처럼 말이다. 이런 단어들은 이미 시대의 파도에 떠밀려 내려가서 이제는 유적이 되었다.

놀이공원이 영광의 시절을 보내던 때부터 황폐해질 때까지 아버지는 소와 목동처럼 인생의 이념을 충실히 지켰다. 시대의 큰 파도에 어우러지는 작은 파도 하나는 될 수 없었다. 그는 자신에게나 타인에게나 늘 성실했다. 다만 타인의 불성실을 꿰뚫어보지 못했을 뿐이다. 그는 화평을 추구했고 계산할 줄 몰랐기에 더욱 열심히만 살았고 부귀에 이르지 못했다. 그러나 신과 조상을 경외하는 그의 마음을 과학자들은 미신이라 불렀다. 그는 타인을 침해하지 않고 자신의 권리와 의무를 다했으나 타인은 그것을 짓밟고 빼앗았다. 젊어서나 늙어서나 아버지는 한 번도 긴장을 내려놓지 못했다. 나는 친척 집의 오래된 사진첩에서 아버지의 오토바이 모임 사진을 발견했다. 속도를 추구할 때의 부유감, 잠시 의식을 잃을 때의 쾌감이 떠올랐다. 빠른 속도로 질주하는 순간에

는 다른 사람이 또렷이 보이지 않을 테고 아무도 세밀하게 판단
당하지 않을 것이다. 그 순간에는 잠시 다른 사람의 시선을 잊었
을 것이다.

아버지는 중장년기에 접어들면서 자신만의 땅을 갖고 싶어했
다. 전원생활을 동경하기도 했지만, 타인의 눈에 가치 있는 사람
이 되고 싶은 마음도 컸다. 아버지는 사람들이 가마를 만들거나
고기를 구울 수 있도록 농지에 구덩이를 팔 계획이라고 말했다. 나
중에는 날마다 흙을 뿌리고 각종 씨앗을 뿌려 다양한 채소와 과
일을 듬뿍 수확할 것이라 했다. 이런 이야기를 할 때 아버지는 자신
만의 추마오공원을 지으려는 것 같았다. 그는 기꺼이 땅을 개간하
고 농사지어 사람들에게 기쁨을 주기를 바랐다.

반 퇴직 상태를 즐기던 아버지는 특별히 밖에 나갈 일이 없으
면 시간을 전부 그 땅에 쏟았다. 휴식 공간과 화장실을 지었고 사
료를 사서 떠돌이 검둥개를 먹였다. 단지 작은 오두막만 없었을 뿐
아버지는 전원에 묻혀 자신만의 놀이공원에 살았을 것이다. 아버
지가 놀이공원에서의 삶에 몰두하던 시기엔 일부 타인의 삶에 '화
평, 성실, 근면'은 존재하지 않는다는 걸, 그들의 신앙은 오직 '부
귀'뿐이라는 걸 아직 몰랐다. 풍파를 피하지 못하는 아버지의 운
명 때문이었을까. 옆 땅 주인이 우리 땅까지 침범해서 울타리를
치는 바람에 분쟁이 일어났다. 놀이공원에서 보내는 아버지의 시
간은 토지 감사와 조정 회의로 대체되었다. 거듭되는 일에도 아

버지는 자신이 그토록 믿는 공평과 정의를 결코 따지지 못했다. 아버지는 걱정과 분노에 휩싸여 한동안 집에서 몸을 추스르느라 놀이공원에 가지 못했다. 그의 마음도 놀이공원을 잃은 것처럼 나락으로 떨어졌다.

'답답할 때는 우즈랜드로 오세요!'

초등학교 시절엔 안 들어본 아이가 없을 만큼 대유행했던 광고 카피다. 그해 내가 아버지한테 가자고 졸라댔던 새 놀이공원도 바로 우즈랜드였다. 내가 놀이공원을 동경하지 않는 나이까지 자랐을 때 아버지는 참배하러 가자며 나를 루얼먼鹿耳門 지역 텐허우궁天后宮에 데리고 갔다. 그제야 나는 원래 우즈랜드의 큰 간판이 텐허우궁 바로 옆 사당에 있었고 심지어 서로 연결된 땅이란 걸 깨달았다. 사당 담장에서 바로 놀이공원으로 넘어갈 수 있었다. 그해 우즈랜드는 절에서 임대한 토지에 놀이공원을 짓고 운영해 역사상 최초로 절과 놀이공원이 인접한 타이난만의 독특한 풍경을 만들어냈다.

1970년대와 1980년대의 경제 부흥기엔 아직 해외여행이 유행하기 전이라 놀이공원은 점점 붐비기 시작했다. 여름방학이면 놀이공원에 인파가 벌떼처럼 모였다. 그러나 1990년대에 접어들며 하나씩 몰락하고 폐허가 되었다. 놀이공원은 새것을 맛보거나 잠시 즐거움을 느낄 수는 있어도 영원히 머물 수는 없는 곳이 된 것 같았다. 최근 마조 사당에 참배하러 갔을 때 담장 너머로 당시 많은 아이가 키 제한에 걸려서 타지 못했던 360도 회전 놀이기구가 보였다. 일찌감치 고장 난 채로 방치되어 있었다. 워터 슬라이드에도 잡초만 무성할 뿐 물이 흐르지 않았다. 놀이공원에 필수인 회전목마 역시 목마가 이미 장대를 이탈한 상태로, 목마는 언뜻 자유로워 보이기도 했지만 사실상 그 자리에서 녹슬고 있었다.

밀레니엄을 전후하여 수많은 놀이공원이 사라지거나 폐허가 되었다.

추마오공원도 주인이 몇 번 바뀌다가 결국 몰락했다. 인터넷상에서 유명한 귀신 체험 명소로 전락했을 만큼 황폐해졌다. 추마오공원이 다시 뉴스에 등장한 것은 공원이 있던 자리가 과거에 일본 해군이 잠수함을 정박하던 기지였다고 믿는 민중의 발굴 신청 때문이었다. 그들은 기지의 지하 터널에 종전 후 일본군이 후퇴하면서 남긴 대량의 금은보화가 있다고 했다. 그동안 추마오공원이 일확천금을 거둘 수 있는 보물의 땅이었다는 사실을 아무도 몰랐다니! 지금은 누구도 그곳을 '추마오공원'이라고 부르지 않는다. 이제 그 이름은 위광도로 대체되었고 아름답게 거듭났다.

예술제가 열리는 동안 뉴스에는 "환상적인 새 목적지! 흰 말이 대나무 숲을 천천히 거닐자 위광도 해변의 절경이 놀이공원으로 변했다"라는 제목이 붙어 있었다. 이미 30년 동안이나 외면당한 공간이어서 그런지 그곳이 갑자기 '변신'한 게 아니라 옛날에 진짜 놀이공원이었다는 걸 아무도 기억하지 못했다.

추마오공원이 위광도의 명소가 되기 전 아버지와 방문했던 그때, 나는 과거에 내가 제일 좋아했던, 그냥 멀리서 바라만 보던 놀이기구를 보았다. '천녀산화天女散花'라는 회전 그네였다. 놀이기구가 바람에 춤추듯 빙빙 돌며 날아다니자 좌석에 앉은 아이들은 함박웃음을 터뜨렸다. 어렸을 땐 그저 눈언저리로 흘끗 보면서 부러워할 수밖에 없었다. 지금은 폐허가 된 데다 아래쪽으로 바닷물이 가득 차올라와서 바다와 놀이공원 사이에 경계가 없었다.

현실 생활 속에서 아버지가 여러 차례 길을 잘못 든 탓에 우리는 두번 다시 놀이공원에 가지 못했다. 아버지의 사업이 번창하던 시기에 저우마라이농장走馬瀨農場과 다강산에는 갔지만, 놀이공원에는 다시 가지 않았다.

그건 한바탕 꿈에 불과했는지도 모른다. 아버지는 추마오공원이 황폐해지고 모래사장이 바닷물에 잠겼을 때를 기억하지 못했다. 나에게도 희미하게만 남아 있는 터라 댈 만한 증거가 없다. 하지만 그 아름다웠던 꿈은 영원히 내 마음속에 낙원으로 남을 것이다.

어쩌면 우리는 놀이공원에 간 적이 없었는지도 모른다. 하지만 나는 아버지가 환상보다 더 아름다운 놀이공원을 만들어내리라고 믿는다. 서서히 자신을 내던질 저편의 낙원에서.

빛이 있는 곳

나는 햇빛을 좋아하지만 직접 쬐는 건 싫다.

쑨옌즈孫燕姿의 노래 「완벽한 하루完美的一天」에는 이런 가사가 있다.

"큰 집을 갖고 싶어. 유리창이 아주 많은 집을. 햇볕이 마룻바닥에 쏟아지고 내 이불도 따뜻하게 데워줄 거야."

몇 년 전 어린 시절에 본 동화책을 찾아다닌 적이 있다. 책 제목은 잊어버렸는데 표지 그림이 숲속의 투명 유리집이었던 걸로 기억한다. 별장 같은 집의 외벽은 스킨답서스처럼 생긴 덩굴식물로 덮여 있었다. 그야말로 내가 동경하는 집이었다. 하지만 내내 그 책을 못 찾았고 제목도 기억나지 않았다. 온갖 키워드를 넣어 검색해봐도 그 유리집은 머나먼 기억 속에만 존재했다. 나중에 한국 드라마에서 해변의 아름다운 유리집이 나오는 걸 봤는데 내가 찾던 책의 표지 그림과 비슷한 듯했지만 확실하진 않았다.

투명한 유리집은 오후에 햇빛이 들어오면 아주 따뜻할 것이다. 공간 가득 햇빛의 발자취가 들어와 우울할 틈도 없으리라. 빛이 있으면 분명, 행복할 것이다.

햇빛이 가장 따뜻할 때는 나뭇잎이나 유리창을 통해서 공간에 들어왔을 때다. 한파가 닥쳤을 때 나는 오래된 아파트의 베란다 옆 방에 살았다. 아무도 쓰지 않는 침대 위에 잡동사니가 가득 쌓여 있었다. 마치 숲속에서 웃자란 풀들을 칼로 베어 길을 내듯이 나는 작은 공간을 확보했고 못쓰는 소파 쿠션을 몇 개 쌓아서 침대를 만들었다. 아직 수납용 천 커버가 씌워져 있는, 푹신한 큰 베개를 등 뒤에 받히고 계절에 따라 잠시 수납해둔 얇은 이불을 덮었다. 창문을 통해 등 뒤로 내리쬐는 오후의 햇빛을 즐기면서 텀블러에 담긴 따뜻한 밀크티를 마시고 소설을 몇 쪽 읽었다. 10분쯤 읽으니 쏟아지는 잠을 참을 수 없어 환한 햇살 속에서 따뜻하게 잠이 들었다. 밤에 심신 안정과 숙면을 위해 쓰는 에센셜오일 냄새를 맡을 필요도 없었고 두꺼운 이불 안에 파묻힐 필요도 없었다. 오직 창문을 통해 내리쬐는 햇빛만 있었다.

예전에 튀르키예 사람들의 집에 관한 영화를 본 적이 있다. 튀르키예 사람들은 베란다를 워낙 좋아해서 집집마다 최소 두 개씩은 있다고 한다. 큰 베란다는 투명한 유리창으로 둘러서 폐쇄된 공간으로 만들었고 창문을 열면 불어오는 바람과 햇볕을 즐길 수 있었다. 그들은 베란다에 옷가지를 말리는 대신 바닥에 카펫을 깔고 큰 소파와 화분을 몇 개 가져다두었다. 햇빛 속에서 오후 티타임을 즐겼고 심지어 베란다에서 아침을 먹으며 하루를 아름답고 따뜻하게 시작했다.

어릴 때는 나도 베란다를 아주 좋아해서 베란다에서 옷걸이를 갖고 노는 사진이 많다. 기억력이 좋은 내게는 오래된 과거와 그때의 미세한 감정들이 아직도 단편으로 남아 있다. 학령기 전에는 언니들이 아침 일찍 등교하면 아기였던 남동생과 나만 집에 남았다. 어머니는 매일 베란다에 큰 대야를 놓고 가족들의 옷을 빨았는데 나도 가끔 들어가서 발로 자근자근 밟았다. 대나무 작대기에 빨래를 넌 다음에는 세제 계량스푼을 들고 다니며 베란다 식물들에게 물을 주었고 선반에 묶여 있는 난초 화분 속 벌레를 한참 동안 감상했다. 베란다의 화분 중 가장 컸던 것의 색이 계절에 따라 변했던 모습이 아직 생생하다. 집에 세탁기가 생기고 나서는 숨바꼭질을 할 때마다 몸을 작게 웅크려 기계의 배 속으로 들어갔다. 너무 깜깜할까봐 세탁기의 덮개를 완전히 닫지 않고 햇빛이 한 줄기 미미하게 들어올 만큼만 틈을 남겼다.

나는 나이가 들면서 한동안 햇빛을 피했다.

타이난의 고향 집을 떠나 해변의 먼 도시에 온 나는 오래된 집에 살았다. 그 집은 햇빛이 들지 않아 습하고 어두침침하며 지진에 집 구조가 손상되어 방음이 전혀 되지 않았다. 처음에는 방에 커튼이 없어서 여름에 서향으로 난 창문으로부터 빛이 들어오면 기분이 안 좋았다. 창밖에서 들어오는 빛은 피부색을 짙게 만들고 청춘을 잃게 한다는 말을 들었다. 그래서 커튼 뒤에 암막 천을 달고 외출할 때도 은색 천이 씌워진 양산을 가지고 다니며 햇빛의 침투를 굳건히 거절했다.

내가 아직 아무것도 개의치 않던 시절에는 태양이 지글지글 타올라도 상관없었다. 이미 성인이었던 언니들이 "너 나중에 후회한다"고 경고했지만 가볍게 무시하고 가림막들을 전부 걷어냈다. 그 후 친구와 여름 한밤중에 자전거를 타고 집을 나서서 컨딩¹ᵀ,

완리에서 컨딩까지는 직선 거리로 약 15킬로미터밖에 안 되는데 아마 여기저기 돌아다닌 것 같다

으로 향했다. 어두운 밤에서 직사광선이 내리쬐는 한낮이 될 때까지 길은 계속되었다. 태양이 바다 저편에서 떠오르고 하늘이 서서히 펼쳐지는 모습을 보았다. 그때 반바지를 입은 내 다리는 심하게 탔다. 제멋대로 나다닌 대가로, 탄 얼굴은 알로에 젤을 몇 개나 써서 가라앉혀야 했고 뽀얀 피부는 영원히 돌아오지 않았다.

그 몇 년간 친구들은 나를 보고 말했다.

"어쩌다가 이렇게 탔어? 꼭 뭐같이 탔네."

물론 당시 사춘기 친구 모임에 나가던 나는, 쑨옌즈처럼 짧은 머리에 전혀 꾸밀 줄 몰랐다. 무릎 위로 반쯤 올라오는 청치마를 입어 까맣게 탄 다리를 드러낸 채, 그 정도면 충분히 예쁘다고 생

각했다. 그해 나와 전화번호를 교환했던 남자아이는 다른 모든 사람과도 번호를 교환했다. 그때 다른 친구들이 그 애에게 "쟤 번호는 왜 받고 그래"라는 핀잔을 주었다. 왜인지 모르지만, 여러 해가 지났음에도 그 광경이 잊히질 않는다.

예전에 나는 늘 말을 돌리지 않고 직언했다. 모든 것을 명명백백하게 설명해야 했다. 밝음은 대낮의 빛이고 어두움은 깜깜한 밤의 깊은 어둠이어야 이치에 맞았다. 내 멋대로 세상은 그런 곳이라고 생각했다. 때로 머릿속 시계가 거꾸로 돌아가면 철없던 나이의 내가 언니와 베란다 방에서 말다툼하는 모습이 갑자기 떠올랐다. 나는 방 안에, 언니는 방 바깥의 복도에 서서 대치하는 중이었다. 언니가 내게 말했다.

"넌 뭐가 그렇게 당당한데?"

언니는 내 말투가 예의 없고 선을 넘는다며 훈계했다. 그러면 나는 지지 않고 소리쳤다.

"언니가 뭔데 그래! 언니가 뭐라도 되는 줄 알아? 나를 그렇게 잘 알아?"

결국은 따귀 한 대가 날아왔다. 이글거리는 공간에 짝 소리가 날카롭게 울리고 내 얼굴은 뜨겁게 달아올랐다. 그 시절은 늘 그런 식으로 지나갔다. 충돌, 대립, 괴성, 쾅 하고 닫히는 문, 몇 번이나 날아오는 손바닥. 나는 당시, 다른 사람들이 나를 자기 방식대로 쉽게 판단한다고 생각했다. 그들이 이야기하는 나는 결코 내가 아니었다. 내 전부를 다 꺼내놓고 하소연해도 여전히 이해받지 못했다. 매번 섭섭했지만 울지는 않았다. 그 후로도 10년, 20년 동안 쉽게 남들에게 눈물 자국을 보여주지 않았다.

집을 떠나고 세월이 지나 눈 밑에 잔주름이 생길 때쯤, 나는 내 안의 빛나는 부분을 불완전하게나마 여는 법을 배워나갔다.

혼자일 땐 방 안의 등을 모두 켜놓는 편이 좋았다. 밝음은 나를 안심시켰다. 그러나 요 몇 년 사이 나는 어둠 속에 몰래 숨어드는 게 좋아지기 시작했다. 깊은 밤에 퇴근해서 베란다에 옷을 널며, 맞은편 건물에 아직 불이 꺼지지 않은 집을, 집에 가는 골목길에 아무도 없는 줄 알고 노래를 흥얼거리거나 잡다한 이야기를 떠드는 행인들을 관찰했고, 심지어는 울면서 신고 전화를 누르는 아이의 목소리도 부근에서 전해져왔다. 밤의 고요함은 내 수면 시간을 한없이 뒤로 늦췄다. 늦은 밤의 어둠 속에, 타인 없이 오롯이 나 혼자인 이 밤을 전부 소모하려 애썼고 그것을 일종의 도피처로 삼았다. 그런 다음 여러 날 연이어 새벽의 어둠 속에서 미백 마스크를 얼굴에 올려둔 채 다양한 초고를 다듬었다. 업무 메시지나 문자의 언어가 예의에 맞는지, 완곡하게 표현할 부분들이 잘 갖춰져 있는지를 확인했다.

방은 암막 커튼 덕분에 낮에도 어두웠다. 사장님이 월급을 미루거나, 일감이 줄어 금전 압박이 오거나, 이룰 수 없는 소망을 쫓거나, 사람들과 갈등을 빚거나, 열쇠를 깜빡하고 밖에 나왔거나,

사랑하는 사람이 나를 더 이상 사랑하지 않을 때 같은, 순조롭지 않은 날들이 있다. 매일 일이 꼬여만 가는 느낌일 땐 친구에게 전화를 걸어 삶을 원망하고 싶었지만, 문 바깥에서 누가 들을까 무서웠다. 인생에 불필요한 분쟁이 발생했을 때도 옷장에 숨어들어 우는 수밖에 없었다. 화장지 한 통을 가지고 들어가 서럽게 울었다. 이 어두컴컴한 직사각형 공간은 나를 받아들여주리란 걸 알았다. 눈물과 흐느끼는 소리가 그 어둠 속에 갇히면 무덥고 어둡고 공기도 희박했지만, 어디에 감히 비할 수 없을 정도로 안전했다. 나는 코가 꽉 막혀 숨을 쉴 수 없을 때까지 울다가 옷장 문을 열고 나왔다. 형광등의 빛이 어둠을 비췄고 공기도 함께 들어왔다.

나는 옷장에서 걸어 나와 밝게 빛나는 형광등 아래 누웠다. 책상 옆 스탠드의 빛을 받으며 호흡을 가다듬었다. 이제 다음 단계의 나날들로 걸어갈 수 있음을 알았다. 조용하기만 하면 그만이다. 마치 밤처럼 고요하고 어두우며 눈에 띄지만 않는다면 나쁠 것도 없을 것이다.

오래된 집의 햇빛이 닿지 않는 구석구석에는 항상 곰팡이가 슬었다. 방에는 습기 때문에 벽에 백화현상이 일어나 흰 페인트가 조각조각 떨어졌다. 나는 투명한 비닐 막으로 벽을 덮은 다음 위아래를 테이프로 붙여 부서진 페인트 조각들을 이었다. 잃어버린 시간의 조각들을.

계속 이사를 하려고 시도했다. 집을 살 수는 없어 한밤중에 혼자 앉아 셋집을 검색했다. 나는 채광이 좋고, 습하거나 차지 않은 안식처를, 나를 더 자유롭게 해줄 공간을 원했다. 대부분의 원룸에는 베란다가 없었다. 베란다는 돈을 더 얹어야 하는 추가 옵션이었다. 하지만 나는 나만의 베란다가 절실했다. 내가 움직일 수 있는 적절한 공간이 없어서 낡은 집 안에 웅크려 있는 수밖에 없었다. 최소한 여기에는 베란다가 있다. 비록 문을 열고 닫을 때 철제 스크린의 뜯어진 부분에 손이 닿아 깜짝 놀라긴 하지만 말이다. 그 스크린 문은 낡았고 언제나 궤도에서 벗어나 반드시 다시 궤도에 걸어놔야 했다. 삶은 모두 이미 규정된 올바른 궤도가 있다. 간혹 어긋나는 것은 용인할 수 있지만 완전히 탈선해서는 안 된다.

오래된 집은 습기로 인해 온도를 정확하게 재기가 힘들었다. 겨울철이면 아침에 일어나자마자 제일 먼저 베란다에 나가서 온도를 느껴보았다. 그 김에 나 자신도 햇볕에 널어서 말렸다. 나를 널린 옷들 사이의 틈새에 숨기면 직사광선도 피하고, 자다 깨서 부은 얼굴을 감추기에도 좋았다. 큰 태양이 떠오른 날이면 얼른 방 안으로 들어가 더러운 옷이 담긴 바구니를 베란다로 옮겨왔다. 옷을 분류해서 세탁망에 넣은 다음 세탁기를 돌렸다. 씻지도 않고 부은 얼굴로 세탁이 끝나기를 기다렸다. 가끔은 안경을 쓰는 것조차 잊고 몽롱한 가운데 햇빛을 즐기며 도시가 활동하는 소리를 듣다가 태양이 나를 비추어 잠에서 깨면 기지개로 마무리

했다. 그제야 세수하고 양치하며 하루를 시작할 마음이 들었다.

고향 집의 베란다는 나중에 서재로 바뀌었다. 불투명한 유리로 된 큰 창문이 여러 개 있어 언제나 새소리와 햇빛이 통과해 들어왔다. 한동안 거의 온 가족이 오후마다 그곳에 머물렀다. 오후 간식을 먹고 조카 몇몇이 그곳에서 걸음마를 연습하며 옹알옹알 말을 배우는 것을 보았다. 아기가 휘청거리며 넘어지는 귀여운 사진을 몇 장 남겼다. 온 가족이 아기들에게 참 잘했다고 말하며 손뼉을 쳤다.

그곳은 내가 가장 좋아하는 장소였다. 나무 바닥을 디딜 때마다 이곳은 베란다가 아니라는 점을 되새겼다. 과거와 현재가 포개지는 장면은 익숙할 때도 있지만 가끔 내가 어디에 있는지 헷갈리기도 했다.

베란다 서재는 수많은 기억이 담긴 곳이다. 어린 시절에는 혼자 빛과 건조대 사이를 헤집고 돌아다녔고 서재가 되고 나서는 처음으로 거기서 인터넷을 몰래 하다가 들키기도 했다. 반항기에는 인터넷으로 사귄 친구를 몰래 만나서 스티커 사진을 찍었는데 그걸 어디다 버려야 할지 몰라 안 쓰는 줄 알았던 수도관에 숨겨두었다. 하지만 스티커 사진은 태풍이 온 날 빗물을 타고 베란다 바닥까지 밀려 나왔다. 사진 속에는 성숙한 척하고 있지만 앳된 모습의 나, 그리고 얼굴과 이름이 기억나지 않는 성인 남자가 있었다. 그 장면이 너무 이상하게 느껴졌다. 그 사진이 비가 그친 후의 맑은 하늘빛에 반짝였다. 물론 그 후에도 청춘의 복잡한 충돌과 다툼은 이어졌지만, 시간은 흘렀고 사람도 계속 앞을 향해 나아갔다.

햇빛이 창문을 통해 들어오는 그 공간에서 나는 언니들과 일본 잡지를 뒤적이며 언니가 결혼식 때 할 화장을 연습했고 깔깔 웃으면서 결혼식에 쓸 사탕과 소품들을 포장했다. 삶은 너무나 밝고 달콤했다. 그러나 나는 신부에게 "언니는 그 집 사람들을 더 챙기고 우리 가족은 생각도 안 하잖아"라고 말해서 그녀를 울리기도 했다. 당시에 나는 사람들의 질책을 받으면서도 남들이 안 하는 말을 한 것뿐이라고 순진하게 생각했다. 지금의 나로서는 상상할 수 없는 오만이었다. 시계열에 따라 해가 길어지고 사람이 더 먼 미래로 밀려날 때, 햇빛 아래에서 자기 자신을 완전히 열어 진정한 자기 자신이 될 수 있는 사람은 아무도 없다.

세상사에 전혀 목적이 없던 대학 시절, 매년 여름방학이면 고향 집에 내려왔다. 햇빛은 들어오지만, 고온으로부터는 격리된 베란다 서재에서 자는 게 좋았다. 에어컨과 컴퓨터를 켜놓은 채 자면서 아무 걱정 없는 시간을 흘려보냈다. 마치 나만의 베란다였던 어린 시절처럼 홀로 온 공간을 차지했다. 어쩌면 나는 그때부터 혼자 세상을 마주하는 법을 배웠는지도 모르겠다.

가수 소다그린蘇打綠의 노래 「어릴 적에小時候」에는 "어떤 섭섭함이 우리가 진심을 말하지 못하게 했을까"라는 가사가 나온다. 베란다 서재에서 자던 나날들에는 그 가사의 의미를 잘 몰랐다. 마침내 어린 시절의 각 단계를 떠나 직장에 들어갔을 때, 복사를 잘 못해서 선배들에게 조롱을 받았다. 그래도 연말에 종무식이 끝난 후 함께 노래방에 가야 했다. 그때는 미소가 좋은 선택지라는 걸 깨닫기 시작했을 때다. 나는 타인들의 언어에 나를 녹여서, "그렇게 노래를 잘하시는 줄 몰랐어요" 하고 칭찬하기도 했다. 마치 직접 내리쬐는 태양처럼 작열하는, 서먹함은 없는 듯한 선량함과 따뜻함, 그것이 이 세상에서 사랑받는 사람들의 모습이었다.

어린 시절로부터 더 멀어졌을 때, 신부였던 언니는 몇 년 후에도 여전히 울고 있었다. 나 때문은 아니었다. 서재에 모인 우리는 그녀가 털어놓는 비밀을 들었다. 또 절대로 이 일을 남에게 발설하지 말고, 그녀를 위해 뭔가를 하지도 말자고, 비밀이 조금이라도 새어나가면 오히려 그녀를 해칠 수 있으니 그러자고 다짐했다. 방을 떠난 후, 우리는 다 잊어야만 했고 그녀는 혼자서 꼿꼿이 맞서야 했다. 영화 「작은 아씨들」을 보면 집안의 자매들은 언제나 다락방에 모인다. 자매들이 하나씩 자신의 인생을 향해 떠나고 나면 항상 조만 혼자 남았다. 아마 조도 나중에는 떠났을 것이다.

나는 이 공간에서 첫 글을 써서 투고했다. 그 후 지원서를 작성한 후 이 서재를 떠나 다른 도시로 갔다. 긴 시간 동안 자유롭게 등을 돌려 뛰어갔다. 아무도 보지 않는 글을 아주 많이 썼고 제법 괜찮은 일도 했다. 많은 시간을 들여 공부했지만, 학위 취득은 불투명했다. 면담 때마다 선생님이 말했다.

"많이 긴장한 것 같은데."

"네? 아니에요. 괜찮아요."

나는 항상 괜찮다고 대답했지만 사실상 내 불안함을 들켜버린 거나 다름없었다. 나는 말을 잘못해서 혹시라도 감춰야 할 이야기를 할까 무서웠고 공포에 질려 의도치 않게 타인에게 상처를 줄까 두려웠다. 하지만 삶 속에서 자기 자신에게 선한 의도를 가진 사람들을 진심으로 마주하고 싶기도 했다.

따뜻한 햇볕도 유리창을 통해 들어와야 화상을 입지 않는다.

나는 튀르키예의 밝고 따뜻한 베란다가 좋다. 베란다에서 언제든 사람들을 진심으로 미소 짓게 하는 일을 할 수 있을 것이다. 저녁 식사 후에도 투명한 유리창으로 주변 이웃들을 바라보면 그들도 차를 마시며 대화를 나누거나 커피를 마시고 있다. 어쩌면 커피 찌꺼기로 점을 치거나 미래를 예상하면서 식사 후 오락 활동으로 삼고 있을지도 모른다. 베란다의 시공간은 그렇게 안락하고 자유롭다. 하지만 삶의 어느 한구석에 튀르키예 베란다가 존재하는가? 어쩌면 그러한 자유와 만족, 또한 투명과 불투명 사이의 진실은 아예 존재하지 않는지도 모른다.

베란다 방은 고향 집 복도의 맨 끝에 있었다. 개방된 베란다였던 공간에 벽을 올리고 지붕을 덮자, 눈을 직접 자극하던 햇빛이 부드럽고, 활활 타지 않는 빛이 되었음을 생각한다. 세월과 현실이 가져오는 변화를 기쁘다고 해야 할까, 아니면 슬프다고 해야 할까.

이곳에 나의 반항, 난폭, 고집, 변화를 고이 넣어두었다. 또한 우리 마음속 잿더미와 비밀도 이곳에 남겨두었다. 영화「작은 아씨들」에서 집 안의 다락방에는 연극용 소품이 가득했다. 그들은 다락방에서 극본을 쓰고 판타지 연극을 공연했다. 다락방은 자매들의 과거를 무기한으로 간직하는 공간이자, 여주인공 조가 이야기를 쓰는 공간이기도 했다. 내 기억 속의 베란다 서재는, 나와 그녀들의 과거를 간직하는 다락방이다. 그곳이 지겨워지기 시작한 마지막 기간에 나는 글을 조금씩 써보았다. 글 안에서 나 자신을 조용히 열기 시작했고 그 후로 더 많은 먼 곳에 갔다. 물론 그곳에는 그때의 나도, 그녀들도 없었다.

지금은 우리가 모두 집을 떠나서 베란다 서재는 비어 있다. 컴퓨터 책상에 컴퓨터는 없고 프린터만 있다. 원래 내 책상이 있던 자리에는 아버지가 시험 잘 보라고 걸어놓은 문창필文昌筆만 걸려 있고 책장에는 아무도 안 듣는 소장용 CD와 학업의 흔적들, 졸업 기념 책자, 작은 앨범, 쪽지 등 잡동사니, 결혼 전에 주고받은 연애의 흔적들만 남아 있었다. 아버지는 가끔 혼자서 고요한 밤을 즐겼다. 책상 등 하나만 켜놓고는 복도 맨 끝에서 책을 읽었다. 아버지는 시간이 날 때만 서재에 들어갔다가 피곤하면 떠났다. 아주 오랜 시간 머무르지는 않아서 서랍 속 물건들은 진공상태로 낡은 채 보존되어 있었다.

베란다 방은 오랫동안 비어 있었는데, 최근 몇 년간은 오후마다 우리 가족의 얼굴과 또 다른 사람의 윤곽을 가진 아이들이 훌쩍 커서 그곳에 들어가기 시작했다. 그들은 문을 걸어 잠그고 누군가의 청춘을, 누군가의 과거를, 그리고 비밀을 뒤적거리기 시작했다. 잊고 있었던 우리가 또다시 끌려 나와 햇볕을 쬐었고, 그래서 우리는 모두 웃었다.

가끔 생각한다. 계속 걷다가 우리 모두 빛을 잃은 건 아닐까.

집을 떠난 이후로 밝은 집이나 나만의 베란다를 가져본 적은 물론 없었다. 고향의 베란다가 서재가 된 후로는 볕을 쬘 공간이 너무 줄어서 나를 햇볕에 널어 말리기에 부족했다.

그때부터는 자기 스스로 태양이 되어야만 계속 걸어갈 수 있다.

아직 무너지지 않은 장소

설 즈음에 아버지의 친구분이 전화를 걸어왔다. 어떤 이유였는지 자세히는 잊었지만 대략 '작은 설^{小年夜} 음력 12월 23일 혹은 24일에 연락해야 집에 있을 것 같아서 미리 했다는 이야기였다. 가족들이 아버지에게 말했다.

"아버지를 잘 모르는 친구인가봐요. 외출하는 일이 없는데."

언제부터인가 아버지는 특별한 일이 없으면 밖에 나가지 않았다. 가끔 어머니가 오토바이로 2분 거리의 PX 슈퍼^{全聯超市}에서 요리에 필요한 기름이나 간장, 소금, 설탕 등을 사다달라고 부탁할 때도 아버지는 썩 내키지 않는 눈치였다.

어머니가 요리하지 않는 날에도 아버지는 바깥 음식을 먹지 않았다. 온 가족이 함께 가족 여행을 가는 일은 한 손으로 꼽을 만큼 드물었고 가족의 외식 기회는 그보다 기껏 조금 더 많은 정도였다. 아버지는 사업 때문에 가끔 다른 도시에 가서 하룻밤 자는 것 말고는 길게 집을 비우는 경우가 거의 없었다. 그는 항상 집을 봐야 한다고 했다. 실제로 밭일이나 바깥일이 없으면 집에서 청소를 하거나 각종 집안일을 처리할 수 있었다. 아버지는 한쪽에 로봇 청소기를 돌려놓고 다른 쪽에서 바닥을 쓸고 닦았다. 그 후에는 종일 텔레비전을 보았다. 그는 전혀 지루하다거나 재미없다고 느끼지 않았다.

사실 그런 것은 다 괜찮았다. 어머니가 멀리 외출해야 하는데 아버지 세끼 식사를 챙길 사람이 없을 때가 진짜 문제였다. 오랫동안 집 안 깊숙이 머물던 아버지는 혼자 완리에 나가서 밥을 사먹어본 적이 거의 없었다. 그가 기억하는 곳은 예전에 갔던 데나 개업한 지 20년쯤 된 오래된 가게들뿐이었다. 마을에 새로 개발된 구역은 거의 모르다시피 했다.

아버지는 언제부터 집에만 머물게 되었을까. 그는 폐인도 아니고 뚱뚱하지도 않다. 단지 밖에 나가는 걸 좋아하지 않을 뿐이다. 기억을 더듬어보니 어쩌면 트라우마로 인한 증상일 수도 있겠다 싶었다. 몇 년 전쯤 아버지는 상품 판매업으로 업종을 바꾸었다. 사업이 점점 활기를 띠던 어느 날, 거래처 직원이 남자친구와 다른 친구까지 데려와 아버지를 미행했다. 집에 도착한 아버지가 차에서 내려 집의 철문을 여는 순간 그들은 그대로 차에 올라타서 가버렸고 차 안의 돈 될 만한 물건을 팔아치우려고 했다. 사건이 해결되기 전까지 어머니는 과호흡으로 실신할 만큼 극도의 불안에 시달렸다. 상대방은 훔친 차의 핸들을 꺾다가 다른 차도 들이받았다. 아버지는 그 차 차주의 신고까지도 처리해야 했다.

일주일 동안 우리는 삶이 이대로 무너지는 줄 알았다.

일상의 시간은 느리게 흘러갔다. 모든 사건이 마무리된 후에도 아버지는 다시 사업을 꾸릴 엄두를 내지 못했다. 부모님은 집에 머무르는 시간이 길어졌다. 확신할 수는 없지만, 혹시 아버지는 그때부터 집을 사랑하고 밖에 안 나가게 되었을까?

아버지는 외출을 즐기진 않았지만 지인이 많았다. 내가 박사과정에 입학하던 해, 완리의 큰 절인 만년전萬年殿 장학금을 신청했을 때다. 장학금을 수령하려면 부모님이 동행해야 해서 나는 아버지와 일찌감치 현장에 도착했다. 사람들이 사방에서 아버지 이름을 부르며 다가오더니 손을 내밀고 인사를 나눴다. 사당 앞 광장의 떠들썩한 인파 중 아버지를 아는 사람이 아주 많았다. 보통 아버지 나이대의 사람들은 만나면 근황 얘기도 했지만, 아직 직업이 있는지, 아들딸은 뭘 하는지, 이사한 적은 없는지, 그리고 같이 아는 사람들의 근황과 가십거리를 곧잘 입에 올렸다.

대부분은 아버지가 '철공장'에 산다는 걸 알고 있었다. 하지만 한동안 연락이 뜸했던 친구를 만나면 아버지는 이제 고철 사업은 안 하고 다른 사업을 한다고 설명하면서, 그래도 여전히 그곳에

사니까 시간 나면 차 마시러 오라고 했다.

최근 완리에 고속도로가 개발되면서 아버지의 옛 친구나 오랜 이웃들은 완리를 벗어나진 않더라도 하나둘씩 새집으로 이사했다. 반면 우리는 여전히 '철공장'에 살았다.

거의 모든 사람이 우리 집을 '철공장'이라고 불렀다. 공장은 운영을 멈춘 지 한참이고 원래는 순수하게 주택이었는데도 말이다.

이 집은 아버지가 독립해서 가졌던 두 번째 집이었다. 예전에도 작은 공장에 살았고 언니들은 그곳에서 태어나 자랐다고 한다. 우리는 그곳을 '옛날 공장'이라고 불렀다. 내가 태어난 후 나와 동갑인 이 집으로 이사를 왔다. 야외 공간에는 예전에 고철 부스러기를 쌓아놓았는데 지금은 주차 공간이자 아이들의 놀이 공간, 그리고 고기를 구워 먹는 곳으로 바뀌었다. 실내도 일찌감치 가정집의 모습을 갖추었다. 예전에는 거실과 식사 공간이 공용이었던 데다가 아버지의 계산대 겸용 탁자까지 한자리를 차지하고 있었다. 탁자 위의 유리장에는 작은 저울이 두 개 보관돼 있었는데 어릴 때는 호기심에 저울을 꺼내서 장난감 무게를 재곤 했다.

이 집과 나는 나이가 같다고 한다. 왜냐하면 내가 다섯째 딸로 태어나던 해에 아버지가 큰 사업에 성공해서 이 집을 샀기 때문이다. 아마 그해 계엄령이 해제되면서 얻은 자유와도 관계가 있을지 모른다. 아버지의 사업은 훨훨 날기 시작했다. 덕분에 나는 또 한 명의 딸로 이리저리 손이 바뀌는 물건 같은 운명을 피하고

이 집과 함께 천천히 자라고 같이 나이 먹을 수 있었다.

초등학교 생활 중간쯤에 아버지가 업종을 바꾸면서 공장은 공식적인 주거시설로 바뀌었다. 원래 거실의 시멘트 바닥에 대리석 타일을 깔았고 큰 방은 기계들을 철거하고 나무 바닥을 깔아 평범한 침실로 바뀌었다.

내가 인생의 단계 단계를 지나며 상처받는 동안 철공장의 내부도 서서히 손상되었다. 중학교 때는 태풍이나 폭우가 내리면 천장에서 물이 줄줄 샜다. 그런 날엔 방 안에 대야나 물통을 여러 개 갖다두고 똑똑 물 떨어지는 소리를 들으며 잠들었다. 대학 시절에는 원래 송풍 모드로 3분 정도 돌렸다가 냉방 모드로 전환해야 하는 공업용 대형 에어컨이 더 이상 시원하지 않았고, 석사 시절에는 옷장 문 이음새가 자꾸 떨어져서 문을 열 때마다 문짝이 바람에 펄럭이는 듯했다. 최근 몇 년간은 방문을 잠근 다음에 문짝을 가볍게 밀면 잠긴 문에 작은 틈새가 생기며 스르륵 열렸다.

우리 삶도 그렇다. 우리가 공간과 일상, 시간의 속도에 익숙해지다보면 어느새 작은 틈새가 벌어지듯이 사람 사이의 관계도 오래되면 낡고 고장 난다.

✽ 중화민국의 장제스 정권이 반공주의를 강화하고 민주화를 저지할 목적으로 1949년 5월 20일부터 1987년 7월 15일까지 타이완섬 전역에 발효했다. 무려 43년간 계엄 통치가 이뤄졌다. 작가가 1987년 즈음 출생한 것으로 추정할 수 있다. ―옮긴이

한두 번의 여름과 겨울에 아버지의 조카들이 우리 집에 와서 얹혀 지냈다. 서로 너무나 익숙하고 격의 없었기에 우리는 한 가족처럼 몇 개월을 함께 살았다. 하지만 몇 년간 아버지는 형제들과 돈을 빌려주느냐 마느냐의 문제로 대립각을 세웠고 그 후로 우리 집에서 그 집 식구들의 발자취는 찾아볼 수 없었다. 내가 어렸을 때는 어머니의 형제자매들도 일주일에 며칠씩 우리 집에서 식사를 함께했다. 우리에게도 의혹은 있었지만, 입 밖으로 꺼내지는 못했다. 훨씬 나중에 그 사람은 보험료를 받을 때만 나타났고 최근에는 어머니와 보험 분쟁이 생겨 우리 집 거실에서 담판을 벌였다. 결국 어머니는 연락을 끊어버렸고 이번 생에 다시 왕래하는 일은 없을 것이라 했다. 그래서 우리 집을 오가는 발걸음은 점점 줄어들었다. 아니, 점점 많아졌다.

최근에 아버지는 신에 빙의될 수 있었다. 그는 세상을 구하고 싶어서 무료 신점 모임을 열고 낯선 이를 많이 데려왔다. 그중 일부는 계속 우리 집에 남아 정겨운 풍경을 만들었으나 짧게 오가는 사람도 물론 적지 않았다. 그들은 얻었기에 떠날 수 있었지만, 아버지는 잃었기에 떠날 수 없었다.

아버지는 옛날에 다른 집이 있었으나 형제들을 도우려고 결국 집을 내놓았다. 당시 아버지는 철공장에 오래 살 수 있을 줄 알고 새로 산 부동산을 급히 먼저 팔았다. 나중에 우리가 정말 이사하지 않을 줄은, 아니 이사할 수 없게 될 줄은 아무도 몰랐다. '할 수 없다'라는 것은 간단하게 금전 문제에 한정된 것이 아니라 '정'과 더 관련 있을지도 모른다. 이 집에서 너무나 많은 일이 있었다. 철공장은 나와 함께 자랐고 성숙했으며 아버지와 함께 늙어갔다.

가끔은 늙는 것도 참 좋다.

집 안의 많은 물건이 계속 업그레이드되고 있었지만, 완전히 망가지지 않은 오래된 물건들도 여전했다. 새것과 낡은 것이 한 공간에 공존했다.

어릴 적 아버지가 내게 사준 책상은 당시 위에 올려져 있었던 책장만 제외하면 아직도 사용하고 있다. 어머니의 나무 화장대는 목재 표면이 얼룩지긴 했어도 여전히 버리지 않았다. 겉보기에도 40년은 된 듯한 낡은 옷장에도 어머니가 중요한 장소에서 입었던 정장들과 아버지의 맞춤 양복이 보관되어 있다. 서랍 안에는 내가 태어났을 때 신을 양부로 인정했던 서약서와 부모님의 결혼 사진, 아이들의 사주팔자 등이 들어 있다. 오래되고 고장 나서 몇 번이나 같은 모델로 교환했던 전화기 옆에는 10년 전 프린터를 처음 사서 인쇄한 연락망이 여전히 붙어 있다.

연락망 표 안에는 분쟁이나 다툼으로 이미 연락이 끊긴 사람들도 있었고 호칭이 완전히 바뀐 사람들, 아예 전화번호가 달라진 사람들도 있었다. 솔직히 다시는 연락할 일이 없는 번호들이었지만 종이는 마치 습관처럼 벽에 붙어 있었다. 다행히 집안의 주요 구성원인 아버지와 여섯 자녀는 연락처를 한 번도 바꾸지 않았다. 모두 같은 통신사의 오랜 고객으로 15년 정도 사용했으니 이 번호도 '철공장' 나이의 반절은 될 것이다.

이 집에서 아버지는 직업을 몇 번 바꿨고 딸 세 명을 시집보냈으며 몇 명의 손주를 품에 안았다. 또한 어머니의 형제들, 아버지의 형제들, 친구들 사이에서 분쟁과 다툼을 겪었으며 희로애락을 경험했다.

일상에서 사람들과의 관계가 달라지고, 또 시대가 바뀌어 동네 부근에 새집이 아주 많이 생겨도, 몇 번의 대지진과 태풍을 겪어도, 우리 집 철공장은 여전히 무너지지 않았다. 아버지는 모든 물건을 고치고 또 고쳤다. 혹은 시대의 변화에 따라 업그레이드했다. 결국 그들은 여전히 완벽했고 여전히 철처럼 견고했다. 어떤 일이 생겨도 이 집은 우리를 포용해주고 단단하게 보호해주었다. 우리 집을 항상 든든히 지탱하던 아버지처럼 말이다.

닌텐도 스위치 게임 중에 「슈퍼마리오 파티」가 있다. 그 안에는 80종에 달하는 작은 게임들이 있는데 여러 명이 게임할 때는 반드시 협력해야 관문을 뚫을 수 있다. 어떤 게임은 모두가 순서대로 번갈아 대포를 쏴서 적의 성벽을 무너뜨려야 한다. 주어진 시간 안에 가장 먼저 적의 성벽을 무너뜨려야만 승리를 거둘 수 있다.

철공장에 사는 30년 동안 우리는 마치 「슈퍼마리오 파티」를 하는 것만 같았다. 우리 가족은 모두 마리오였다. 모든 관문을 거쳐야 했고 녹다운을 피하려면 도전에 성공해야만 했다. 또한 게임이 끝나고 나면 승리를 거뒀더라도 적에게 훼손당한 부분을 마주해야 했다. 매번 무너진 부분을 다시 수리해 지어 올리는 과정에서 집과 사람은 더 이상 파괴될 수 없을 만큼 견고해졌다.

매년 내 생일이 돌아올 때마다 철공장은 또 어딘가가 낡아질 것이다. 그러나 우리는 언제나 서로를 포기하지 않았다. 나는 이곳이 영원히 무너지지 않는 곳이라 믿고 있다. 내 마음속에서 철공장은 영원히 썩지 않는 집이다.

바다가 보이는 비밀 경로

작은 마을의 중심가에서 좀더 변두리로 나가면 몇 갈래의 길이 시빈공로까지 이어진다. 보통 우리는 마을에서 일상적으로 다니는 작은 길로 가다가 한 번 돌아서 큰길을 마주했다. 그러면 시빈공로의 한쪽 편에서 차도를 사이에 두고 멀리 바다를 볼 수 있었다.

하지만 내가 시빈공로를 건너서 직접 바닷가에 간 경우는 극히 드물었다. 어릴 적부터 아버지한테서 큰길은 위험하다는 소리를 계속 들었기 때문에 운전하지 않는 이상 시빈공로를 걷는 건 최대한 피했다. 아버지는 해변도 위험하다고 했다. 특히 여름방학 기간에 음력 7월이 끼어 있으면, 보이지도 않고 만질 수도 없는 물귀신들이 비통해하며 바닷물에 숨어 있다가 음력 7월에 나타나서 희생양을 찾아다닌다며 걱정이 태산이었다. 그래서 혼자 해변에 가는 것은 절대 금지였다.

그럼에도 나는 아버지 모르게 혼자 해변을 볼 수 있는 비밀 경로를 찾았다.

비밀이라 했지만 그렇게 은밀하지는 않을 것이다. 그러나 나는 그 길이 내 개인에게 속한 길이라고 생각했다. 한동안 나는 혼자 있기를 좋아해서 특별한 일 없는 오후면 혼자 자전거를 타고 사방을 돌아다녔다. 어느 날 예상치 못하게 공단 부근의 주택가 뒤쪽으로 길고 곧은 길을 찾아냈다. 한 번도 가본 적 없는 길이었다. 길의 한쪽은 공단의 맨 뒤쪽 담장이었고, 다른 한쪽은 제방 같은 비탈길이다가 그 뒤로 또 긴 담장이 이어졌다.

나는 그 비탈길을 매우 좋아했다. 내가 만나본 것 중 가장 긴 비탈길이었다. 자전거를 타고 약간의 바람을 거스르며 오르막을 올라 언덕의 평평한 곳까지 도착하면 다시 언덕 꼭대기에서부터 바닥까지 고속으로 직행하며 속도가 주는 짜릿함을 즐겼다. 바람을 거슬러 올라갔다가 바람을 따라 내려오기를 거듭하면서 저항하는 힘과 미는 힘 사이를 오갔다. 오르막길을 마지막으로 오른 후에는 보통 언덕 꼭대기의 평평한 곳에 잠시 머물렀다가 다시 바람을 따라 내려왔다. 바람이 나와 자전거를 언덕으로부터 더 멀리 밀어낼수록 그 길 끝에 있는 해안에 더 가까워졌기 때문이다.

원래 인생도 저항하는 힘과 미는 힘 사이에서 진행된다는 것을 당시의 나는 아직 이해하지 못했다. 고생하면서 천천히 오르막길을 올랐다면 잠시 머무르며 숨을 고르는 시간도 필요하다. 결국 내리막길은 너무나 빨리 다가오기 때문이다. 어떤 때는 빠르다 못해 자전거도 통제력을 잃어서 가끔은 속도가 과부하되기 직전에 가볍게 브레이크를 눌러 속도를 서서히 줄였다. 하지만 과도하게 속도를 늦추거나 멈추지는 않았다. 왜냐하면 내리막길이 나를 더 멀리 밀어주면 자전거에 힘을 조금 덜 들이고도 편안히 갈 수 있었기 때문이다.

내가 자전거를 타고 비밀 경로를 통해 해변으로 간 것은 보통 마음이 우울할 때였다. 내게 학업의 모든 단계는 곤경의 내리막길이었다. 그 길은 너무나 길어서 끝없는 구렁텅이에 빠진 것 같았다. 그곳에는 멈출 곳을 모르는 질책과 이해하지 못하는 언어들도 있었다. 다만 그 내리막길에서 나는 혼자가 아니었다. 아버지도 그곳에 있었다.

대부분 경우 아이들은 어른의 어려움을 잘 이해하지 못한다. 마치 나와 아버지가 각자의 곤경 속에서 서로를 이해하지 못했던 것처럼 말이다.

아버지가 아직 철공장을 운영하던 시절, 어머니도 공장 내 잡무를 처리하거나 일꾼들을 돌보느라 바빴다. 내가 어머니한테 돈이 필요하다고 하면 어머니는 장롱 속 자신의 가방에서 꺼내가라고 했다. 가방 안에는 항상 파란색 1000위안, 한화 약 4만 3000원, 빨간색 지폐 100위안가 많았고 잔돈도 한 무더기씩 들어 있었다. 아무것도 모르는 나이였을 때 나는 가방 안에 1위안짜리 잔돈과 파란색 지폐만 있기에 그냥 파란색 지폐 한 장만 들고 슬러시를 사러 갔다가 결국 거스름돈으로 어마어마한 양의 빨간색 지폐와 잔돈을 받아 왔다. 나는 그것을 슬러시 기계의 동전 반환구 속 플라스틱 상자에서 꺼내 조심스레 수납했다. 나는 어머니의 가방에 파란 지폐가 영원히 가득할 줄로만 알았다. 원하면 언제든지 지폐 여러 장과 잔돈으로 바꿀 수 있으리라고 천진하게 믿었다. 몇 년이 지난 후 어머니에게서는 가끔 빨간 지폐 한두 장이나 잔돈만 받을 수 있었다. 어머니의 지갑은 더욱 얇게 바뀌었다.

그것은 아버지 역시 자기 인생의 비탈길에서 올라갔다가 내려왔고, 내려갔다가 또다시 올라갔다는 것을 보여주었다. 자발적이었든 수동적이었든 그는 많은 경우 타인을 위해서 비탈길의 밑바닥에 있는 사람이 되었다. 당연히 외부 사람들은 아무도 아버지를 이해하지 못했고 위로를 건네지도 않았다. 기껏해야 아버지를 온갖 눈초리로만 대했을 뿐이다.

아버지는 항상 내 미래를 어떻게 할지 걱정했다. 나한테 늘 그랬다. 지금이 옛날처럼 소 한 마리만 있으면 방목하고 밭을 가는 시대도 아니고, 공부를 못하면 뭐 하려고 그러냐? 그는 항상 내 앞에서 다른 집 아이가 얼마나 착하고 얼마나 우수한지 이야기했다. 다른 친구와 대화하다가 내 이야기가 나오면 아버지는 "걔는 내가 어떻게 할 방법이 없어!"라고 말했다. 내가 아주 어릴 때는 그것이 단지 겸손의 표현인지 아니면 정말로 무력감의 표현인지 이해하지 못했다. 다만 그 언어들이 어린 내게는 얼음을 깨는 송곳처럼 날카롭게만 느껴졌다. 당시 아버지는 세상이 그를 대하는 방식과 시선으로 자기 아이들을 대했음을 전혀 깨닫지 못했다. 아버지와 나의 갈등이 산꼭대기로 치달았을 때 나도 아버지에게 한마디 돌려주었다. 다른 집 아이가 그렇게 좋으면 그 아이를 키우는 게 낫지 않아요?

   말을 마치자마자 나는 문밖으로 뛰쳐나왔고 익숙한 비밀 경로로 향했다. 몇 번의 비탈길에서 속도를 폭풍우처럼 올린 다음 직선로의 끝을 향해 내달려서 바다를 찾았다. 몇 번은 비통에 빠진 바다 아래의 영혼들을 갈망하며 그냥 나를 데려가주었으면 하고 바랐다. 특히 시험이 끝난 후의 여름방학이면 나는 무작정 바다로 달려갔지만 아무 일도 일어나지 않았다. 고개를 돌리자 심지어 등 뒤에 해양 순찰대의 순찰팀이 있었다. 만약 정말로 물에 빠진다고 해도 금방 구조되었을 것이다. 하지만 다른 한편으로는 이런 생각도 들었다. 내가 만약 말없이 물속에 잠겨 있다가 진짜로 잡혀서 순찰대에 넘겨지면 주변 사람들이 아버지를 어떻게 볼까? 아이가 뜻하지 않게 물에 빠져 죽었다고 그를 불쌍히 여길까, 아니면 혼란스러운 언어로 그의 아이가 스스로 죽음을 선택했다고 말하고 다닐까. 다시 원점으로 돌아오면 나도 완전히 바다 속으로 들어갈 용기는 없었다. 아마 본능적으로 죽음이 두려웠을 것이다. 나는 혼자 제방이나 모래사장 위에서 조용히 눈물을 흘렸을 뿐이다. 가끔 주변에 아무도 없으면 엉엉 울기도 했다.

나는 비탈길 오르내리기를 반복하다가 해변에 도착해서 목 놓아 우는 일이 점점 많아졌다. 훗날 나는 아버지의 언어를 서서히 이해할 수 있게 되었다. 그는 "네가 잘 지냈으면 좋겠어"와 같은 말도 부드러운 언어로 표현하는 법을 몰라서 항상 다른 식으로 말했다. 예를 들어 아버지 친구의 아들은 타이완 의대에 가려고 몇 년 준비하다가 낙방해서 군대에 갔는데, 군대에서도 열심히 노력한 결과, 마조와 어머니의 사랑을 결합한 내용으로 책을 냈다는 식이었다. 나는 그냥 "오……"라고만 답했다. 하지만 파도치는 언어 속에서 아버지의 진심이 말하지 않은 것을 알 것 같았다. 그래서 나는 투고하기 시작했다. 때로 신우神佑나 행운이 따르면 아버지도 나와 함께 시상식에 참여할 수 있었고 수상작 모음집도 나왔다. 아버지는 내 이름이 있는 페이지의 한쪽을 접어놓고 종이한 장도 끼워놓았다.

나는 항상 비탈길을 기다렸다. 삶에서 잠시 머무르는 시간을 견뎌내고 자유로워질 때를 기다렸다. 늘 바다가 보이는 비밀 경로만 다니는 게 아니라 정말로 사람 없는 바다에 도착해 엉엉 울면서 바다에 염분을 더하고 싶었다. 결국 염분도 너무 짜면 쓴맛으로 변한다.

아버지가 날카로운 말들을 못 뱉게 하면, 그래서 내게 상처 주지 못하게 한다면 나는 매번 바다에 가서 울 필요가 없을 것이다. 이를 위해 나는 아버지를 최대한 바깥으로 데리고 나가기로 했다. 그래서 그의 자녀들도 햇볕을 쬘 수 있도록 했다. 외부 사람들은 이해하기 어렵더라도, 또 그들에게는 너무나 사소한 일일지라도 나는 아버지의 기분을 좋게 만들 수 있는 일이라면 최대한 함께하려 한다.

어느 정도 나이가 들자, 나도 아버지의 날카로운 언어를 이해할 수 있게 되었다. 어쩌면 전체적인 환경이나 타인의 언어가 그를 둥글지 못한 사람으로 만들었을 수도 있고, 어쩌면 나를 위해 미리 예방주사를 놓아주었을 수도 있다. 외부 세계를 맞닥뜨렸을 때 더 많은 상처를 입지 않도록 우리를 최대한 엄격하게 대했을 것이다. 아버지는 그를 내려다보는 외부의 시선에서 벗어나고 싶어했다. 그래서 죽을힘을 다해 오르막을 올랐다. 어쩌다 마주친 내리막길과 그것의 정체는 누구도 이해해주지 않았다. 그와 닮은 나는 그가 더 이상 말하지 않도록, 또 나 자신이 더 이상 울지 않도록 열심히 오르막길을 올랐다.

내가 마지막 학위에 다다랐을 때 아버지는 물론 기뻐했다. 그러나 예전과는 뭔가가 달랐다. 내가 언제 졸업하는지에 크게 관심을 보이거나 다른 집 아이 이야기를 꺼내거나 하지 않았다. 그의 책상에는 명리학 서적 외에도 내 작품이 실린 모음집이 몇 권 꽂혀 있었다.

아주 여러 해 동안, 나는 집에 돌아갈 때마다 아버지와 픽업 장소를 정하느라 애를 먹었다. 서로 전화기를 들고 말로 설명하는 위치를 세세하게 대조하느라 한참이 걸렸다. 아버지는 몇 번 출구인지는 기억하지 못했다. 그가 말하는 방향은 항상 동서남북이었고 나는 표지판에 쓰여 있는 출구 번호만 알았다. 아버지는 매번 내려주는 곳은 동쪽이고 데리러 가는 곳은 북쪽이라며, 어쩌면 너는 동서남북도 구분 못 하냐고 잔소리했다. 그런데 최근에 나는 그가 말하는 방향을 대략 판단할 수 있게 되었다. 마침내 순조롭게 그의 차에 올라타서 집으로 향할 수 있었다.

한번은 아버지가 고속철도 역으로 나를 데리러 왔다. 아버지가 물었다.

"너는 어떤 글을 쓰는 거야? 내용 좀 얘기해봐."

나는 어떻게 설명할지 몰라 우물쭈물하다가 아버지와 신에 관한 이야기를 썼다고, 그게 전부라고 얘기했다. 거짓말은 아니었다. 정말로 어떻게 말해야 할지 몰랐고 내 글로 인해 우리 사이에 또다시 충돌이 생길까 두렵기도 했다.

매번 집에 돌아왔다가 다시 떠나기 전이면 나는 오랫동안 익숙했던 비밀 경로를 따라서 바다를 보러 갔다. 다만 나는 더 이상 그 경사길을 좋아하지 않으며 오르막과 내리막 사이의 속도감도 필요하지 않게 되었다. 나는 이제 안정된 속도를 찾아 길 끝의 바다를 향해 천천히 걸어갈 수 있었다. 바다를 보러, 오직 바다를 보러 갔다. 까만 바닷물이 다가오고 물러나는 가운데 일정한 박자를 밟는 모습을 바라보았다. 바닷바람 속에서 바다의 소리를 들으니 마음이 더욱 평온해졌다.

나는 아버지와 함께 바다를 본 적이 거의 없다. 우리는 분명 바다에서 아주 가까이 있었으나 함께 가지는 못했다. 내가 기억하기로 아버지가 해변에 한 번 간 것은 그곳에 폐수 공장을 짓는 사업에 항의하기 위해서였다. 당시에도 그는 맞은편의 방풍림까지만 갔을 뿐 해안에는 발을 들이지 않았다.

내가 아버지와 가고 싶은 곳은 비탈길이 아니라 넓고 광활한 바다다. 석양 아래 다양한 광채를 드러내는 까만 바닷물이 우리를 비출 것이다. 우리가 더 빛날 수 있도록, 더 넓어질 수 있도록.

소공원

작은 마을은 고속도로가 개발되면서 변화가 생겼다. 작은 공터들이 대부분 소공원으로 바뀐 것이다. 집 부근의 모퉁이 공간도 지금은 공원이 되었다. 외벽 없이 개방된 공원은 오후와 저녁 시간이면 산책하는 인파, 미끄럼틀 타는 아이들, 개를 산책시키고 자전거 타는 사람들로 북적인다. 저녁이면 중년의 남자들이 실의에 빠진 듯 맥주를 마시기도 한다.

내 기억에 원래 이 공원은 당구장이었다. 지나치는 길에 곁눈질로만 훔쳐보는 공간이었다. 우리 부모님은 아이들이 불량한 장소에 가는 걸 금지하셨기 때문에 나는 한 번도 들어가본 적이 없었다. 가끔 아버지 심부름으로 맞은편 양리화楊麗花 빈랑檳榔 노점에 담배를 사러 가면 당구장에서 담배나 빈랑을 사러 온 사람들과 마주쳤다. 그들이 어렸는지 어른이었는지는 물론 기억나지 않는다. 하지만 나는 그들이 늘 특이한 사람들이라고 생각했다. 당시 이 일대에 사는 주민의 수는 지금보다 훨씬 적었고 저녁 무렵 퇴근 인파가 뿔뿔이 흩어지면 이곳은 버려진 도시처럼 적막하고 고요했기 때문이다.

당구장은 밤늦게까지 환했다. 저녁 귀갓길에 자전거를 타고 이곳을 지나치면 따뜻한 느낌을 주었다. 나는 어둑한 가로등 길에서는 미친 듯이 페달을 밟다가 그곳에 다다르면 무언가 밝은 안도감을 느꼈다. 아버지는 나더러 근처에도 가지 말라고 당부했지만 당구장의 존재와 문틈으로 새어나오는 떠들썩함이 내게는 밝은 빛이었다. 훗날 이곳은 공원이 되었는데, 새벽에 불이 꺼지기 전까지는 여전히 환한 빛으로 나의 귀갓길을 밝혀준다.

나는 공원을 좋아한다. 어릴 때는 오후 시간을 내내 혼자서 공원에서 보냈다. 아이는 차고 넘치도록 시간을 소유한다. 나는 시간이라는 시간은 전부 공원에 내버리고 싶었다. 내가 공원을 제일 좋아할 나이에 부모님은 고철 사업 때문에 바빴다. 나보다 나이가 몇 살이나 많았던 언니들은 각기 다른 학년과 학업 단계에 있었고 동생은 너무 어렸다. 나 자신이 나의 놀이 친구였다.

공원에서 자전거를 연습하는 아이들을 흔히 볼 수 있었다. 자전거는 내내 비틀거렸다. 보통 아버지들은 자전거 뒤에서 뒷좌석을 가볍게 잡고 있다가 아이가 안정적으로 타기 시작하면 손을 놓았다. 나이가 꽤 들고 나서는 어느 날 집 근처 모퉁이의 그 공원에서 초등학교 시절 친구를 마주쳤다. 그녀는 아버지와 손을 꼭 잡은 채 공원을 산책하고 있었다.

전자든 후자든, 아버지와 나는 그런 순간들이 없었다. 아버지는 집 밖에 잘 나가지 않았다. 집 근처에서 조금만 걸으면 바로 도착하는 공원도 똑같았다. 내가 유치원 졸업반일 때 아버지는 내게 자전거 타는 법을 가르쳐주었다. 보조 바퀴 두 개에서 시작해 전부 떼어버릴 때까지 절반쯤이 야외인 공장의 공간을 나더러 계속 왔다 갔다 하라고 했다. 그래서 어릴 때는 공원에서 자전거로 한 바퀴씩 돌며 스스로 기쁨을 찾는 느낌을 알지 못했다. 내가 어른이 되자 아버지의 일상은 점점 고정되었다. 어쩌면 그는 사방이 벽으로 둘러싸인 집 안의 안전한 느낌을 좋아했을 것이다. 하지만 공원은 완전히 개방된 공간이다. 타인과 공유해야 하며 관찰하고 관찰당하는 사람들 사이에 있어야 한다. 그래서 집 밖을 나서서 공원으로 가는 것이 아버지에게는 기껍지 않았다.

유전자 탓인지, 나도 때로는 타인의 시선에 극도의 공포감을 느낀다. 그래서 마음 안에 개방하지 않는 공원 하나를 꼭꼭 숨겨두었다.

소공원을 어떻게 발견했는지는 기억나지 않는다. 아마도 그곳은 언니들이 일찌감치 발견해둔 비밀 장소였을 것이다. 나는 자전거 타는 법을 배운 뒤로 종종 그곳을 비밀 기지로 삼았다. 소공원은 위치상 공장 구역에 숨어 있었고 사방이 공장에 인접해 있어서 아이들이 발견하기 쉽지 않았다. 또한 놀이기구가 전혀 없다보니 사람들의 발길이 거의 닿지 않았다. 집 모양처럼 사각형 형태였던 소공원은 커다란 입구를 제외하고는 세 면이 인근의 공장이나 주택의 외벽으로 둘러싸여 있었다.

입구의 대문은 거의 일 년 내내 열려 있어서 나는 보통 자전거를 대문 안쪽과 계단 사이의 틈새 공간에 세워둔 후 계단을 올라갔다. 공원 정중앙에는 높다란 신수神樹가 빨간 천을 두르고서 우뚝 서 있었다. 나무 앞에는 향로가 있었지만 향을 태운 흔적은 많지 않았다. 하지만 그곳은 누가 간헐적으로 청소하러 오는 듯 항상 깨끗했다. 보통 나는 합장한 손을 가볍게 흔들어 예의만 차리고 공원 전체를 한 바퀴 돌았다. 두 바퀴를 돌거나 더 많이 돌 때도 있었다. 단조롭고 별 재미가 없다고 생각할 수도 있지만 나는 남들에게 관찰당하지 않는 자유로움이 좋았다. 신수 주위를 몇 번이나 빙빙 돌아도 보는 사람이 없어서 어지러움마저 자유롭게 즐길 수 있었다.

나무 주위를 돌고 나면 다시 공원 한쪽의 작은 계단으로 걸어갔다. 계단에 앉아 연못에서 물고기가 헤엄치는 모습을 보았다. 그리고 난 뒤 소공원 안의 구석구석을 찾아다니면서 탐험을 계속했다.

소공원에 있으면 늘 안전하다고 느꼈다. 방해하는 사람도 없고 위험하지도 않았다. 어떤 공포심도 들지 않았다. 아마 공원 안 신수와 향로가 나에게 신도 이곳에 온다는 걸 일깨워주었기 때문일 것이다. 이곳에 참배하러 오는 사람은 없었지만 말이다.

내가 나이를 먹듯이 작은 마을의 풍경도 저항할 수 없이 변해 갔다. 그러나 소공원은 잃은 것도 변한 것도 없이 어린 시절의 기억과 완전히 일치했다. 훗날 소공원 안의 비석 글귀를 자세히 읽어본 나는 소공원의 이름이 원래 '자죽원紫竹園'이었음을 깨달았다. 그러고 보니 소공원의 구석구석엔 키 큰 대나무들이 자리 잡고 있었다.

소공원은 분명 일반적인 공원도 아니고 절과 공원이 결합된 형태도 아니었다. 어쩌면 나 혼자서 그 공간을 공원이라 생각했을 수도 있다. 그곳이 무엇이든 간에 나는 독특하고 신비로운 그 존재를 사랑했다.

그 후 나는 집을 떠났다 돌아오는 과정을 반복하며 많은 공원을 경험했고 공원에서 열린 콘서트도 가보았다. 하지만 소공원만큼 나를 안심시켜주는 곳은 없었다. 나는 대체 소공원에 어떤 특별한 매력이 있었는지 거듭 생각해봤다. 소공원은 잘 보채지 않는 아이처럼 눈에 잘 띄지 않고 종종 소외된 듯 여겨지기도 했다. 공원 취급조차 못 받을 때도 있었지만 어느 순간 문득 그곳을 생각하게 된다.

마치 아버지의 운명과 아버지가 기거하는 집처럼 말이다.

초등학교 졸업앨범 뒤의 주소록을 보면 우리 집 주소는 다른 친구들의 주소와 구성 요소가 조금 달랐다. 왜냐하면 우리 집은 거주하는 사람이 극소수에 불과한 작은 마을의 변방에 있었기 때문이다. 집의 지리적 위치는 우리의 경계성도 결정하는 듯했다. 성년이 되기 전 나는 늘 교우관계에 어려움을 겪었다. 아버지는 형제들과 가까웠다가 멀어지기를 반복했다. 노년이 될 때까지 그들은 근절할 수 없는 문제들을 끝도 없이 뿜어냈다. 결국 아버지는 과도하게 연락하거나 보살피는 대신, 자발적으로 거리를 두기로 했다. 혈연은 묽든 진하든 모두 소원해졌다.

나는 소공원이 어떻게 아직도 무사할 수 있었는지 궁금했다. 작은 마을에 도시화의 파도가 휩쓰는 와중에도 마을의 은밀한 한구석에서 살아남아 몇 년이나 변함없는 상태를 유지했다. 금전이나 이익은 그리도 거절하기 어려운 유혹이건만 공원은 철거당한 후 새 공장으로 대체되는 운명에 빠지지 않았다.

소원해지는 데는 여러 종류가 있다. 그중 하나는 겉으로는 예의를 차리고 안전한 거리를 유지하며 멀어지는 것이다. 사회에서 높은 지위를 가진 일부는 모든 상황에서 우위를 점하기를 좋아하며, 언젠가 우리가 그들에게 도움을 요청하리라 기대한다. 그래서 언어와 태도로 사람들을 끊임없이 공격하고 상처 주며 특유의 방식으로 분노하게 만든다. 높은 위치에 있는 그들의 말이 옳다는 것을 증명하려고 원래의 평온함을 파괴한다. 만약 거절하기라도 하면 더 많은 언어적 공격과 분노가 뒤따른다.

　분노를 감내하기 어려울 때 아버지와 가족들은 시간이 지나가 기만을 조용히 기다렸다. 나는 소공원에서 내면의 고통과 분노가 잠잠해질 때까지 오후 내내 홀로 머물렀다. 장기적으로 그들은 우리의 평정심을 무너뜨리지 못했다. 그들은 물론 잘못을 인정하지 않았지만, 어떤 것들은 파괴될 수 없으며 이득과 맞바꿀 수도 없다는 사실만은 더욱 분명해졌다.

　혼자 소공원에서 놀면 가끔 외로웠지만 그보다 나만의 작은 공간을 지키고 싶은 마음이 더 강했다. 그래서 이 공간에 동질감을 느꼈고 이곳이 오직 나에게만 속하기를 바랐다. 외부에 노출되면 속절없이 사라질 것 같아서 나는 혼자 그곳에 있기로 했다. 소공원은 공업 기계의 소음과 악취로 가득한 일상의 틈새에서 묵묵히 순수와 평온을 유지했다.

　어쩌면 소공원은 일반적인 공원과 다를 수도 있다. 하지만 평가란 무릇 개인이 정의하기 나름 아닌가. 처음 지어진 배경이 무엇이든 간에 이곳은 내 마음속에서 가장 아름다운 소공원이다. 내가 잠시 세상을 마주하고 싶지 않을 때 다시금 저 대문을 통해 걸어 나갈 수 있을 때까지 나를 꼭꼭 숨겨주는 곳이다.

바람이 불어오면

봄이 오고 남부 지역에 남풍이 불기 시작하면 집 안에 결로가 생겨 대리석 바닥과 벽면에는 물방울이 맺혔다. 결벽증이 있는 아버지가 마른 천으로 바닥과 벽면의 물기를 싹싹 닦고 나서야 집은 비로소 원래의 건조하고 깨끗한 상태를 회복했다.

날씨가 습하고 무더우니 사람과 사람 사이도 이글이글 불타는 걸까. 많은 일이 사람 사이의 관계로 인해 물방울이 한 겹 덮인 듯 경계가 모호해지고 곰팡이가 생겼다. 곰팡이의 뿌리는 안 보이는 깊은 곳에 잠복해 있었다.

숨어 있던 혼란과 분란은 항상 이때쯤 출몰했다. 마치 봄철의 꽃가루가 알레르기를 유발하듯이 봄의 따뜻한 기온과 남풍에 분란도 함께 불어오는 것 같았다. 운명도 남풍처럼 어디로 갈지 모른다. 결로를 통제할 수 없듯 운명도 원하는 궤적으로 흐르지 않는다.

　나이가 들면서 가족들은 신의 빛이 보호하지 못하는 여러 순간을 경험했다. 우리는 신 앞에 무릎 꿇고 끊임없이 향을 피우고 기도하며 신이 우리에게 희망을 내려주기를 바랐다. 아버지는 평생을 고생하며 살았다. 끊임없이 타인을 배려하고 퍼주었다. 또한 그에게 해를 입힌 사람들이 점점 더 잘살게 되는 상황을 계속 받아들여야 했다. 그래도 그는 신을 원망하지 않았다. 계속해서 자기 몸을 희생해서 신내림의 책임을 일생의 사명으로 삼았다.

　속담에 '하늘은 아둔한 사람을 아낀다'라는 말이 있다. 하느님, 혹시라도 우리 집 아둔한 아버지가 보이신다면 부디 아버지의 선량함과 정직함을 좋게 봐주소서.

　아버지 신의 막내딸인 나는 신을 감지하는 체질을 타고나지 못했다. 부적, 택일, 길흉화복을 점치는 법도 모른다. 나는 악몽만 꿀 줄 아는 머글⚤이다. 가끔은 실망스럽지만 나는 원래부터 신에게 몸을 빌려줄 수 없었다. 만약 나도 신을 느낄 수 있다면 아버지가 곰팡이처럼 뒤얽힌 분란을 겪을 때 신의 힘으로 아버지를 끌어올릴 수 있었을 것이다.

　만약 내가 내 몸을 내어놓아 영혼이 잠시 사라지도록 한다면 신이 오려나?

⚤　　영화 「해리포터」에서 마법사가 아닌 '일반인'을 의미하는 말. —옮긴이

향을 피우고 기도할 때면 항상 영원을 기대했지만 신 이외의 일상은 늘 상처투성이였다. 신이 없는 것처럼 우리 가족은 늘 고독하게 생존했다. 다만 눈물이 다 흐르고 나면 영혼 하나하나가 기사회생할 수 있기를 바랄 뿐이었다.

여름의 바람이 불어온다. 봄의 습기를 날려보내고 나면 큰 태양이 뜨는 여름을 맞이할 수 있을 것이다. 뜨겁고 건조한 바람은 곰팡이를 전부 날려보낼 것이다. 운명이 나를 어디로 날려보내든 신이 없는 곳에 서 있는 아버지에게 신의 빛이 태양처럼 내리쬐어 모든 일이 순조롭고 평안했으면 한다.

3장

빙의에서 물러나며:
신 이외의 이야기

*

밤이면 규칙적인 박자의 호흡

혹은 코 고는 소리가 그물처럼 온 공간을 덮었다.

방의 다른 한쪽에 바깥으로 난 창문에서

미세하게 전해오는 텔레비전 프로그램의 대화 소리와

내 손의 키보드 소리의 협주만이 남았다.

그건 아직도 깨어 있는 아버지와 나였다.

아버지의 도시

아버지에게 말하지 않은 것이 있다. 나는 도시를 헤매던 시절 아버지가 금기시하는 장례 행렬 뒤를 천천히 따라가곤 했다.

고가도로 아래에 다다르면 양쪽으로 사람들이 행렬에 끼어들 수 있도록 자연스럽게 속도를 늦추었다. 스피커에서는 죽은 자에게 길을 내주라고 외치듯이 불음佛音*을 계속 울렸다. 나는 일부러 가장자리 쪽이나 선 밖에서 따라갔다. 내 오토바이는 거의 벽에 붙은 상태로 느릿느릿 움직였다. 영구차 위에는 큰 부처가 앉아 있었다. 나는 영구차를 몇 번 추월하려고 해봤지만 관 속의 망령이 너무 무겁고 슬픔이 깊어 영구차는 속도가 느렸다. 선두로 가는 차에

---

* 불경 외우는 소리. 이를테면 "나무아미타불 관세음보살⋯⋯". —옮긴이

매달린 등롱은 거의 흰색에 가까운 살색이었고 죽은 자의 성씨가 쓰여 있었다. 명지冥紙가 창문 안에서 바깥을 향해 끝없이 쏟아졌다. 은박을 거칠게 붙인 종이들이 머리 위에서 휘날릴 때 나는 불호佛號를 묵묵히 외웠다. 어릴 때부터 익숙한 신령들의 이름이 머릿속에 천천히 떠올랐다. 귀신들을 계도하고 싶었다. 어쩌면 나를 계도하고 싶었던 건지도 모르겠다.

내겐 오랫동안 이미 익숙했기에, 더 많은 귀신이나 액운을 불러오리라고는 생각하지 못했다. 그러나 어떤 귀신이 계속 뒤를 따라왔다. 빨간색 신호등에서는 자기도 멈췄고 계속 일정한 거리를 유지했다. 멈춰 있던 그 시간 가운데 운구 행렬을 따라가는 내 뒤에 갑자기 긴 영화 필름이 쏟아져나와 명지로 가득한 길에 흩어졌다. 마치 죽기 직전의 카운트다운 같았다. 마치 처음 연구소에 갔을 때처럼 친구들이 나를 보지도 듣지도 못했고, 가족들이 다투는 가운데 내 존재는 망령처럼 투명 인간이었다. 어떤 것에도 내 이름이 붙어 있지 않았다. 길을 돌아 학교 근처에서 장례 행렬이 우회전해 화장터로 가기 시작하자 비로소 필름이 멈추었다. 필름에 내 영상도 있을 줄 알았지만 실제로는 전혀 없었다. 마치 구식 카세트테이프처럼 테이프 줄이 다 꼬이고 뒤엉켰으며 음향도 나오지 않았다.

나와 아버지 역시 헝클어지고 꼬인 털실 뭉치 같았다.

"넌 진짜 멍청하구나! 남들한테 많이도 졌구나." 그 말이 귓가에서 계속 맴돌았다. 특히 누군가가 아버지에게 자기 자녀의 우월함을 자랑할 때 말이다. 그는 부러운 눈빛으로 그 집 아이를 칭찬하며 마음속 슬픔을 감추려 했을 것이다. 우리가 싸우는 이유는 대부분 내 미래 때문이었다. 그는 내게 말했다.

"그 길을 선택한 건 너니까 나중에 후회하지 마!"

그를 거스르고 내가 원하는 방향을 고집했던 건 그때가 처음이었다. 나는 더 이상 아버지의 기대에 맞춰 선택하지 않고 다툼 속에서도 내 자아에 충실했다. 이제 노년에 가까운 그는 사회적으로 그를 빛나게 해줄 허망한 가치들이 여전히 결핍되었다고 느낀다. 대략 사회적 지위, 재산, 학력처럼 속된 것들 말이다.

나는 아버지의 부러움 가득한 눈빛이 싫었다. 다툴 때면 나는 그에게 "그 사람들도 별거 없어요! 뭐가 그리 대단해요?"라고 했다. 하지만 내가 마음속에서만 불태워버린, 결국 입 밖에 내지 못한 말이 있었다. 아버지, 내가 정말 아무 가치도 없나요? 아버지의 자식인 나는 정말 아무 쓸모가 없는 건가요? 왜 다른 사람들의 시선과 말만으로 내가 보잘것없고 비천한 사람이 되어야 하나요?

사람들은 그에게 쓸데없이 딸만 많이 낳았다고 했다. 그는 언제나 슬픈 목소리로 말했다.

"사람들은 내가 딸만 낳았다고 무시해."

그 말은 우리가 뒤집어야 할 잠재적 규칙이 되어버렸다. 그래서 아버지는 일찍부터 내 미래를 계획해주었다. 그것은 내가 원하는 미래가 아니라 그가 원하는 미래였다. 나중에는 내가 미리 방향을 결정한 다음 아버지에게 통보했다. 아버지는 당황하고 분노했다. 내가 혹시라도 길을 잃고 도시의 유령들한테 이끌려 길이 아닌 곳에 들어가면 어쩌나 몹시 걱정했다.

평범한 일상 중 갑자기 아버지의 전화가 걸려올 때가 있었다. 아버지는 보통 명리학 책을 읽었다거나, 신이 내 운세가 좋지 않다고 했다면서 부적을 항상 몸에 갖고 다니라고 당부했다. 나쁜 것들을 피할 줄 알아야 한다고 했다. 전화를 끊고 난 이튿날이면 어머니로부터 등기우편이 왔다. 그 안에는 빨간 글씨가 쓰인 노란색 종이가 몇 장 있었는데 알아볼 수 있는 글자는 정淨자뿐이었다. 정부淨符였다. 기분이 이상하거나 장례식에 다녀오면 부적 한 장을 태워 음양수에 넣은 다음 부용국芙蓉菊✝을 꺾어 집 안 곳곳과 온몸에 뿌렸다. 축축한 재 찌꺼기가 방 안 전체에 곰팡이처럼 검은 얼룩이 되어 여기저기 퍼졌다.

도시에서 생활했던 10년 동안 나는 아버지가 남겨준 낡은 아파트에서 살았다. 나는 언제고 이 집에서 진정으로 떠나지를 못했다. 아버지는 이미 도시에 오는 일이 매우 드물었는데도 말이다.

✝   타이완, 중국, 일본 등지에서 흔한 국화과 식물(학명 크로소스테피움 *Crossostephium*). 『본초강목』에 부기 제거, 기침 완화, 가래 제거 등의 효과가 있다고 나온다. —옮긴이

나는 이곳을 수도 없이 떠나고 싶었다.

"네가 떠나면 집은 어떡해?"

"엄마 아빠가 방문하실 땐 누가 돌봐드릴 건데?"

책임감 뒤섞은 질문들이 끊임없이 삶에 불씨를 일으켰다. 그러다가 어느 순간 가족들 사이에서 활활 타는 불이 되었다. 하지만 불은 시종일관 꺼지지 않았다. 한의사는 내 손목의 맥을 재어보더니 몸속이 펄펄 끓는다며 이러다가는 몸속 장기가 화기에 상한다고 했다. 또한 나는 알레르기 체질이었다. 어쩐지 자꾸 재채기가 나왔고 몸이 가려웠다. 나는 페인트가 하얗게 떨어진 오래된 아파트에 살면서 도시의 습도와 공기에 적응하지 못했고 집이나 도시를 수호하는 법도 배우지 못했다.

이 도시에는 귀신이 있다고 항상 느꼈다. 그러나 내가 도시에 머무는 시간은 끊임없이 뒤로 밀렸고 무한히 연장되었다.

살면서 쌓이고 쌓인 재 찌꺼기는 이미 언제가 가장 심각했는지 판단할 수 없을 정도로 육중했다. 부적을 태우는 것도 거의 포기했다. 태울 이유를 찾지 못했기 때문이다. 물건들은 계속 쌓여서 나는 마치 부판螃蟋*처럼 모든 짐을 짊어진 채 계속 길을 갔다. 나는 가끔 짐 중에 혹시 빠진 것은 없는지 확인했고 주의할 사항, 보

---

*   중국 설화 속 상상의 곤충. 물건을 보기만 하면 무조건 등에 짊어지고 간다. 감당할 수 없을 만큼 짊어지다가 결국 그 무게에 짓눌려 죽는다. —옮긴이

충할 물건, 처리할 사항, 개선할 부분 등을 포스트잇에 빼곡하게 적어 웃는 얼굴의 폴라로이드 사진과 함께 책상 앞에 붙여놓았다. 아무리 정리해도 잃을 수 있는 물건은 없었다. 공간 안의 물건들은 점점 더 높이 쌓여 벽이 되었고 사람과 사람 사이를 갈라놓았다. 내 마음 밑바닥에는 말하는 귀신, 눈에서 열이 나는 귀신이 그림자처럼 숨어서 한 층씩 쌓여갔다. 언젠가는 잠결에 뒤척이다가 그들의 무게에 깔려 죽지 않을까 하고 은연중에 두려움을 느꼈다. 그건 이미 부적이 보호해줄 수 있는 영역이 아니었다.

누군가 내게 말했다. 너한테는 비밀 블로그가 필요할 것 같아. 그곳에 마음껏 부적을 그리고 불태워버려. 내가 대답했다. 도시에는 깨끗하게 태워버릴 수 없는 게 너무 많아. 불이 외부의 귀신은 내쫓을 수 있겠지만 마음속에 있는 것들은 내쫓지 못해. 그곳의 길들은 좌회전, 또 좌회전이 이어지는 연결 지점이 많았다. 나는 가끔 새로운 숨을 곳을 찾고 싶어서 작은 샛길로 일부러 들어갔다. 하지만 계속 가도 결국은 원래의 길로 되돌아와 있었다. 마치 장례 행렬을 떨쳐낼 수 없는 것처럼 나는 그물처럼 뒤얽힌 길에서 출구를 찾았지만, 좌회전 한 번이면 또다시 원점으로 돌아왔다. 그리고 장례 행렬은 여전히 계속되고 있었다.

이런저런 공포가 마음 안에서 불타올라 작은 잿더미로 변했다. 잿더미는 평소에는 가만히 가라앉아 있다가 바람이 불면 내 온몸 구석구석에 산산이 흩어졌다. 나는 구덩이를 하나 파고 싶었다. 그 안에 잿더미들을 전부 묻어버리고 마른 나뭇가지와 낙엽, 진흙 따위를 얹어 발로 꾹꾹 밟아 무력한 감정들을 전부 숨기고 싶었다.

나는 결국 도망칠 수 없는 걸까, 아니면 변화를 두려워하는 걸까. 혹은 책임을 앞세운 말들에 화상을 입는 게 두려운 걸까. 가끔은 판단하기 어려웠다. 더 먼 곳을 동경하면서 한 걸음도 내딛지 못했다.

아버지는 나보다 훨씬 이른 시기에 도시에 왔지만 올 때마다 금세 떠났다. 같은 길이었는데도 그가 기억하는 방향과 내가 생각하는 도로명이 딱 맞는 경우는 없었다. 그는 길 이름은 기억하지 못하고 집에서 동남쪽이라거나 서북쪽 어떤 길, 어떤 골목이라는 식으로 방향을 이야기했다. 그래서 우리는 각자의 나침판이 가리키는 미로를 헤매다 서로를 찾지 못하기 일쑤였다.

나는 손에 든 나침판을 놓쳐버렸고 아버지가 아는 건 오직 동서남북뿐이었다. 낡은 아파트를 나선 다음엔 항상 자신의 좌표를 따라 서로를 등진 채 왼쪽, 오른쪽으로 갔다. 내내 이 도시의 바다를 찾지 못했다. 예전에 듣기로 바다는 꽤 멀어서 내 방에는 바닷바람이 불어오지 못한다고 했다. 벽을 물빛 페인트로 칠하고 바다 사진을 붙였지만 여전히 바다는 아니었다. 예전에 나는 분명 바다 방향으로 갔을 것이다. 하지만 끝끝내 도착하지는 못했다. 엉엉 울 곳에 가지 못하니 어쩔 수 없이 방 안 옷장에 숨어 들어갔다. 깜깜한 옷장 칸막이 안에서 머리에 겨울 외투를 이고서 원망하며 목 놓아 울었다. 울어서 무언가를 흘려버릴 수 있다면 얼마나 좋을까. 등에 진 무거운 짐을 내던지고 싶었다. 아니, 사실은 허물을 벗고 아예 다른 사람이 되고 싶었다. 나는 언제나 아버지가 이야기하는 좋은 사람이 되기 위해 애써서 산을 기어올랐다. 솔직히 나는 그 천박한 눈빛들과 평가가 싫었다.

도시에서 처음으로 아버지를 오토바이에 태웠던 기억이 떠올랐다.

아버지가 오토바이 뒷좌석에 타자 묵직한 무게가 전해져왔다. 내 손에는 땀이 송송 맺혔다. 오랫동안 운전해온 그가 오토바이를 통제할 수 없게 되어 내가 처음으로 운전대를 잡았다. 그는 내게 앞에 차가 있으니 조심해라, 빨간불로 바뀔 참이니 속도를 줄여라, 큰길을 따라 쭉 가면 정거장이 있다 등등 끊임없이 지침을 주었다. 그는 나보다 이 도시를 잘 알았다. 나는 일부러 가속 핸들을 느슨하게 잡고 천천히 운전했다. 급히 브레이크를 밟으면 안 되었고 속도는 항상 느려야만 했다.

긴장해서였는지 목적지에 완벽하게 도착할 수가 없었다.

오르막길 구간도 아니었는데 오토바이는 속도가 점점 느려졌고 가속 핸들이 말을 잘 듣지 않았다. 결국 길을 반쯤 가서 엔진이 멈췄다. 내 생각엔 오토바이의 유량계 고장으로, 반원을 그린 지가 한참 지났으니 아마도 기름이 떨어진 것 같았다. 나는 사실대로 아버지에게 말했다. 떨리는 눈꺼풀이 예감했듯 아버지는 격노하며 잔소리를 늘어놓았다. 그중 한 부분이 특히 선명했다.

"다른 집 애들이 어디 이러나? 어쩌면 멍청하게도 기름이 없는지 모를 수가 있나?"

이름 모를 불꽃이 활활 타올라 나는 말했다.

"알았다고요! 난 멍청하고 쓸모없고, 남들에 비해 형편없어요!"

마치 여러 해 동안 묵은 잿더미를 쏟아낸 느낌이었다. 우리 사이는 긴 침묵에 빠졌다. 그 후 가족들은 내게 이글이글 불타는 말들을 쏟아냈다. 아버지가 너를 어떻게 키웠는데 다 소용없다, 아버지의 사랑과 기대를 어쩜 이렇게 저버릴 수가 있나, 네가 이렇게 불효할 줄은 몰랐다, 이렇게 형편없을 줄은 몰랐다, 네가 아버지에게 뭐라고 할 자격이 있냐?

내가 태어나던 해, 사람들은 내가 아들인 줄로만 알았다. 나는 잘못된 운명과 함께 우리 집 다섯째 딸로 태어났다. 당시 골목 입구에 아들만 여럿이고 새를 기르던 가족이 우리 집에 찾아와서 혹시 입양 보낼 여아가 있냐고 물었다고 한다. 나는 가끔 그런 생각도 했다. 그때 나를 보냈다면 모든 것이 달라졌을 수도 있다고. 하지만 나는 후회하지 않았다. 아버지는 후회했을까?

매번 설명하기 힘든 일을 맞닥뜨리면 귀신의 장난이란 걸 추측할 수 있었다. 아버지는 항상 부적 한 장과 노란색 빈 종이 여섯 장을 가져와 부채꼴로 펼쳐 들었다. 아버지는 끝부분을 손가락으로 꽉 잡고 다른 쪽 끝에 불을 붙였다. 불이 붉게 타오르면 주문을 외우면서 그것을 머리 위에서 빙빙 돌렸다. 그렇게 하면 형태 없는 것들을 내쫓을 수 있었다. 노란색 종이는 반드시 끝까지 전부 태워야 했는데 가끔은 아버지의 손끝까지 타들어가서 화상을 입혔다. 붉은 가운데 까맣게 그을음이 생겼다. 아버지는 늘 다른 사람들을 위해서 부적을 불살랐다. 아버지는 그것이 자신의 책임이라고 생각했다.

나는 내 마음이 암묵적 속박에 반항하고 있다는 걸 알았다. 정해진 규칙을 따르고 싶지 않았다. 그래서 제멋대로 아버지를 거스르고 내가 원하는 전공을 선택했다. 더 이상 어떤 증명서를 얻으려 하지 않았고 세속의 눈 때문에 지워지는 책임은 더욱더 거부했다. 하지만 아버지는 생각날 때마다 많은 희망을 내게 쏟아부었다.

"영어도 잘해야 해."

"국립대학 학위가 있어야 사람들이 우러러보지."

"사회에서 발붙이려는데 아무것도 없으면 남들이 깔본다."

만약 이것도 있고 저것도 있는 데다 완벽하기까지 하면 더 좋을 것이다. 그런 건 나도 안다. 하지만 이런 기대에 일일이 부응하려고 하면 길을 잃은 것처럼 당황했다. 내가 아무 말도 하지 못할 때 아버지는 내가 나 자신을 포기했다고 오해했다. 마치 우리는 등을 지고 서로의 방향을 보지 못했듯, 서로를 이해하지 못했다.

나 홀로 도시에 남아 혼자서 걸어다녔고 혼자서 부적을 태웠다. 그것으로 모든 일이 나아졌으면 했다. 하지만 부적을 끝까지 태운 후에는 보이지도 않고 만질 수도 없는 그것들이 정말 모두 사라졌을까? 아무도 보증할 수 없었다.

오토바이를 타고 멀리 달려 낯선 곳에 갈 때면 언제나 길목에서 왼쪽으로 갈지, 오른쪽으로 갈지 선택의 기로에 놓인다. 어느 방향으로 가야 정확하게 도착하는지 모른 채로 서둘러 선택한 다음 길 이름을 따라 한 구역, 두 구역, 세 구역, 낯선 지역에 뛰어든다.♣ 낯선 풍경 안에서 목적지를 찾지 못하면 갑자기 길을 잃은 치매 노인처럼 당황해서 이곳저곳에 난입한다. 가고, 또 가고, 이미 이 도시의 동서남북을 다 뒤졌어도 자기만 깨닫지 못한다. 계속 위로 올라갈 수 있는 가파른 길만 찾아다니다가 슬픔과 불안 속에서 천천히 자신을 잃는다. 도시의 길을 잘 모르고 방향을 구분하지 못하면 훌륭한 가치관을 소유한 사람으로서의 상징을 갖지 못한다.

언제나 이 도시는 나에게 속하지 않는다고 느꼈다. 주소지 명의도 아버지 이름으로 되어 있었고 자주 가는 식당도 아버지가 좋아하는 곳이었다. 그는 맛집을 많이 알았고 이곳에 사는 오랜

♣ 타이완에서는 긴 길을 단段(구역)으로 구분한다. 예를 들어 강남대로 1~10길까지는 1단, 11~20길까지는 2단, 21~30길까지는 3단으로 나누는 식이다. —옮긴이

친구가 아주 많았다. 그들은 항상 도시의 과거와 현재 모습을 비교하며 장광설을 늘어놓았다. 그가 자질구레하게 쌓아놓은 시간의 모래는 내가 10년간 쌓은 것보다 훨씬 높았고 나는 그것에 부속된 채 도시의 절벽에 매달려 흔들거릴 뿐, 그가 원하는 도시 사람은 되지 못했다.

도시의 깊은 밤, 집에서 아주 멀리 있었다. 내가 더 이상 습관적으로 부적을 태우지 않게 되면서 계속 생각한 질문이 있었다. 사람에게는 꼭 집이 있어야 할까? 집이 없다면 매우 쓸쓸하겠지만 집의 무게를 떠받치는 것도 너무 힘겨웠다. 마치 내 가방 속에 뭉텅이로 들어 있는 호신 부적, 빨간 글자가 쓰여 있는 부적들의 묵직한 존재처럼 말이다.

처음 도시에 와서 샀던 얇고 긴 지도가 떠올랐다. 펼쳐 들면 매구역이 두세 장으로 잘려나갔다. 아버지는 돋보기를 쓰고 지도의 작은 글자를 자세히 살피면서 그에게 익숙한 지역 몇 군데를 중얼거리며 동서남북을 좌표로 삼아 위치를 알려주었다. 당시 나는 방향을 전혀 몰랐던 데다가 지도를 가지고 나가는 것조차 잊어버려 도시를 쏘다니면서 가고 싶은 길을 더듬어갔다. 나중에 그 지도책은 서랍 속 어딘지 모를 곳에 묻혔다. 방을 바꿀 때가 되어서야 몇 년 동안 쌓인 물건을 치웠는데 지도도 그중 하나였다.

「센과 치히로의 행방불명」에서 치히로가 강의 신을 씻겨주었던 것처럼 나는 삶을 씻겨주고 쓰레기를 꺼냈다. 모든 기억을 봉지에 담아 보내며 그것이 아주 멀고 황폐한 땅에 도착하여 파묻히고 불살라지기를 기원했다.

나는 아버지가 처음 데리고 간 길이 늘 익숙하지 않았다. 그래서 고독하게 도시 안에서 나만의 길을 걷는다. 마지막 남은 부적에 불을 붙였다. 먼 길에 빛을 비추고 마음속 귀신을 몰아내도록.

잠 못 드는 사람들

새벽 세 시, 밤이 가장 깊은 시각에 나는 베란다에서 달빛과 가로등 불빛을 받고 있다. 맞은편 건물, 어떤 집 부엌의 작은 등만 홀로 남은 모습을, 그 적막함을 바라보았다. 나는 손끝으로 선을 그리고 입으로 기체를 토해내어 마음속 슬픔을 뱉어내고 싶었으나 약간의 연기조차 보이지 않았다.

　나는 외롭지 않다고 생각했다. 이 시각 아버지도 분명 타이난의 집에서 깨어 있을 것이다. 내가 책상 등에 불을 밝히고 휴대폰에 미리 내려받아둔 글이나 영상을 볼 때, 혹은 침대 곁에 쌓아둔 책 중에서 한 권을 뽑아 깊은 뜻을 음미할 때, 아버지는 기나긴 밤을 무엇을 하며 보낼까? 그는 스마트 기술을 내켜하지 않는 완고한 노인이었다. '어르신 짤'이 넘쳐나는 시대에 그는 여전히 버튼식

구형 휴대폰을 사용했다. 내 시상식에서도 열심히 초점을 맞추면서 지나치게 흐릿한 사진들을 한 무더기나 찍어주었다.

하지만 우린 둘 다 정신이 지나칠 정도로 또렷한 사람들이었다. 고요한 밤중에 머릿속 실타래를 쉴 새 없이 둘둘 감으며 과거, 현재, 미래를 수없이 엮었다.

길게는 1년이 가깝도록 생활 속 신분이 계속 바뀌면서 습관성 불안이 자야 할 밤마다 슬금슬금 찾아왔다. 항상 가장 숙면이 필요한 시기나 이튿날 일찍 일어나야 할 때 잠이 오지 않았다.

나는 언제나 바로 잠드는 체질이 아니었다. 어릴 때는 정해진 시간에 자는 것이 규칙이었고 모든 형제자매가 큰방에서 함께 잤다. 나는 침대에 한동안 누워 있다가 야간 등만 남겨둔 방에 텔레비전 영화 혹은 예능 프로가 소리 없이 나오는 것을 실눈을 뜨고 몇 번 본 적이 있다. 또한 비몽사몽간에 언니들끼리 나에 대해 이야기하는 걸 들은 적도 여러 번이었다. 키워드는 주로 못됐다, 제멋대로다, 성질이 나쁘다 같은 것이었다. 눈을 감고 한쪽 귀로 이야기를 들은 후에야 진짜로 잠이 들었다. 자라서 애인의 품에 안겨 편안히 잠들어야 할 순간에도 항상 상대의 규칙적인 숨소리나 코 고는 소리를 들은 후에야 맨 정신과 작별을 고할 수 있었다.

타이난 고향 집에서는 밤이면 규칙적인 박자의 호흡 혹은 코 고는 소리가 그물처럼 온 공간을 덮었다. 방의 다른 한쪽에 난 창문에서 미세하게 들려오는 텔레비전 속 대화 소리와 내 손의 키

보드 소리의 협주만이 남았다. 그건 아직도 깨어 있는 아버지와 나였다. 나이를 먹을수록 잠 못 드는 빈도는 점점 늘어났다. 어느 날 아버지가 친구에게 가볍게 이야기했던 것이 우연히 떠올랐다.

"벌써 반년이나 못 잤지 뭐야!"

그제야 나는 불면증도 유전이라는 것을 깨달았다.

아버지는 반평생 대부분을 완벽한 사람으로 살고자 했다. 모든 일을 가장 완벽한 방식으로 해내기를 원했다. 제일 자주 하는 일은 한밤중에 세탁기 돌리기였다. 전체 과정이 아주 길었다. 먼저 온 가족이 반드시 목욕을 마친 다음 더러워진 옷을 모았다. 그 후 세탁기에 물을 채우고 세제 뚜껑으로 세제 정량을 잰 다음 마침내 세탁기에 세탁물을 넣고 작동 시간을 설정했다. 그는 구식 반자동 세탁기를 사용했다. 세탁이 끝나면 다시 수동으로 물을 빼내고 주입해야 탈수조에 세탁물을 넣을 수 있었고 탈수가 끝나면 옷걸이에 끼워서 건조대에 건 다음에 마침내 그것을 실외로 둘둘 밀고 갔다. 옷들은 그제야 아침햇살을 쬘 수 있었다. 말리는 옷들은 반드시 해가 산 밑으로 떨어지기 전, 아직 태양의 온기가 남아 있을 때 방 안으로 들여와서 개어야 했다. 이것은 아버지가 늘 고집해온 완벽한 과정으로 아무리 작은 부분이라도 소홀히 할 수 없었다. 기나긴 한밤중의 세탁 과정은 텔레비전에서 수도 없이 재방송된 옛날 영화나 정치평론 프로그램과 함께 어우러졌다. 가끔 세븐스타 담배 연기가 실수로 주성치의 얼굴을 가려 오직 그의 웃음소리만 들렸다.

완고한 고집은 삶의 모든 구석구석에 묻어 있었다. 아버지가 『통서』연구를 즐겼기에 온 가족은 정확한 규범을 지켜야 했다. 제사, 결혼, 여행 등 모든 일에 좋은 날짜와 때를 골라야만 했고 금기는 철저히 멀리해야 했다. 우리는 그 모든 것을 매우 조심히 지켰음에도 불구하고 파괴적 결과들을 피하지 못했다. 간헐적으로 잠 못 이루는 날들이 시작되면서 나는 아버지도 이렇게 반복적인 불면에 시달렸음을 깨닫게 되었다. 그는 분명 깊은 밤에 그보다 더 깊은 외로움을 겪었을 것이다.

인생의 어느 단계부터였는지는 기억나지 않지만, 어느 순간부터 불면 증상이 그림자처럼 달라붙어 떨어지질 않았다. 기억나는 건 고정적으로 방문하던 한의원 진료실에서 대머리에 유머러스했던 한의사가 내 맥을 짚으며 했던 말뿐이다. 잠을 못 이루는 건 화가 너무 많고 간화肝火ㅊ가 심해서라며 웃으면서 말했다.

"화가 이렇게 많으니 요즘 좀 힘들겠어."

그땐 이미 적지 않게 잘 때였는데도 말이다. 혼합 가루약은 여러 번이나 바꾸었다. 어떤 때는 너무 시었고 어떤 때는 너무 썼다. 아주 가끔 달콤하기도 했지만 대부분은 아무거나 조금씩 집어넣어 뒤섞인 맛이었다. 처음에는 약을 삼키는 기술이 부족해서 하루

ㅊ　　한의학 용어. 간기가 지나치게 왕성해 생기는 열을 의미한다. ―옮긴이

세끼 중 두 끼 식사 후에 마른 가루에 사레가 들려 콜록거렸고 반은 건조하고 반은 축축한 가루약이 목구멍에 걸려서 숨 쉴 때마다 약 냄새가 진동했다.

나는 가루약을 삼킬 줄 알게 되면서 다른 일들을 삼키는 법도 배워나가기 시작했다. 내가 일터에서 실수를 저질렀을 때 경험 많은 동료는 곁눈질하며 큰 소리로 말했다.

"사립대학 출신이잖아. 놀랍지도 않아."

내가 석사 시절에 친구에게 했던 농담은 나중에 소셜미디어에 공개돼 비난을 받았다. 그 글에는 내 친구를 응원하는 메시지가 줄줄이 달려 나는 사과하기로 마음먹었다. 메시지가 오가는 와중에 친구가 고고한 자세로 말했다.

"그러니까 처음부터 그따위 농담은 하지 말았어야지."

그냥 커플룩 입은 것 같다고 한마디 한 게 다였는데 말이다. 가르치는 일을 겸하면서는 학생들의 눈길도 가끔 따가웠다. 잘 못 가르친다고 속삭이는 목소리도 들었지만 눈을 직접 마주치면서 이런 말도 했다.

"원장님한테 가서 말하세요. 원장님 부하 노릇 그만하시고요!"

마침 전날 업무 준비 때문에 새벽 세 시까지 못 자서 수면이 부족한 상태였다. 교실에 들어가기 전, 나는 심호흡을 반복하며 점점 빨라지는 심장 박동과 떨리는 손을 진정시키려 애썼다. 나는 언제나 시간이 지나면 나아지리라고 생각했다. 앞으로 몸이 감당할 일이 점점 줄어들면 씁쓸한 가루약을 순조롭게 삼키는 날이, 아니면 약을 끊을 날이 오리라고 믿었다. 다른 도시로 통학하기 시작한 후에도 세상은 여전히 나를 탓했다. 3시간에 한 번 오는 고속버스는 규정이 너무 불분명했다. 나는 역무원의 지시로 차에서 내리기도 했고 기사가 나의 존재를 잊어버리기도 했다. 그 외에도 기사가 잘못된 길로 가거나 목적지 표시등을 잘못 켠 적도 있었다. 그럴 때마다 나는 낯선 고속도로 위에 버려지는 줄로만 알았다. 애써 용기를 낸 고객 서비스에 전화를 걸자 상대방은 말했다.

"회사 측에 보고는 하겠습니다만, 고객님 잘못이 더 큽니다."

전화기를 내려놓고 나는 한약 봉지를 뜯었다. 가루약이 내 몸속 깊숙이 전달되기를 바라며 평소보다 많은 물과 함께 힘껏 삼켰다. 온화하고 과학적인 한약이 내 마음을 어루만져주고 분노와 슬픔을 평평하게 다려주기를 바랐다.

편히 잠들 수 없는 밤이면 나는 혼자서 사람들의 말을 하나하나 곱씹으며 남모르는 깊은 뜻이 숨겨져 있었던 건 아닌지 추측을 거듭했다. 동시에 과거의 순간순간을 끊임없이 돌아보며 반성했다. 대체 내가 뭘 그렇게 잘못했지? 어릴 때부터 아버지는 혹시라도 남에게 결례를 범할까봐 우리에게 입을 다물라고 가르쳤다. 아버지는 친구들끼리 모이는 큰 모임에는 습관적으로 결석했다. 그의 아이들인 우리는 모임에 늦게 가서 일찍 자리를 뜨는 법을 배웠다. 사람을 만나면 반드시 예의 바르게 인사하고, 식사가 끝나면 함께 자리를 정리하고 깨끗이 청소하는 등 모든 예절을 다 해야 했다. 또한 언제나 착한 역할을 담당했고 입꼬리 양쪽을 한 껏 끌어올린 채로 남들이 학력, 월급, 교제 상대에 관해 자랑하는 소리를 들었다. 가끔 한두 마디 비웃음을 당해야 등 뒤에서 사람 들이 속닥거리는 소리도 멈췄다.

　최근 몇 년간 친구 모임은 자취를 감췄다. 아버지와 친구들은 서로 연락하지 않는 법을 배운 듯했다. 그는 밖에 나가는 일이 극 도로 적었고 인터넷에 익숙하지 않은 덕분에 그러한 상처들은 보 지도, 듣지도 못했다. 예전엔 늘 우리 집에 와서 초인종을 울리며 금전적 도움이, 신의 도움이, 아버지의 이런저런 도움이 필요하 다고 했던 그들은 항상 어떤 사건의 교차로에서 우리에게서 떨어 져 나갔다. 이유는 모르겠지만 모든 교차로는 돈과 관련 있었다. 그 후 그들은 서서히 우리와 점점 반대 방향으로 걸어갔다. 아버 지는 예전에 집을 개방하여 언제든지 밥을 먹으러 오는 사람들을 환영했고, 큰돈을 탕진해서 살길이 잠시 없어진 사람들을 돕기 위해 자기 부동산을 팔고 대출에 서명해주었다. 또한 다른 집 딸 이 급히 출산하는 상황에 친척들과 연락이 닿지 않자 직접 병원 으로 달려가 어른으로서 책임을 다했다. 매일 한밤중이라도 그를 필요로 하는 일이라면 최선을 다해 도왔다. 남들에게 필요한 사람 이 되는 것이 아버지 인생에서는 너무나 중요했다. 그만큼 그는 인정을 갈구했다. 관계의 단계 단계를 아름답게 맺고 모든 일을 합리적인 수준에서 처리하는 완벽한 사람이 되기를 갈망했다. 그러나 집 밖에 잘 나가지 않는 아버지는 알지 못할 것이다. 완리의 작은 마을 전체에 그가 싫어하는 유언비어가 가득 퍼졌으며 유언비어 속의 아버지는 형제들을 돌보지 않고, 친구가 망하든 말든 신경 쓰지 않는 독한 사람이라는 사실을. 사람들이 말하는 아버지는 내게 낯선 인물처럼 들렸다. 아버지의 이미지는 교차하는 두 개의 선이 되었다. 그 후 공동 결정이 필요한 사안에서 그들은 아버지를 배신했다. 그들과 아버지의 몸 안에는 분명히 같은 선홍색 혈통이 흐르는데 사랑이 어쩌다가 원망이 되어버렸는지 알지 못한다. 우리가 잘못된 혈통에서 태어나서일까, 아니면 방향을 잘못 택한 걸까, 혹은 아버지가 일평생 사랑이라는 것에 잘못된 기대를 품었기 때문일까.

집안에 분쟁이 일어났을 때 나는 상대방에게 천진하게 물었다.

"우리 아버지가 그랬을 거라고 생각해?"

나는 그 말에 대한 대답을 잊지 못한다.

"불가능하진 않지. 시간이 사람을 얼마나 변하게 하는데."

그 후로 나는 상대방과 다시는 말을 섞지 않았고, 아버지에게도 입을 굳게 다물었다. 아버지도 고집스럽게 누구한테도 굴하지 않았다. 그저 한밤중의 세탁이 끝나기를 기다리면서 담배 몇 개비를 태웠을 뿐이다.

불면의 밤에 나는 마을 외곽의 바다를 보려고 타이난 고향 집의 지붕에 올라갔다. 해변에 우리처럼 잠 못 드는 사람들이 혹시나 줄을 지어 걷고 있는지 보고 싶었는데 산॥만 한 지붕이 시야를 가렸다. 지붕 양측이 교차하는 곳에는 두 개의 비스듬한 강판이 솟아 있었다. 그곳에는 어릴 때 돌로 새긴 온 가족의 이름이 남아 있었는데 아버지 이름이 있는 칸의 글자가 가장 컸다. 나는 당시에 하느님 눈에 잘 띄니까 더 잘 보호받을 수 있겠다고 생각했다. 그때는 몇 년이 지나서 아버지와 내가 더 이상 아름다운 꿈을 꾸지 못하리라고는 상상도 못 했다. 매번 어둠 속에서 눈을 감았다가 뜬 다음 다시 위아래 눈꺼풀을 꽉 닫으면 영화에서 보았던 여인, 남편이 자살한 이유를 알지 못했던 그녀가 해변의 장례 행렬을 따라서 홀로 쓸쓸히 걷고 또 걷는다. 그녀도 혹시 미지의 답을 찾고 있을까?

아버지와 나는 같은 해에 각자 절친한 친구와 이별했다. 아버지는 친구의 장례식에 가는 나를 데려다주었고 슬픈 표정으로 담배에 불을 붙이고는 옆문 출구에서 나를 기다렸다. 그즈음의 상처로 인해 불면증이 심해진 나는 하루 이틀마다 아버지에게 전화를 걸어서 말했다.

"아직도 마음이 너무 이상하고 불안해요."

수화기 저편의 아버지에게 악몽의 윤곽을 애써 민난어로 묘사했다. 아버지가 절에 가서 마음의 안정을 찾으라고 조언해 나는 마조 사당에 가서 놀란 마음을 달래는 의식을 두 번 치렀고, 2주간 부적을 태운 재와 쑥잎을 섞은 물에 목욕했다. 불면증과 악몽은 여전히 이어졌다. 새로운 꿈 내용을 아버지에게 묘사하면 아버지는 항상 그건 심리적 요인 때문이라고 했다.

그가 친구와 작별할 차례가 되어 연락받던 그날 밤, 나는 집에서 그가 집에 돌아오기를 기다렸다. 그는 평온한 모습이었지만 그 가운데 피로와 쓸쓸함이 가득했다. 머리를 숙이자 귀밑머리가 더욱 희어 보였다. 그는 담담하게 말했다.

"한 사람의 인생이 이렇게 지나갔구나."

내가 그랬듯이 아버지도 잠들 수 없으리라 생각했다. 하지만 아버지는 그의 딸도 잠 못 이루고 있는 줄은 몰랐을 것이다. 나는 계단에 쭈그리고 앉아 부모님의 방 쪽 창문에 기댔다. 깜깜한 어둠을 바라보며 부모님의 규칙적인 숨소리를 확인하고 안심하려 했으나 곧 찬장을 여닫을 때처럼 끼익하는 소리가 침대 바닥에서 들려왔다. 그것은 아버지가 몸을 뒤척이는 소리였다. 아버지는 무엇을 생각하고 있을까? 추억으로 꿈을 엮어내고 있을까, 아니면 혼자 아파하고 있을까? 아버지도 심리적 요인에서 벗어날 수 없는 것이리라. 그날 밤 그는 일어나서 세탁기를 돌리는 대신 창가에서 한숨을 천천히 내쉬었을 뿐이다. 우리의 삶은 점점 더 쓸쓸해졌다.

우리는 깊은 밤에 익숙한 동물이었다. 적막과 어둠은 우리를 자기 자신이 될 수 있게 해주었다. 텔레비전에서 연기를 위해 온몸에 까만 먹물을 뒤집어쓴 사람을 얼마나 부러워했던가. 불빛이 꺼진 밤에 발견되지 않고 편안하게 존재할 수 있으니 상처받을 일도 없을 것이다. 하지만 사실상 아버지와 나는 빛을 갈망했다. 그러면서 동시에 빛을 두려워했다. 남들에게 보여지길 원하면서도 그들의 말과 시선을 두려워했다.

도무지 나 자신을 재울 수 없다보니 잠드는 시간은 점점 뒤로 밀려서 태양이 중천에 떠서야 일어났다. 아침 식사를 좋아하는 나지만 언제나 아침 식사를 할 시간을 놓쳤다. 야간에 출근하는 일을 하게 된 후로 가끔은 낮이 싫었다. 도시의 모든 이가 쉴 새 없이 일하는 시간에 홀로 집에서 꾸는 대낮의 꿈은 죄의식으로 가득했다. 나는 옷을 세탁하고 집을 청소했다. 가끔은 베란다에서 지나가는 직장인들을 바라보았다. 그들은 걷는 것도 어쩜 그렇게 자연스럽던지. 나는 아주 잘 꾸민 다음에야 밖에 나갔다. 낮에 아무것도 할 일이 없는 사람처럼 보이고 싶지는 않았다. 아버지는 햇빛이 드는 시간 대부분을 전원에서의 일상으로 채웠다. 황량한 사막 같은 밭에서 그는 혼자 빛을 낼 줄 모르고 온종일 침묵하는 식물들을 위해 일했다. 그는 대낮부터 날이 저물 때까지 그곳에 있다가 저녁 식사 시간을 놓치곤 했다. 가족들은 늘 그와 연락이 잘 닿지 않아 불확실한 상태로 그가 돌아오기를 기다릴 수밖에 없었다. 나는 아버지가 돌아올 시간을 안다고 믿었지만, 어머니는 그가 어떻게 하루의 3분의 2를 밭에서 보내는지 전혀 이해하지 못했다. 그건 아버지에게 세상으로부터 숨을 곳이 필요하다는 것을 전혀 이해하지 못하는 것과 같았다.

어느 평범한 오후에 아버지는 모처럼 밭에 내려가지 않았다. 시내에 꼭 처리해야 할 일이 있었기 때문이다. 친척인지 친구인지 하는 분이 함께 가주겠다며 같이 출발했지만 가는 길에 말다툼이 생겨서 사이가 틀어져버렸다. 아버지는 모처럼 자신을 방어했고 그분도 사회를 잘 아는 어른인지라 서로 물러서지 않았다. 아버지는 홀로 낯선 시내에 버려졌다. 집에서 멀리 떨어진 곳은 아니었지만 그래도 걸으려면 한참이 걸리는 거리였다. 아버지는 오가는 차와 사람들을 바라보며 집에 돌아갈 방법을 찾았다. 만약 내가 그런 일을 당했다면 분명히 집에 와서「희극지왕喜劇之王」을 보며 밤새도록 울었을 것이다. 그날 밤 아버지는 몇 분 정도 화를 낸 다음 언제나처럼 밤의 침묵으로 돌아가 홀로 텔레비전을 마주하고 앉았다.

한동안 나는 소셜미디어 앱이 당황스럽게 여겨졌다. 타인에게 이해받지 못하는 상처들이 두려웠고 타인이 내가 하지 못한 일을 해내는 걸 보는 게 무서웠다. 그래서 혼자 남의 눈에 띄지 않는 인터넷 공간에 숨어 각종 영화나 흑백 화면 속 네티즌들의 잡다한 글을 읽는 수밖에 없었다. 마음속 불안을 잠재우려 노력하면서 언젠가는 완성하지 못한 나 자신을 마주할 수 있을 줄 알았다. 하지만 이튿날 일어나면 번잡한 업무와 일상은 계속되었고 결국 또다시 잠이 오지 않는 밤이면 코미디나 달콤한 로맨틱 드라마를 보며 울었다. 아버지도 그의 깊은 밤에 혼자 주성치 영화를 보았다. 그는 울지도, 웃지도 않았다.

해변의 장례 행렬 중에 혹시 나와 아버지도 있을까?

잠들지 못하는 밤, 우리는 자기 자신을 달빛 아래 드러내야 한다. 바닷바람이 불어오면 머리와 마음 밑바닥의 필름을 끌어내서 달빛 아래에 노출한다. 만약 멀리서 아름다운 빛이 반짝이는 게 보인다면 마음 깊은 곳 그 비밀스러운 자신을 묘지로 보낸다.

제방을 따라 나는 아버지 뒤에서 걸으며 그에게 말한다.

"아버지, 눈앞이 칠흑처럼 깜깜해서 아무것도 안 보여요."

아버지는 몇 걸음을 더 가더니 주머니에서 담뱃갑을 꺼내 그가 좋아하는 세븐스타 담배에 불을 붙인다. 담배 연기를 뿜어내며 그가 말한다.

"아닐 거야, 날이 밝으면 아주 아름다울 거야!"

The F ♁

병원을 드나들며 접수, 대기, 진료를 반복했다. 매주 약물과 소독약 냄새가 뒤섞인 병마의 냄새를 맡으며 또다시 대기하다가 마지막으로 결제한 후 약을 받았다.

매주 재진 전날 밤이면 애인은 도시를 넘어와 내 곁에 있어주었다. 그는 내가 혼자서 진료는 잘 받을 수 있지만 내면의 불안함을 피하지 못한다는 것을 잘 알았다. 진료가 끝나고 나면 우리는 맛집에 들렀다가 다시 서로의 직장으로 돌아갔다.

몸이 안 좋아지기 시작했을 때 처음에는 늘 가던 병원을 찾았다. 몇 번의 재진을 거쳐 의사는 털실의 다른 한쪽 끝을 찾는 것처

♁ F는 Female을 의미하는 것으로 여겨진다. ─옮긴이

럼 내 병의 원인을 찾으려 노력했다. 스트레스, 밤샘, 비타민 C 부족이 모두 이유일 수 있다며 의사는 내게 물었다.

"왜 일찍 안 자고 밤을 새워요?"

나는 어떻게 대답해야 할지 몰라 실없이 웃었다.

야근이 아니라도 나는 밤에 글을 쓰고 업무를 처리하거나 메시지를 훑어보았다. 깊은 밤의 고독과 적막을 좋아했다. 왠지 그래야 나 자신으로 돌아갈 수 있을 것 같았다. 걱정과 불안, 기억해야 할 일은 너무 많아서 밤중에 소셜미디어에 기쁜 소식이나 결혼사진이 올라오면 저장 버튼을 누르고 낮이 되면 까맣게 잊었다. 하지만 결혼생활에 대해 불평하는 내용은 대충 보고도 기억이 잘 났다. 어떤 사람은 배우자가 회사 가정의 날 행사에 오지 않아 언제나 혼자 참석했다고 썼다. 포스팅의 마지막 #자 뒤에는 "정말 아이러니하다"라고 쓰여 있었다. 사람들은 모두 소리 없는 밤에만 나타나는 출구를 필요로 했다.

어머니는 종일 집안일을 하다가 일찍 잠들었다. 아버지도 밤중에 홀로 텔레비전 앞에 앉아 재방송하는 영화를 보면서 손톱 각질을 정리하거나 혹은 『통서』를 뒤적이며 타인을 위해 날을 골랐다. 혹은 풍수지리의 유년流年＊이나 명리학 공부를 하기도 했다. 어머니와 아버지는 각자 자신만의 세계를 구축했다.

＊　　　　역학 용어. 연년세세 순행하여 오는 해.

나도 잘 자라는 밤 인사로 전화를 끊고 나면 끝이 없는 듯한 그 밤을 즐겼다. 오직 밤만이 나의 사적인 영역에 속한다고 느꼈다. 다른 역할로서의 부담이 없었다.

청춘의 끝자락에 접어들자 일찌감치 부모가 된 친구들을 제외하고도 대부분이 결혼생활을 시작했다. 늦게 결혼할 줄 알았던 친구들도 누군가의 남편 혹은 아내가 되었다. 마치 그것이 인생에 필수적인 과정인 듯했다. 배우자를 주민등록에 올린 이들도, 사랑을 위해 먼 지역으로 떠난 이들도 있었다. 물론 사랑 때문에 낙담하는 사람도 있었다. 하지만 나는 여전히 고민 중이다. 미래의 모습은 대체 어떨까, 하고 말이다. 한 걸음 나아갔다가 두 걸음 후퇴하거나, 세 걸음 나아갔다가 한 걸음 후퇴하며 왔다 갔다 하는 중이다. 절대 자유롭게 즐기는 댄스 스텝이 아니다. 나는 멈칫거리며 큰 한 걸음을 내딛지 못한다.

항상 나와 논쟁하길 좋아하는 남자 동료는 내가 없는 곳에서 나에 대해 이렇게 말했다.

"남자가 수입이 변변치 않으니까 저렇게 나와서 돈 벌겠지."

내가 있는 곳에서는 또 이렇게 말했다.

"만약 나중에 결혼하면 말이야, 남자가 벌 만큼 벌면 아내는 일할 필요 없어. 집에서 자기가 하고 싶은 일을 하면 좋지 않아?"

원래 세상의 시선은 이런 것이었나. 내 내면이 생각하는 가치관과는 전혀 앞뒤가 맞지 않았다.

예전에는 열심히 일하면 모두가 나를 평등하게 봐주리라고 믿었다. 하지만 각자의 시선 차이를 벗어날 수 없었다. 나는 누군가를 위해서만 살고 싶지는 않았다. 가끔은 있는 돈을 헤프게 써버릴 때의 쾌감과 독립과 자주에서 오는 자유를 열렬히 사랑했다. 남들의 가치에 귀속되는 게 싫었다. 소위 '자기가 좋아하는 일'을 한다는 게 말처럼 그렇게 순수할까? 나는 그 점을 계속 고민했다. 집에 있는 사람은 가정 내 책임을 더 많이 질 수밖에 없지 않나, 그렇다면 그건 자기가 좋아하는 일을 하는 게 아닐 텐데. 나의 대답은 여전히 불확실한 것들로 가득했다.

나는 아버지 같은 남자와 결혼하겠다는 낭만적인 생각이나 아름다운 환상을 가져본 적이 없다. 그런 생각은 전혀 없었다. 그렇다고 어머니 같은 역할이 되고 싶지도 않았다. 어머니는 반평생 대부분을 전업주부로 살았다. 몇 년간은 어머니 혼자 나이 차이가 지는 아이들을 돌봐야만 했다. 등하굣길에 동행하는 건 물론, 끝도 없는 설거지, 빨랫더미, 납부고지서를 처리해야 했다. 남자는 경제를 부담하고 나머지는 전부 집에 있는 여자가 짊어졌다.

몇 년 전에 화제를 불러일으켰던 일본 드라마에서 여주인공은 고용된 가정주부가 되어 월급을 받았다. 전업주부의 연간 무상 노동 시간을 계산해보니 거의 2000시간으로, 휴일 포함해 하루 평균 6시간이 나왔다. 어머니는 물론 받을 수 있는 월급이 없었다. 보상도 없고 도망갈 곳도 없다보니 어떤 특정 사물에 대해 예민해지는 건 불가피했다. 어머니가 원망하며 했던 말을 기억한다.

"너희 아빠 때문에 정말 짜증 나. 무슨 일만 생기면 다 내 탓을 하잖아."

귓가에 어렴풋하게 어머니가 원망하던 낮은 목소리가 메아리친다.

"그때 70만 위안이 있었는데 네 아버지가 남한테 줘버렸지 뭐야. 다 가져갔지 뭐……."

당연히 기억한다. 참담했던 그날들을. 어머니가 과호흡으로 몇 번 실신했을 때 나는 혼자 등하교를 하고, 도시락 통을 씻고, 아무 말도 없는 집 안에서 숙제를 마쳐야 했다.

남자를 만날 때마다 나는 그가 아버지가 된 모습을 상상하면서 그와 우리 아버지의 연관성을 아주 세밀하게 뜯어보았다. 마치 범죄영화 속 수사관이 벽에 사진을 잔뜩 붙여놓고 여러 색깔로 얽히고설킨 관계성을 표시한 다음 의혹이 드는 부분을 메모해놓듯이 말이다.

L은 아이들을 좋아했다. 아이를 어깨 위에 앉히고 다니는 그런 아버지가 되기를 갈망했다. 하지만 은연중에 가부장적인 태도를 내비쳤다. 의존의 대상이 되기를 원했고 아내가 밥하고 청소하는 것을 좋아했다. 그는 결혼하면 나를 위해 빨래 한 번 해주지 않을 것 같았다. C는 예술가 같았다. 자신이 사랑하는 사물에 스스로를 완전히 헌신했다. 나는 그가 아버지가 되는 모습을 상상조차 할

수 없었다. 하지만 나처럼 그도 자기 아버지를 깊이 사랑했으며 과거에 누군가의 아버지가 될 뻔한 적도 있었다. 그가 이름을 지어주었던 아이는 그의 아버지 역할을 현실로 만들어주지 못했고 그는 또다시 고독으로 돌아가 불안정하게 살았다. 그리고 S는 아이를 싫어하던 사람에서 아버지가 되고픈 사람으로 변하는 동안 청사진 속에 아이와 함께하고 싶은 일을 이미 100가지는 그려두었다. 하지만 그는 책임감이 투철한 사람이었기에 나는 그가 가족을 위해 자신을 희생하면서 타인을 돌보는 나쁜 습관이 들까봐 걱정이었다. 이런 남자들은 내가 그들의 가족과 다툼이 생기거나 상처받을 때 나와 어깨를 나란히 하거나 내 어깨를 두드리며 "어쩔 수 없는 일이니 너무 신경 쓰지 마" 하고 위로해줄 것이다. 모든 말에 마침표를 찍어서 여자를 조용하게 만들어줄 것이다.

시간이 우리를 어린이에서 결혼 적령기로, 성숙한 어른으로 이끌 때 남자들의 내면은 갑자기 아버지의 역할을 갈망하기 시작한다. 아버지란 어느새 결혼보다 더 아름다운 동경의 대상이 되었다. 남자들은 한층 더 성숙한 신분을 간절히 좇고 열망했다. 모임에 나가면 다른 사람의 아이나 신생아를 어르면서 부드러운 빛을 발산했고 아이를 어깨에 태우거나 아이의 작은 손을 잡고 물건을 사러 갈 때면 깔깔대는 웃음소리가 가득 퍼졌다. 하지만 나는 다음 걸음을 내딛지 못하고 여전히 정체했다. 내 자아와 가족 사이에서 균형을 잃을까봐 두려웠고 어머니라는 역할에 따라오는 책임에 대해 계속 의문이 들었다. 내가 새로 맺은 관계 속에서 균형을 잃지는 않을까? 경험해본 사람들은 다들 결혼이 가족과 가족의 만남이며 애인과 새로운 세계를 지어나가는 것은 낭만이 아니라고 했다. 사랑은 신성할지 몰라도 결혼은 종종 그렇게 여겨지지 않는 듯했다. 물론 행복한 가정과 그렇지 않은 가정 사이에는 썩은 솜이 많이 뒤섞여 있을 것이다.

내겐 가장 용감하게 사랑할 줄도, 미워할 줄도 알았던 친구가 있었다. 우리는 그때 둘 다 여고생이었고 미성년자였다. 그녀는 가장 사랑에 열정적인 친구였고 24세에 결혼해서 누군가의 아내이자 엄마가 되기를 갈망했다. 졸업하던 날 긴 머리를 보라색으로 물들였던 그녀는 연애의 모든 단계에서 자신에게 충실했고 이별할 때도 항상 시원시원했다. 대학 이후 그녀는 안정적으로 교제하던 상대를 등지고, 서로 상대방의 언어를 가르쳐주던 외국인 교사와 만나기 시작했다. 이를 비밀에 부치면서 그녀가 말했다.

"결혼 전에 우린 모두 싱글이니까 항상 선택권이 있어. 그냥 데이트하는 것뿐이지 특별한 건 없어."

당시에 나는 연애 감정의 단계 단계마다 억지로 벗어나야 하는 상태였다. 그녀는 항상 나한테 바보 같다고 했다. 지금 꼭 평생을 함께할 남자를 고를 필요는 없다며 우리에겐 실컷 놀아볼 권리가 있다고 했다. 청춘 시절의 친구 중에서 나는 그녀를 가장 좋아했다. 그녀의 결단력과 용기, 자유로움에 탄복했다. 미래의 우리를 생각할 때면 연애와 결혼에 가장 쿨할 사람이 그녀라고 생각했다.

24세가 훨씬 지난 후에도 나는 여전히 결혼을 망설였다. 결혼하면 금세 늙고 자유를 잃을 것 같아서 두려웠다. 하지만 행복을 놓치고 싶지도 않았다. 그녀는 결혼하고 싶어하던 그 남자와 항상 진퇴를 놓고 흔들렸다. 그녀는 점점 빛을 잃었고 외로울 때면 교회를 찾았다. 가끔은 결혼 중개 회사의 광고를 살펴보기도 했다. 그녀는 결국 사랑을 위해 안정적인 삶과 직장을 포기하기로 결심했고 짐가방 하나만 끌고서 먼 곳으로 떠났다. 자신은 사랑과 결혼했다고 믿으며 결혼생활에 뛰어들었다. 그 이후의 일에 대해서는 감히 아무도 묻지 못했다. 그녀는 똑같은 짐가방을 끌고서 돌아왔고 예전의 삶을 다시 살기 시작했다. 타인은 없었고, 남자도 없었다. 오직 그녀 혼자뿐이었다. 그해 영화처럼 상영된 사랑과 기쁨은 눈 깜짝할 사이에 더 이상 열 수 없는 봉인된 비밀이 되었다. 나는 결혼 후 여성의 진실한 삶에 관해 그녀에게 물을 수도, 그럴 용기도 없었다.

누군가 말했다. 사랑이란 다른 사람에게서 내가 동경하는 것들을 찾아내는 것이라고.

그렇다면 결혼은 상대방에게서 무엇을 찾는 것일까? 집? 의존? 아니면 삶에서 영원히 함께해줄 동반자?

그렇게 망설이는 사이에 나는 휴식 부족과 스트레스 때문인지 병원과 진료소를 배회하기 시작했다. 단골 진료소에서는 의사 한 명이 여러 과를 진료할 수 있어서 환자들의 증상이 제각각이었다. 어떤 젊은 여성 직장인은 아마 감기인 듯했고 또 다른 중년 여성은 산부인과 진료를 보았다. 큰 병원에 가면 수백 명이 대기 중이었고 대기 순번이 넘어가는 속도도 매우 느렸다. 배가 작은 공처럼 둥그렇게 나온 엄마들은 아주 우아하게 대기 시간을 보냈다. 그들은 동행하는 사람 없이도 담담하게 배를 쓰다듬으며 대기했고 진료를 마치고 아기 수첩을 가지고 나올 때는 얼굴 표정에 행복이 가득했다. 나는 긴 대기 시간 중에 가끔은 짜증이 올라왔다. 짜증에는 증상에 대한 걱정과 임산부들 사이에 섞여 있는 스트레스가 접착제처럼 달라붙어 있었다. 나에겐 그들과 같은 기쁨이 없었다.

나는 기다리는 동안 인터넷으로 각종 질병 관련 정보를 거듭 검색해보았다. 얼마나 지나야 나을지, 어떤 조치를 해야 더 빨리 나을 수 있을지 등을 찾아보았다. 인터넷에는 익명의 여자들이 쓴 글이 있었다. 누군가는 질병의 원인이 다양한데도 사람들은 자기가 청결하지 않다거나 덤벙거리는 여자라고 의심한다고 썼고, 또 다른 사람은 청결뿐 아니라 약도 먹고 발랐고, 일찍 자고 일찍 일어났으며, 물과 과일을 많이 섭취했는데도 또다시 이유 없이 증상이 나타났다고 불평했다. 생리통보다 더 짜증스럽고 출산 후 가슴 통증보다 이해하기 힘들어서 그냥 하반신을 잘라내고 싶다고까지 했다. 섬뜩한 말의 이면에는 고통에 지쳐 자포자기한 마음들이 있었다.

　진료실에 들어가자 나이 지긋한 의사 선생님이 남자친구를 흘끗 보더니 물었다.

　"결혼했어요?"

　그가 어색하게 부정하자 의사 선생님은 그를 진료실 밖으로 내보냈다. 그는 가끔 농담조로 결혼 이야기를 꺼냈다. 가족과 친구들도 어서 예쁜 결혼식을 하길 바란다는 카드를 우리에게 써주었다. 하지만 이 모든 것이 진짜는 아니다. 사실 우리는 그의 농담에 대해서든, 모자란 척하는 나에 대해서든 시원하게 대화해본 적이 없었다. 사랑이 있는지와는 무관하게 결혼이 정말 우리에게 더 나은 균형점을 가져다줄까? 아니면 좌절로 변할까? 나는 친구들이 결혼할 때마다 감동의 눈물을 흘리면서도 스스로는 정작 결혼이 두렵다.

　의사 선생님은 컴퓨터 모니터에 자료를 입력하면서 나에게 말했다.

　"성경에서 부부는 한 몸이라고 말하죠. 결혼 전이시니 환자분 몸은 아직 자기 것이에요."

　나는 미혼이니까 여전히 나 자신이었고 오로지 나 자신에게만 속했다. 홀로 더 깊숙한 곳에 있는 진료실로 들어갔다.

　남자친구는 앞쪽 진료실까지만 함께 있어줄 수 있었고 내진은 커튼 뒤의 진료실에서 했다. 그런데 이번에 남자친구는 앞쪽 진료실에서 진료 결과를 함께 들을 자격마저 박탈당했다. 간호사가 말했다.

"치마하고 속옷 벗으시고요, 진료 의자 위에 누우세요. 양쪽 다리는 벌린 상태로 의자 양쪽 높은 곳에 얹으시면 되고요."

준비를 마치자 나이 든 의사는 의료 기기를 내 몸 안으로 집어넣어 오른쪽 왼쪽으로 자궁과 난소를 진찰했다. 힘이 들어갈 때는 조금 아팠지만 나는 미간을 찌푸린 채 아무 소리도 내지 못했다. 의사와 간호사는 스크린을 응시하느라 내 고통을 의식하지 못했다. 의사가 말했다.

"자궁근종이 4센티미터 정도 됩니다. 큰 문제는 아닙니다만 아이를 빨리 가지시는 게 좋습니다."

진료가 끝나고 의사가 진료실을 떠난 다음에 간호사는 익숙하게 티슈를 건네주면서 닦으라고 했다. 티슈 몇 장에 피가 묻어나왔다. 당황한 나는 얼른 속옷과 치마를 다시 입고는 티슈를 재빨리 쓰레기통에 버렸다. 그건 아무도 모르는, 쉽게 형언할 수 없는 피였다.

그 피는 매달 정상적으로 나오는 생리혈처럼 붉었으나 무언가가 달랐다. 여성이 출산할 때 붉은 피를 얼마나 많이 흘려야 하는지가 다시금 떠올랐다. 그 역시 남들은 모르는 고통과 피일 것이다.

여성은 고통과 출혈이 따르는 출산 과정을 겪은 후 다른 몸이 될 수 있다는 글을 읽은 적이 있다. 몸이 약해지고 머리카락이 빠질 수 있지만, 체질이 바뀌어 아이에게 젖을 먹이는 동안 자궁근종이 작아질 가능성도 있었다. 새로운 생명은 여성의 삶에 회복으로서, 혹은 새 시작의 표지로서 새겨진다. 남자들은 아버지가 되어도 여전히 그들 자신이다. 그들은 여성이 어머니가 되면서 겪는 다양한 변화를 알 수 없다. 마음이 아니라 몸의 변화 말이다.

나는 정말 모르겠다. 결혼한 이후에도 여전히 나일 수 있을까, 결혼 전처럼 강한 자아를 가진 여자로 살 수 있을까.

예전에 '여성 간행물 특강'이라는 과정을 수강했던 기억이 난다. 선생님이 말했다.

"여인, 여자는 모두 사람을, 개체를 가리킵니다. 즉, 같은 뜻입니다. 하지만 여성女性은 오직 성별일 뿐, 사람을 가리키는 말이 아닙니다."

당시 기말고사 과제물을 쓰면서 나는 워드 검색창에 '여성'이라고 신중히 입력했다. 혹시 실수로 빼먹은 부분이 있을까 걱정되어서였다. 그 수업이 끝난 이후 나는 '여인 혹은 여자'가 되고 싶다고 생각했지 '여성'이라는 성별의 틀에 묶이고 싶지는 않았다. 하지만 이 세계의 사고방식은 때로 내 내면과 역행했다.

산부인과 진료실에서 속옷을 내리는 것이 주간 일정이었던 기간에 한번은 음식을 주문하러 식당에 갔다. 익숙한 주인아주머니가 마치 기구를 손에 든 의사처럼 나의 깊은 곳을 빤히 들여다보았다. 나이가 꽉 찬 여자가 어쩌다 결혼도 안 하고 애도 없는지 관심을 보였다. 아주머니는 이웃집 문을 가리키며 작은 소리로 말했다. 옆집 아들이 여자친구와 오랫동안 사귀었는데 결혼을 안 하기에 궁금해서 이웃한테 물어봤다고 한다. 이웃의 말이 두 사람이 교제도 워낙 오래 했고, 여자가 나이가 많아서 아이를 못 낳을까봐 계속 결혼을 안 시켰다는 것이다. 여자는 나중에 사람들이 소개해준 한의원에 가서 약을 한두 첩 지어 먹고는 바로 임신해서 결혼했다고 한다. 아주머니는 갑자기 화제를 돌리더니 내게 말했다.

"아가씨도 그런 상황은 아니지? 혹시 사람들이 아가씨 나이가 많아서 아이를 못 낳을 거라고 생각……"

그날 밤 나는 손을 꽉 쥐고서 구겨진 100위안짜리 지폐를 아주머니에게 급히 건넸고 재빨리 그녀의 과도한 관심과 시선에서 벗어났다. 당시 나는 슬픔이 목구멍까지 꽉 차오르는 기분에 입술을 꽉 깨물고 애인에게 메시지를 보냈다.

"당신이 어떻게 생각하는지는 잘 모르겠어. 근데 혹시 가족들이 걱정하는 부분이 있다면, 꼭 결혼 안 해도 괜찮아……."

애인이 아버지가 되고 싶다는 기대를 담아 나를 바라보았을 때 나는 걱정스러운 마음에 인터넷에 유명 보디슈트의 효능을 먼저 검색해보았다. 아이를 키울 준비라곤 눈곱만큼도 안 된 상태였으나 머리 위에 검은 구름이 몰려와 기분이 울적할 때면 공포가 펼

럭거리며 다가왔다. 내가 20대 초반일 때 백화점에서 출산 선물을 골랐던 적이 있다. 아직 어렸던 나는 아기 용품에 대해 잘 몰라서 1층 화장품 전문 매대에서 마스크팩 세트를 샀다. 그녀가 아름다운 어머니가 되기를 바라는 마음에서였다. 병실에 다양한 아기 용품과 산모에게 주는 영양제가 가득한 가운데 나의 그 선물 세트는 지나치게 젊고 튀어 보였다. 그래도 나는 그 선물이 좋았다.

나는 애인에게 말했듯이 결혼하더라도 일과 글쓰기를 그만두고 싶지 않았다. 또한 남들의 기준을 나에게 강요하지 않았으면 했다. 왜냐하면 내가 좋아하는 나를 잃고 싶지 않았고, 무엇보다 두렵고 망설이는 마음이 컸기 때문이다.

실제로 30세를 넘으면 결혼 여부는 상당히 열렬하고도 민감한 화제가 된다. 나는 확신 없는 내 마음이 대체 어디에서 온 건지도 모르겠는데, 사람들은 세상에 완벽한 결혼이란 없다면서 일단 결혼해보면 완벽하지는 않아도 나쁘지도 않다는 걸 알게 된다고 했다. 아버지가 되고 싶었던 남자들은 내 걱정이 과도하다면서 인생의 다음 단계로 넘어가는 것은 필연이라고, 문제가 생기면 함께 맞닥뜨리면 그만이라고 했다. 모든 것이 하루빨리 아버지가 되고 싶은 그들의 갈망만큼이나 자연스러웠다.

어머니는 당시에 결혼을 결심했던 이유를 아마 잊었을 것이다. 자신이 왜 이런 짝을 선택했는지도 기억하지 못할 가능성이 크다. 아마 그해 선 자리에서 서로 잘 모르는 상태로, 맞은편에 앉은 남자가 시간 내에 그려 낸 아름다운 것들을 보았을 것이다. 그리하여 앞날에 대해서는 크게 생각하지 않은 채 그와 일생을 시작했을 것이다. 그렇게 그녀는 여섯 아이의 어머니가 되었다. 아들을 낳기 위해 딸 다섯을 먼저 낳았고 그렇게 여러 번의 피 흘림과 고통을 겪었다.

어머니는 이따금씩 불쑥 아버지를 원망했다. 마치 진통이 규칙적으로 오는 것처럼 "어떤 때는 저 사람이랑 사는 게 너무 고통스럽다니까"라고 말했다.

하지만 우리가 어머니에게 외출하러 나가자고 하면 그녀는 아버지가 집에 혼자 있는 게 걱정이라며 거절했다. 아버지가 외식에 익숙하지 않은데 누가 밥을 차려주냐면서 말이다. 그녀는 자식들의 아버지를 미워하면서도 그에게서 떨어지지 못했다. 어머니의 갈등이야말로 가장 현실적인 결혼생활일지도 모른다.

가끔은 나도 헷갈렸다. 혼자만의 자유도 아름답지만 둘이 함께 있으면 따뜻할 것 같았다. 외출 전에는 서로를 안아줄 테고 집에 돌아와서는 상대방이 해놓은 설거지를 볼 것이다. 두 사람 다 업무를 마친 후에는 상대방의 다리를 베고 누워서 영화를 보거나 자질구레한 일상을 나눌 수 있을 것이다. 나는 두 사람으로서의 소소하고 간단한 일상을 동경했다. 내 아이의 아버지가 될 남자를 기대하면서 나의 걱정과 근심을 평평하게 다림질할 수 있었다. 하지만 남자들은 항상 너무 낙관적인 것 같았다.

"결혼하면 이사할 거지? 남자친구한테 집 하나 사달라고 해!" 사람들은 늘 미래의 결혼에 관해서 당사자인 나보다 훨씬 더 쉽게 이야기했다. 마치 그들은 이미 나조차 모르는 결정을 전부 내려버린 듯했다. 혹은 뭘 좀 안다는 남자 사람 친구들이 결혼을 유지하려면 상대방의 관심 분야에 맞춰줘야 한다면서 자기 경험을 이야기해주기도 했다. 결국 아내가 좀더 맞춰주었기에 두 사람의 삶이 잘 융합되었다는 이야기였다. 옛날 사람이든, 베테랑이든, 초보든, 독신주의자든 결혼에 관해서는 수천 개의 버전이 있었다. 나에게 간략하게 브리핑할 때는 마치 버전만 덮어쓰면 될 것처럼, 쉽고 간단해 보였다. 또한 그들은 싱글일 때는 자유를 실컷 만끽하긴 하지만 두 사람일 때는 겨울밤에도 따뜻한 체온을 서로 나눌 수 있어 절대 고독하지 않다고 했다.

"너는 애인이 있으니 외롭다는 걸 이해 못 해." 독신 그룹에서 연애에 관해 대화할 때면 보통 이런 반응이다. 그런데 나는 외로움 때문에 결혼하는 것이 두렵다. 또한 사랑을 외로움을 달래는 대상으로만 사용해서는 안 된다고 생각한다. 도시에서 혼자 생활하며 출근하고, 퇴근한 후 혼자 야식을 먹고, 다른 도시에서 뛰어다니고, 몇 번 모임에도 나갔지만, 친구 모임이 없는 주말들도 꽤 익숙해졌다. 깊은 밤 전화기 너머로 잘 자라는 인사를 건넨 후에도 나는 책을 읽거나 글을 쓰다가 피곤해져서야 이불 속으로 파묻혔다. 이렇게 사는 삶이 몸과 마음에 익숙해졌고 독신 생활의 공식이 되었다. 가끔 외롭지만 그 또한 절대적인 고독은 아니었다. 짝이 없는 여자들이라고 모두 외로울까. 자기 영역에서 활발하게 활동하는 독신 여성이라면 타인이 그녀를 빛나게 해주지 않아도, 정장 외투와 하이힐을 벗어던진 후 방 안 가득 고독을 소유해도, 여전히 눈부시다. 누가 그녀들이 고독하다고 했는가.

내가 정말로 두려워하는 것은 이해받지 못하는 외로움이다. 나에게는 그것이야말로 고독의 진짜 면모다.

친구가 자기 여자친구에게서 받은 메시지를 내게 전달했다.

"내 말을 이해받지 못하는 게 너무 짜증 나. 오래됐는데도 아직 짜증이 나."

내가 친구에게 말했다. 맞아. 관계에서 다음 단계로 가려는 여자들은 누구나 자신이 이해받지 못할까봐 두려워해. 누구든 내면에는 고독한 자아가 있어. 아무도 이해해주지 못한다면 차라리 그냥 내가 되고 말지, 타인은 필요 없어. 마치 우리 고향 집 같았다. 방 하나에서는 코 고는 소리가 울렸고 다른 방 밖에서는 세탁기 돌아가는 소리와 텔레비전의 정치평론 프로그램 소리가 동시에 났다. 그들은 각자 자유로웠고 또한 고독했다.

나는 어머니에게 결혼생활 중에 어머니는 어떤 사람이 되고 싶었는지 물어본 적이 없다. 누군가의 아내도, 어머니도 아닌 그녀 자신으로서 말이다. 어쩌면 그녀는 답을 모를 수도 있다. 왜냐하면 자기 성姓 위에 남편의 성을 걸어놓은 그녀는 결혼생활 속에서 자기가 되는 법을 모르기 때문이다. 물론 그녀에게 자아를 가져도 된다고 알려준 사람은 없었다.

완벽한 아버지는 대체 어떤 모습일까? 답은 여전히 미지수다. 나와의 결혼을 통해 아버지가 되고 싶어하던 그 남자들은 내가 결혼 중에 어떤 모습이기를 원했을까. 겉으로 현명해 보이는 내 모습에 반했을까, 아니면 내게서 현명한 어머니의 자질을 보았던 걸까. 나는 전혀 알 수가 없었다. 이미 결혼한 사람들은 이 세상에 완벽한 결혼은 없고 당연히 완벽한 배우자도 없다고 말한다. 완벽은 너무나 어렵겠지만, 완벽에 가까운 균형점을 찾으려고 노력해볼 수는 없을까.

영화 「작은 아씨들」에 어머니와 딸의 대화 장면이 나온다.

"여자들은 생각이 있고, 영혼이 있어요. 마음이 있는 것처럼요. 또 미모가 있는 것처럼 야망이 있고 재능도 있어요. 나는 사람들이 여자는 사랑만 있으면 된다고 말하는 게 진짜 지겨워요. 하지만 너무 외로워요."

나는 탐욕스럽게도 선택하고 싶지 않다. 외로워지긴 싫지만, 영원히 나 자신으로 살고 싶다.

내가 진료실을 나서면서 독실한 신자였던 의사 선생님에게 했던 말을 기억한다.

"나이에 개의치 않고 내가 원할 때 아이를 낳을 수는 없나요?"

의사 선생님이 말했다. 아이를 낳고 안 낳고는 환자분의 선택이자 자유이니 스스로 결정하십시오. 나는 긴 목록을 작성해서 미래의 아이 아빠에게 알려주고 싶다. 내가 무엇을 좋아하고, 무엇에 거부감이 드는지 각 항목을 하나하나 체크하고 나면 우리는 비로소 마음을 놓고 새로운 신분으로, 또 다른 일상으로 나아갈 수 있을 것이다. 그는 어쩌면 "엄청나게 귀찮은 여자네"라고 말할 것이다. 하지만 나는 나 자신이 될 수 있다. 생각과 자아로 충만한 원래의 그 여자로 살 수 있다. 하지만 나를 가졌고 또 한 명이 곁에 있기에 외롭지 않다.

내가 기대하는 아버지 상은 이렇다. 결혼 중에도 내가 자아실현을 할 수 있도록 지지해주고, 연약한 나를 수용하며, 있는 그대로의 내 모습을 유지하게 해주는 사람이다. 그럴 수만 있다면 우리는 완벽에 가까운 여정을 걸을 것이다.

나는 유머로 위로할 줄 모른다

나는 항상 사람들의 주목을 받는 날을 꿈꿨다. 글이나 말로 남들을 환하게 웃게 만드는 능력을 소유한 사람들이 부러웠다. 다른 이들의 시선을 듬뿍 받으며 사람들의 마음을 치유할 수도 있는 그들.

언젠가 교직에서의 필요 때문에 농담 연습을 시작했다. 수업 준비의 마무리 단계이자 가장 중요한 단계가 바로 농담이었다. 먼저 인터넷에서 농담을 검색한 후 교재의 빈 곳에 한 글자 한 글자 인쇄하듯 받아적었다. 그뿐만이 아니었다. 머릿속으로 몇 번이나 시뮬레이션을 돌려보았고 교단에 오르면 외운 대로 성실하게 농담을 던졌다. 하지만 교단 아래 기대로 가득 찼던 시선들은 말을 잃은 듯 웃음기가 싹 가셨고 웃음소리는 더더욱 나지 않았다.

그제야 유머러스한 나는 원래 존재하지 않음을 깨달았다.

내가 강단에 서서 했던 농담 중 아래의 시선들이 웃음을 터뜨렸던 것은 내가 초등학교 때의 일화다. 그때 나는 친구 생일 카드에 "더 이상 멍청하게 굴지 않기를! 생일 축하해!"라고 적었다. 내 멋대로 농담 혹은 적나라한 솔직함 정도라고 생각했다. 당시 친구는 한동안 굉장히 힘들어했다고 한다. 우리 집 전화기는 나를 질책하는 친구들의 전화로 쉴 틈 없이 울렸다. 결국 나는 당사자에게 전화를 걸어 사과했다. 하지만 사과 말고는 "사실 너는 멍청하게 군 적 없어. 그냥 농담했던 거야" 같은 위로의 말이나 나를 곤경에 벗어나게 해줄 다른 말은 입 밖으로 나오지를 않았다.

유머 감각도 유전이라는 건 어른이 된 후에야 깨달았다. 나처럼 아버지도 유머 감각이라곤 없었다. 그는 남의 말과 자신의 말을 과도할 정도로 진지하게 해석했고 타인의 시선을 굉장히 신경 썼다. 그 역시 남을 위로할 줄은 전혀 몰랐다.

실의나 실패를 겪고 아버지의 도움을 청하러 온 사람들은 예외 없이 먼저 한바탕 혼이 났다. 아버지는 그들이 애당초 삶을 이 지경까지 끌고 오면 안 되었다고 생각했다. 사람들은 얼굴이 새파랗게 질려서도 꾹 참았다. 그들은 아버지가 도움의 손길을 내밀 때까지 따뜻한 위로 한번 못 받았다.

아버지의 절친한 친구 아린 삼촌은 발병 이후로 매우 의기소침해졌다. 아버지는 그를 만날 때마다 포기하지 말라는 격려 외에도 극히 현실적인 화제를 종종 꺼냈다. 예를 들어 집안의 기둥이 몸을 제대로 추스르지 않으면 누가 가족을 책임지냐부터 시작해서 가족들은 어쩌냐며 그의 투지를 북돋우려 했지만 두 줄기 눈물만 돌아왔다.

과거에 아린 삼촌은 정말 유머러스했다. 초인종을 눌러 스피커에 대고 주민등록 현황을 확인하러 왔다거나 음료 배달 혹은 가스 배달하러 왔다고 농담했던 그가 발병 이후로는 입을 여는 일이 드물었다. 잃어버린 농담들은 추억이 되었다. 아버지는 위로에 적합한 사람이 아니었을 것이다. 그는 결국 몇 년 후 가장 유머러스했던 친구를 잃고 말았다.

죽음과 상실의 슬픔 속에서 누구도 웃지 못했다. 누구 하나 도움 되는 말 한마디 하지 못했다. 아버지는 아린 삼촌의 가족들에게 말했다.

"그래도 편안하게 갔어요."

밥도 먹었고, 목욕도 했고, 깨끗하고 편안하게 삶을 마쳤다고 말이다. 하지만 그의 가족들은 오직 가벼운 한숨으로 답할 뿐이었다.

죽음 앞에서는 유머러스할 수 없다.

외할머니가 고령으로 평안히 돌아가신 후, 가족들이 모여 독경하는 시간이 있었다. 내 옆자리에 앉은 사촌 동생과 경문을 같이 읽고 있는데 군중을 쭉 나열한 마지막 부분이 현대적인 해석으로 볼 때는 여성 비하임이 분명했다. 외할머니의 모정과 위대함을 찬양하는 장례 의식과 너무 대조되었다. 우리는 이를 두고 토론하기 시작했고 가느다란 웃음소리마저 새어나왔다. 우리는 농장에서 탈출한 짐승들을 보는 듯한 뾰족한 눈초리를 받았다. 시선들은 마치 "어떻게 이렇게 불효할 수 있어? 너네는 양심도 없니?"라고 말하는 듯했다. 약간의 재미가 할머니를 잃은 슬픔을 조금이나마 달래주리라고 천진하게 생각했지만, 실제로는 정반대였다.

아버지의 남동생은 아버지와 성격이 전혀 달랐다. 삼촌은 어릴 적부터 장난치는 것을 좋아해서 나도 어린 시절 삼촌 덕분에 깔깔 웃는 일이 많았다. 일평생 진지하고 근엄하기만 했던 아버지는 절대 안 하는 일이었다. 아버지는 농담조차 잘 이해하지 못했다. 악의가 반, 재미가 반 들어 있는 농담도 전부 악의로만 받아들였고 그래서 남들에게 비웃음을 당하지 않으려 더더욱 열심히 살 수밖에 없었다. 하지만 삼촌은 언제나 즐거움을 추구했고 교제도 즐겼다.

삼촌은 노년에 병에 걸린 후부터 아버지의 엄숙함을 갖게 되었다. 한번은 그가 병원에 검사 받으러 가는 길에 내가 동행했다. 대기 시간이 길어지자 삼촌은 물 한 병을 다 마시고 담배를 몇 대나 피웠다. 나는 더 이상 담배는 못 피우도록 하고 그의 불안함을 덜어주기 위해 아무 이야기나 꺼내기 시작했다.

나는 일터에서 있었던 작은 에피소드들을 생동감 있게 묘사하다가 부잣집 장난꾸러기 아이들과 괴물 가장의 추태까지 따라 했다. 중간에 여름방학마다 아이들을 데리고 해외에 나가서 유럽, 미국 등 여행 비용이 비싼 나라들을 돌아가면서 방문하고 비싼 과자나 사탕 등 기념품을 사와서 아이들에게 부를 과시하듯 나눠주도록 했다는 이야기였다.

그는 몇 초간 침묵하더니 말했다.

"예전에 사업하고 돈 벌 때 삼촌도 네 사촌 언니, 오빠를 데리고 해외에 자주 놀러 다녔어. 그런데 어린아이들이 뭘 알아, 돈 낭비일 뿐이었지. 그땐 내가 완전히 잘못했던 것 같아. 돌아보니 후회가 되네."

그의 고백 하나하나가 내 마음 깊은 곳에 무겁게 와닿았다.

그 순간 우리 둘 다 무슨 말을 해야 할지 몰랐다. 그는 침묵하다가 계속해서 과거를 되짚어나갔다. 설명하기 어려운 일이 너무나 많았다. 너무 많아 불러올 수도 없는 누적된 후회, 그리고 아쉬움. 말투는 담담했고 눈물도 흘리지 않았지만 슬픔이 살짝 눈가를 스쳤다.

잘못된 화제를 꺼낸 것이 무척 후회가 되었다. 삼촌은 무력하게 그린 물음표가 되어 바닥으로 깊이 꺼지고 있었다.

나는 원래 유머러스하게 타인을 위로할 줄 안다고 생각했다. 하지만 사실 나와 아버지는 그 능력을 한 번도 가져본 적이 없다.

우리는 미술 시간에 작품을 망치는 아이들이다. 언제나 후회하고 손발을 쩔쩔매며 노력을 어색하게 만들어버리는 존재들 말이다.

경계를 넘어

아무도 없는 방에서 혼자 잠에서 깼다. 나는 방 바깥도 텅 비었고 이 집 밖에서만 한낮의 일상이 번잡하게 돌아가고 있음을 깨달았다. 이런 느낌은 내게 너무 익숙했다. 돌아보면 이 익숙한 느낌의 근원은 어린 시절의 주말이었다. 나는 당시 주말마다 할아버지 댁에서 자고 오는 일이 많았다. 보통 두 살 많은 사촌 언니 C와 같은 방에서 잤는데 아침에 일어나보면 할아버지 댁 이층 전체에 오직 나만 남아 있었고 C는 이미 아래층에서 아침 식사를 하거나 텔레비전을 보고 있었다. 그런 주말이면 우리는 항상 서로에게 찰싹 달라붙은 채 빈둥거리며 학교 없는 날의 즐거움을 만끽했다.

북쪽에 올라가 잠시 머물렀을 때도 나는 C의 방에서 잤다. 우리는 가족이었기에 그녀는 내가 그 도시에서 의지할 유일한 사람이었고 그녀가 가는 곳이 내가 갈 곳이었다. 그렇게 머무르던 날들엔 보통 그녀가 집을 나간 후 혼자 방에서 일어났다. 창밖에서 들려오는 도시의 소리를 들으며 천천히 잠에서 깬 다음 혼자서 세수하고, 짐을 정리하고, 물건들을 확인했다. 집을 나서기 전에 그녀가 어젯밤에 사둔 빵으로 배를 채울 수 있는지 확인해보았고 냉장고가 있는 집이면 혹시 나에게 쪽지를 남기진 않았는지 확인했다. 그러고 나면 문을 닫고 떠나는 것으로 그곳에서의 체류를 마무리했다.

아직 자라는 나이였을 때는 비가 많이 오고, 번화하고, 다양한 정보가 넘치는 북쪽 도시⚲를 특히 동경했다. C도 마찬가지였고 그래서 북쪽으로 쭉 이동했다. 내가 어렸을 때 그들은 온 가족이 타이난에서 타이중으로 이사했고 내가 타이중에서 학교를 다니던 시절에 그들은 더 북쪽으로 이사했다. 그 몇 년간 나는 타이베이에서 다양한 문예 활동에 열정적으로 참여하면서 내 꿈과 가까운 지역을 찾으려고 했다. C는 당시 이미 꿈을 잃었었거나 혹은 다른 현실적인 무언가로 꿈이 바뀌었던 것 같다.

⚲ 　작가의 고향인 타이난 완리 지역은 타이완의 남부에 위치한다. 그로부터 조금 북쪽에 타이중(작가가 대학을 다닌 도시)이 있다. 더 북쪽에는 수도인 타이베이가 위치한다. —옮긴이

그래서 나는 이 습하고 비가 많이 오는 분지 도시에서 C를 따라 유랑 지도를 만들었다. 그녀는 일을 몇 차례 바꾸었고 이사도 몇 번 하면서 타이베이의 각 구를 옮겨다녔다.

맨 처음에 C는 대학 친구 셋과 낡은 아파트를 얻었다. 징안景安 지하철역에서 나와 곧장 가다보면 중간에 꽃향기가 풍기는 절을 지나 작은 쌀국수 가게가 나타났다. C와 나는 보통 쌀국수를 시키지 않고 버섯 죽에 고기구이와 튀긴 두부를 시켜 먹었다. 왠지 익숙한 남방의 맛이 나서였다. 우리가 어릴 때 타이난에서 먹던 달콤한 맛이었다. 휴가가 있으면 우리는 지하철을 타고 한 정거장 거리에 있는 도서관에 방문해서 책도 빌리고 주변을 돌아다니다가 밥도 먹었다. 마치 어릴 적 그녀와 내가 주말에 만화책을 빌리러 갔다가 야시장 쇼핑까지 했던 것처럼 말이다. 집에 도착해서는 책을 한 권씩 바꿔가면서 읽었다.

C는 생계를 위해 낮의 정식 직업 외에 아르바이트도 했다. 주말 밤에도 그녀는 종종 일하러 나가 나 혼자 그녀의 좁은 방에 남았다. 그녀의 커플 룸메이트들이 다투는 날이면 나는 굳게 걸어 잠근 방문으로 문밖의 싸움을 막아내는 수밖에 없었다. 집 안을 가득 채운 싸움 때문에 혼자 방 안 이불 속에 웅크린 채 벌벌 떨면서 조그만 소리도 내지 못했고 심지어 오줌 마려운 것도 참았다. 그냥 그들이 내가 여기 있다는 걸 잊었으면 했다. 이미 나를 잊었어도 좋을 것이다. 나는 어차피 여기 잠시 얹혀 있는 사람에 불과

했으니까.

　나는 C가 이런 일들에 어떻게 대응하며 사는지 알 수 없었다. 이미 익숙할 수도 있고 어쩌면 나같이 방 안에 숨을지도 모르겠다. C는 함께 사는 세 명 중 연약한 축에 속하는 것 같았다. 큰방에는 커플 룸메이트들이 살았고 중간 크기의 방은 고양이 방으로 썼다. C의 방이 가장 작았다. 그나마 바깥을 향해 창문이 하나 있어서 다행이었다. 내가 이에 대해 섭섭하게 생각하자 C는 본인이 햇빛을 좋아하고 창문이 필요하니 괜찮다고 했다. 내가 낮에 아직 자고 있으면 창문에서 새 지저귀는 소리가 들렸고 가끔은 창문을 똑똑 두드리는 소리도 났다. 한동안 그런 일이 잦았을 때는 새가 혹시나 창문형 에어컨 바깥에 둥지를 튼 건 아닌지 의심이 들었다.

　그 후에 룸메이트의 고향 집이 비면서 세 명이 함께 신뎬新店 지역의 오래된 공공주택으로 이사했다. 오래된 집이었지만 주변 생활 환경이 아주 좋았다. C는 여전히 창문이 있는 작은 방을 사용했다. 겨울밤에 창문의 틈새로 찬 바람과 빗줄기가 들이치면 우리는 싱글침대에 옹기종기 달라붙어 온기를 얻었고 사소한 일상이나 영화, 재미있는 소설 이야기를 했다. 간혹 어린 시절의 에피소드를 나누기도 했다. 커플 룸메이트가 날씨 좋은 날에 데이트하러 나가면 우리 두 사람과 고양이, 거북이만 집에 남았다. 만약 일찍 일어났으면 공공주택 1층에 내려가서 아침 시장을 구경했고 저녁이면 걸어서 저녁 시장을 구경하다가 거북이에게 줄 채소를 샀다. 주말 아침이면 함께 걸어서 물건을 사러 갔던 기억이 있다. 골목 앞 '통일 빵집'에서 맛과 향이 첨가된 우유를 한 병 산 다음에 집으로 돌아와 아침을 먹었다.

북쪽 지역을 여행하던 그 시절, 나는 C와 나 사이가 성장과 이사 과정에서 절대 변하지 않으리라고, 우리는 여전히 우리일 거라고 굳게 믿었다.

어린 시절의 즐거웠던 기억 속에는 대부분 그들 가족이 있었다. C의 아버지는 나의 막내 삼촌이었다. 내가 처음으로 바닷바람을 맞으며 저어새를 보러 간 것도 막내 삼촌 네 가족과 함께였다. 내가 초등학생일 때 막내 삼촌의 사업은 탄탄대로를 걸었다. 덕분에 그들은 항상 아름다운 것들을 찾아다녔고 다채로운 생활 양식을 즐겼다. 그 집 가족과 함께 놀러 가면 언제나 맛있는 음식을 먹었고 예전에 본 적 없는 아름다운 경치를 보았다. 당시에 막내 삼촌이 말했다.

"이 새들은 일 년에 한 번만 여기를 지나간단다. 지나가는 도중에 잠시 여기서 쉬었다가 또 다른 곳으로 날아가버려."

막내 삼촌은 아주 가볍게 이야기했으나 그때 나는 새가 금방 다른 곳으로 떠난다는 게 슬프게 느껴졌다. 그래서 소중한 마음으로 새들을 좀더 바라보았다.

막내 삼촌의 낙천적이고 즐거움을 추구하는 성격은 C에게서도 찾아볼 수 있었다. 그녀는 오토바이를 타고 버스나 지하철과 경주하곤 했다. 몇 년간 나는 그녀의 오토바이 뒷좌석에 앉아 한국 거리와 미얀마 거리를 쏘다녔고 수많은 야시장에서 타이난에서보다 훨씬 더 비싼 간식거리들을 먹었다. 한번은 타이난 풍미의 '참기름 닭고기 국수'를 먹기 위해 신베이시에서 타이베이시까지 일부러 간 적도 있다. 제한적인 데이터 용량의 휴대전화로 열심히 구글 맵을 확인하면서 그곳에 갈 수도, 다시 돌아올 수도 있는 길을 찾았다.

내가 C와 함께 마지막으로 타이베이에서 머물렀던 숙소 두 군데 중 한 곳은 중허中和구와 융허永和구가 맞닿는 곳에 있었다. 옥상에 증축한 옥탑방 중에서도 아주 작은 방이었고 매우 누추했다. 방 안에는 창고형 매장에서 파는 싸구려 조립 옷장 하나, 작고 뚱뚱한 구형 텔레비전이 한 대 있었고 책상은 없었다. C는 갑자기 이사하게 되어서 집을 제대로 보지도 못하고 급하게 구했다고 했다. 당시 그녀는 어린이용 교재 영업에 어려움을 겪고 있었다. 그녀가 부득이 월세가 조금 늦을 것 같다고 룸메이트에게 이야기했을 때 룸메이트는 어차피 자기 집안 소유의 집이니 양해해줄 수 있다고, 괜찮다고 대답했다. 하지만 곧 이 일은 도화선이 되었고 점점 불이 붙어서 일상 중에 폭발하기 시작했다. 서로 하루하루의 수입과 지출을 따졌고 룸메이트는 그녀의 순진함을 비웃으며 그간의 불쾌한 일들을 전부 쏟아냈다. 그녀는 크게 실망해 도망쳤다. 그해 그녀는 내게 돈이 사람과의 관계를 똑바로 보게 해준다고 말했다. 그녀는 이것이 북쪽 도시의 차가움이자 소외라고 생각했다. 이곳에는 남쪽 지역처럼 인간적인 정이 없다고, 또한 자신은 외지인으로 이곳에 잠시 머무를 뿐, 영원히 천룽인★이 될 수 없다고 말했다.

나는 C를 위로해주었다. 동시에 그녀가 독립해서 살게 되어 기뻤다. 그녀가 공공주택에 살았을 때 룸메이트의 부모님은 다들 출근하고 없는 빈집에 마음대로 들어왔다. 혼자 방에 있던 나는 최대한 소리를 내지 않고 아무도 없는 척해야 했다. 왠지 출근 시간대의 빈방 상태에 잘 부합해야 내가 누구에게 얹혀 있는지 설명하는 상황을 면할 것 같았다. 또한 C가 한 명 값만 냈는데 종종 두 사람이 살았다고 계산할까봐 두려웠다. 나는 어쩌다가 아무도 없는 빈집에 들어와서 몰래 살게 된 도둑처럼 집주인이 떠날 때만을 조용히 기다렸다.

그때의 우리는, 우리 두 사람이 언젠가 돌이킬 수 없는 모습으로 변하리라고 상상도 하지 못했다.

어릴 적 새를 감상하던 기억은 물에 번진 글자처럼 흐릿하고 모호해진 지가 오래였다. 차가운 바닷바람이 얼굴을 희미하게 긁

었다. C와 나는 차례차례 망원경으로 더 먼 곳의 새를 바라보았다. 저어새가 교과서에서 산 채로 뛰어나온 것처럼 너무나 신기했다. 그들은 매년 돌아오는 철새였다. 아무리 먼 곳에 있더라도 항상 돌아왔다. 하지만 사람은 집 떠난 시간이 셀 수 없을 만큼 길어지면 귀환이 쉽지 않았다.

C가 타이베이에서 마지막으로 살았던 집은 6층짜리 주택을 격리해서 만든 원룸이었다. 그녀는 베란다가 딸린 가장 안쪽 방을 골랐다. 큰 창문을 통해서 늦은 밤 다른 세입자들이 세탁기 돌리는 소리, 탈수하는 소리에 찬 바람까지 들어왔다. 옆 방은 기지국이었다. 벽을 사이에 두고 가끔 윙윙 전기 흐르는 소리가 들렸다. C가 그곳으로 이사하던 날, 우리는 이삿짐센터를 부를 돈이 없어 둘이서 낑낑대며 이사를 마쳤다. 그녀는 이 도시에서 산 지가 오래였지만 자동차도 없었고 이사를 도와줄 몇 명의 친구도 없었다. 마치 실수로 바다에 빠진 새 같았다. 뭍으로 다시 건져지지도 못했을 뿐 아니라 함께할 짝도 만나지 못했다. 그저 홀로 바다 속에서 허우적대면서 멀리 날아갔다 날아오는 다른 새들을 바라만 보고 있었다.

그녀는 오토바이 앞좌석에 물품 상자를 가득 실었고 나는 뒷좌석에서 두 손에 대형 비닐봉지를 가득 든 채로 새로운 집까지 덜컹거리면서 갔다. 그건 마치 황신야오黃信堯 감독의 영화 장면 같았다. 우리는 곧게 뻗은 길을 오토바이를 타고 달렸고 등 뒤로 길가의 풍경들이 쏜살같이 지나갔다. 그때는 가을이어서 날씨가 더웠다가 추웠다가 들쑥날쑥했다. 새집까지 가는 길은 20분 정도로 짧지는 않았다. 주택 지역을 지나고 나면 공장 지대였고 그러고 나면 황량한 공터가 이어졌다. 그곳을 지날 때면 항상 어떤 새들이 가지런히 한 줄로 정렬하여 날았다. 마치 우리와 같은 목적지로 가는 것 같았다. 나는 그들이 매년 이곳에서 겨울을 지내고 남쪽으로 돌아가는 철새라고 생각했다. 번화가를 지나 작은 골목으로 접어들고 나니 마침내 목적지에 도착했다. 우리 두 사람은 헉헉대며 좁은 계단을 통해 6층까지 올라갔다가 다시 내려왔다. 또다시 오토바이를 타고 전에 살던 집으로 갔다. 같은 길을 그렇게 왕복했다. 그때의 우리는 서로 긴밀히 의지했으며 절대 흩어지지 않았다. 질서정연한 새 무리처럼 말이다.

여분의 열쇠가 없었던 나는 몇 번쯤 지하철역에서부터 10여 분을 걸어서 C의 집 근처 편의점으로 갔다. 그곳에서 그녀가 퇴근하기를 기다렸다. 짧게 방문할 때마다 C의 집에서 묵었기에 이미 익숙해진 상태였다. 가족이니까, 나는 C도 개의치 않으리라 생각했다. 또 둘이 있으면 덜 심심하기도 할 것 같았다. 그런데 몇 번은 마침 그녀가 인쇄공장에서 일하는 날과 겹쳤다. 그녀는 반드시

⚘ 1973년생으로 타이완의 유명 영화감독. 대표작으로 「위대한 부처」가 있다.

끝까지 남아서 인쇄물의 색상과 규격이 DM 규격과 판본에 딱 맞는지 확인해야만 했다. 나도 어쩔 수 없이 편의점에서 새벽 3시까지 무미건조하게 일하고 나서야 그녀의 집에 들어갈 수 있었다. 신문방송학을 전공했던 그녀는 영화나 드라마 제작을 꿈꿨을 것이다. 아니면 작은 광고 하나라도 좋았을 것이다. 밤새 인쇄공장에서 야근하는 게 아니라.

C의 첫 이사는 어린 시절 새를 구경한 후 얼마 지나지 않았을 때로 기억한다. 막내 삼촌이 사업으로 크게 돈을 벌자, 그들은 해변 근처의 고향 마을을 떠나 타이난 시내의 5층짜리 단독주택으로 이사했다. 몇 년의 좋은 시절이 지난 후 상황은 급변했고 막내 삼촌은 사업에 실패해서 온 가족이 타이난을 떠나 타이중 지역에 새로 정착했다. 그들 대신 빚을 갚아준 아버지는 고향에 남겨둔 채였다. 고향 집의 신은 막내 삼촌이 타이난 고향에 계속 살아야 번영할 수 있다고 예언했지만, 그들 가족은 신의 보호가 닿지 못할 만큼 먼 곳으로 날아갔다.

C가 인쇄공장에서 밤낮으로 일하는 동안 막내 삼촌은 암 진단을 받았다. 아버지는 막내 삼촌이 타이중에서 세 사는 집을 되돌려주고 다시 타이난 고향으로 돌아오기를 바랐다. 그러면 그를 돌봐줄 사람도 있고 좋지 않느냐면서 말이다. 아버지와 형제들은

이 문제로 끊임없이 다투었다. 그들은 재산권을 공동으로 소유했지만, 의견은 제각각이라 합의점을 찾기가 힘들었다. 누군가는 장기간 받아온 임대료를 포기할 수 없었고 막내 삼촌은 누군가에게 돈을 빚졌다며 자신의 권리를 상대방에게 양도하겠다고 했다. 오로지 막내 삼촌만을 생각했던 아버지의 의견은 가장자리로 밀렸고 막내 삼촌마저 아버지 편에 서지 않았다. C는 나와 대화할 때 자기 아버지가 그것을 원치 않는 건 결코 아니라고 했지만, 그건 우리 아버지 말과는 또 정반대였다. 아버지와 형제들만이 아니라 나와 C마저 서서히 같은 편에 속하지 않게 되었다.

결론이 나지 않는 다툼 후에 아버지는 막내 삼촌이 걱정되었던지 내게 막내 삼촌의 병원 진료에 동행해달라고 부탁했다. 당시 C는 북쪽 도시에서 돈을 더 많이 벌기 위해 애쓰고 있었기에 내가 C의 빈자리를 대신했다. 병원 사람들은 모두 내가 막내 삼촌의 딸인 줄 알고 내게 진료 과정이나 약 복용법 등을 안내해주었다. 어쩌면 어릴 때부터 나는 그 집 작은딸로 오해받았을 것이다. 나 또한 적극적으로 즐거움을 추구하던 그들의 삶을 동경했다. 진실은 종종 기대를 현실로 만들어주지 못하듯, 나는 C의 진정한 동생이 되지 못했다.

그것이 우리의 마지막 대화였다. 형제 사이가 고소, 고발로 뒤엉키자 가족들은 깊은 상처를 받았다. 이에 대해 C는 방관자처럼 냉담하게 말했다.

"불가능한 건 없어. 사람은 다 변하는 거야."

절망한 나는 당시 아버지가 그 집 가족의 큰 빚을 갚아주었던 이야기까지 꺼냈다. 우리 가족은 그녀가 돈이 없을 때 밥을 사주었고 돈도 주었는데, 어떻게 우리가 고소장 속 그런 모습일 수가 있느냐고 말이다. 그러자 C가 말했다.

"네가 그렇게 생각한다면 나도 어쩔 수가 없네. 맘대로 생각해."

그러고는 한마디 덧붙였다.

"돈 얘기는 꺼내지 마. 가족끼리 감정만 상하니까."

C와 진정으로 다른 길로 접어든 후에야 나는 애초부터 이 모든 감정이 일시적인 필요에 불과했음을 깨달았다. 마치 일시적으로 도시의 경계를 건너듯 말이다. 그제야 나는 그들이 매년 돌아오는 철새가 아니라 그냥 지나가는 여행객에 불과했음을 알게 되었다.

이사든 도피든, 집을 떠나고 난 후에 그곳은 종종 진정으로 다시 돌아갈 수 없는 먼 곳이 된다.

섣달그믐날에 나는 고향 집 근처 편의점에서 소포를 부친 후 쓰레기통을 찾지 못하고 두리번거렸다. 경험 많은 점원이 다가와서 내게 방향을 안내해주었다. 내가 길 잃은 새처럼 사방에 가서 부딪히자 점원이 웃으며 말했다.

"여기 잘 안 오시나봐요."

길은 분명히 변한 게 없었다. 단지 새로운 상점이 좀더 생겼을 뿐, 자전거를 타고 바다로 가는 길도 여전히 내 비밀 경로였다. 단지 아버지의 고향에 우리와 같은 피가 흐르는 사람들이 더 이상 살지 않는다는 점이 익숙하면서도 낯선 느낌이었다.

그 편의점 자리는 내가 어릴 때 주말마다 우유를 사러 갔던 통일 빵집이었다. 지금은 세븐일레븐이 되었는데, 만약 C가 이곳에 돌아온다면 그녀도 나처럼 쓰레기통을 못 찾지 않을까. 설령 진짜로 돌아온다고 해도 아마 누구보다 낯설 것이다. 결국 그녀는 도시의 경계조차 넘지 않았다.

그들은 두번 다시 설을 쇠러 타이난에 돌아오지 않았다. 이제는 C도 아마 북부 사람의 모습을 갖췄으리라. 우리는 아마 서로의 인생에 잠시 머무른 것이 전부였나보다.

철새

사람이 성장하기 위해서 집을 떠나는 과정이 필요하다면 집으로 돌아가는 것은 또 어떤 의미일까.

나는 업무 관계로 몇 달마다 도시와 도시 사이를 오갔다. 북쪽으로 향하는 통근 시간은 때로 추억을 소환했다. 분지라 그런지 길을 걸을 때면 온갖 냄새가 코를 찔렀다. 길을 지나는 직장인한테서는 진한 향수 냄새가, 지하철역에는 손잡이를 소독한 알코올 냄새가, 길 한편에는 김이 모락모락 나는 국숫집의 밀가루 냄새 혹은 매운 소스 냄새가 코를 자극했다.

보통 나는 일 시작 전에 건물 출입구 옆 편의점에서 커피 한 잔을 샀다. 가끔 삼각김밥이나 핫도그를 먹기도 했다. 편의점에서는 빵 냄새 비슷한 게 났는데 정확히 얘기하자면 온갖 식품이 뒤섞인, 오직 그 공간에만 속한 이름 없는 냄새였다.

어릴 때 나는 주말을 아버지의 고향 집에서 보내곤 했다. 나는 그곳을 '옛집'이라고 불렀다. 거실에는 노인들이 좋아하는 타이거 밤^{호랑이 기름의 정식 명칭}의 청량한 냄새와 오래된 집 특유의 습기가 뒤섞인 냄새가 났다. 나는 그때의 집을 아주 좋아했다. 우리 가족이 살던 철공장이 집이라면 할아버지의 '옛집'은 더 큰 집이었다. 그 집에는 식구가 아주 많았다. 입구에서 가족사진을 찍으려면 가장 작은 아이는 바닥에 앉고 나머지 사람들도 서열과 키에 따라 줄을 서야 했다. 지금 그들은 모두 낡은 사진 속 풍경이 되었다. 사람들이 와글와글 할아버지와 할머니를 둘러싸고 삼단 케이크를 자르던 가득함, 액자가 터질 듯 꽉 찬 풍경은 더 이상 존재하지 않는다.

'옛집'은 원래 많은 사람을 품었다. 아버지 삼형제가 각자의 사업에서 잘나가던 시기에 막내 삼촌은 타이난에서 유명한 금 세공업자였다. 당시 시슈^{玉빠}, 완리와 자딩 지역까지 금 관련 사업이 막 흥하는 중이었고 돈은 파도처럼 밀려들었다. 심지어 할아버지는 옛집 차오푸자이 일대에서 쌀을 나눠주기도 했다. 돈을 벌었으니 고향 사람들을 도와주고 싶어서였다. 막내 삼촌의 사업이 정점이었을 때는 그의 사업에서 함께 발로 뛰던 직원들도 옛집에 설 인사를 왔다. 가장 먼저 류 아저씨가 있었다. 그는 막내 삼촌과 오랜 기간 함께 일했고 그의 누나도 옛집의 한 식구였다. 할아버지가 돌아가셨을 때 그들도 상복을 입고 함께 상을 치렀다.

금 사업의 전성기가 끝나갈 때쯤 막내 삼촌과 함께 발로 뛰던 오빠가 있었다. 나는 중이병이 한창일 때 농담식으로 그에게 용돈 좀 주면 안 되냐고 졸랐다. 그가 정말로 내게 봉투를 내밀었을 땐 또 성숙한 어른인 척 봉투만 받고 현금은 그대로 돌려주었다. 내가 그의 나이만큼 자랐을 때 설날마다 새해 인사를 오는 사람들 무리에서 그는 일찌감치 사라진 후였다. 예전에 그는 옆 마을인 자딩의 고향 집에서 설을 지냈는데 그 김에 우리 집에도 새해 인사를 하러 왔었다. 나 또한 어른이라는 미로 속에서 길을 잃고 헤매느라 뒤늦게 그의 소식을 전해 들었다. 그가 이미 몇 년 전에 술을 마신 후 내가 살던 그 도시의 셋방에서 숨을 멈추었다는 것을 말이다.

나는 그의 이름을 기억한다. 민난어로 읽으면 중국 표준어의 영웅英雄과 같은 발음이었다. 나는 항상 그를 '영웅'이라고 불렀다. 아버지의 말에 따르면 그는 집안이 가난하고 어머니도 일찍 여의어 군 제대 후 일을 구하지 못해서 막내 삼촌과 일하게 되었다고 했다. 오래 지나지 않아 막내 삼촌의 사업은 점점 내리막길을 걸었고 삼촌 가족은 얼마 살지도 못한 치치七期 지역의 단독주택을 팔고 온 가족이 타이난을 떠나게 되었다. 그때 영웅도 그들을 따라갔고 그곳에서 동종 업계 친구가 일하는 곳을 소개받았다. 영웅은 점점 돈이 되지 않는 산업에서 자질구레한 업무를 처리하는 무명의 금 세공사로 살며 연애도 결혼도 하지 않았다. 홀로 타향 생활을 하며 서서히 죽어갔다. 그의 아버지가 그랬듯, 영웅 또한 그 모든 우울감을 떨치고자 알코올에 기댔다. 취하면 잠시 현실을 잊을 수 있었다. 그는 머나먼 도시에서 고독하게 알코올이 체온을 다 앗아가도록 내버려두었다. 나는 훗날 '신'이 된 그가, 매년 저어새가 겨울을 나기 위해 돌아오는 해변의 작은 마을에서 편히 쉬고 있으리라 생각했다.

조류는 매년 수백에서 수천 킬로미터에 달하는 거리를 이동할 수 있다고 들었다. 또한 사막이나 바다처럼 중간에 쉬거나 에너지를 보충할 수 없는 지역도 계속 날아서 통과하기 때문에 이동에 관해서는 가장 성공적으로 진화한 동물로 알려져 있다. 조류가 이동하는 이유는 두 지역의 장점을 취하기 위해서다. 온대지역에서 번식한 후 열대지역에서 겨울을 난다. 사람의 이동은 정반대다. 때로는 도피하듯 낯선 곳에 모든 희망을 걸고 떠난다. 원래 살던 지역을 포기하고 새로운 곳을 동경하는 것이 더 나은 삶이나 새로운 인생의 시작을 의미하는 줄 안다.

막내 삼촌이 옛집을 떠난 것은 린 씨 가문이 새집을 올렸을 때였다. 영광스러워 보였던 몇 년간 그들은 화려한 오층짜리 단독주택에 살았다. 일주일에 몇 번씩은 같은 골목 끝자락에 있는 나폴리 레스토랑에서 저녁을 먹었다. 마치 겉보기엔 훌륭한 고급 사탕도 포장지를 벗겨보아야 안쪽에 가득한 개미를 발견할 수 있지 않은가. 막내 삼촌의 사업은 발을 헛디딘 것처럼, 완충지대 하나 없이 밑바닥까지 수직 낙하했고 금세 온 가족이 다른 도시로 이사했다. '집'이라 부르던 수많은 셋집을 오가면서 사업도, 몸도 나이 들고 늙어갔다. 집 앞 공터에 잡초가 내 무릎까지 올라왔던 오래된 삼합원三合院⚘ 스타일의 빨간 벽돌집에 산 적도 있고 그다음에는 여러 집을 거쳐 좁은 아파트에서도 산 적도 있다. 어디로 이사하든 막내 삼촌은 조상님들의 위패와 할아버지, 할머니의 영정사진을 가지고 다녔고 기일이 되면 제물과 음식을 차려 그 먼 도시에서 제사를 지냈다. 내가 같은 도시에서 대학을 다니던 시절 할아버지나 할머니의 기일이면 막내 삼촌은 저녁 먹으러 오라고 전화를 걸었다. 때로 그 집 아이들이 없으면 내가 마치 그 집 자녀인 것처럼 함께 텔레비전을 보고 저녁을 먹었다. 그 장면은 아주 오래된 내 어린 시절, 언제나 옛날 집에 웅크리고 사촌 형제들과 밥을 퍼먹으며 텔레비전 야구 중계를 보던 때와 매우 닮아 있었다. 그제야 나는 막내 삼촌이 예전의 집을 복원하려 한다는 것을 깨달았다.

원래의 집은 이미 사라졌음을, 다들 마음속으로는 잘 알고 있었다. 가족들은 재산 분쟁으로 왕래를 거절하기도 했고, 돈을 빌

⚘　타이완의 전통 건축물. 건물이 ㄷ자 모양으로 정원을 둘러싼 형태의 단독주택을 의미한다. ─옮긴이

려주지 않아서 연락을 끊는 일도 있었다. 누군가는 공동 결정 사안에서 조금 더 많은 이익을 얻기 위해 상대와 대립각을 세웠다. 결국 아무도 그 집에 돌아갈 수 없게 되었다. 집은 이미 공동 재산권 문제로 외부에 임대되었고 매달 임대료를 받았다. 금전 혹은 이익 관련 분쟁으로 아버지 형제들 간에는 연락이 점차 뜸해졌다. 예전에 설이나 청명절이면 아버지가 정한 날짜와 시간에 맞춰서 함께 성묘하러 갔는데 연락이 끊긴 후로는 같은 집 조상이라도 각자 따로 제사를 지냈고 다시는 만날 수 없었다. 오직 화병 속에 꽂이나 금로金爐에 남은 재를 보고 누가 왔었는지 추측할 뿐이었다.

아버지는 기나긴 인생길 중에 갈등을 겪고 연락이 끊겼어도 언제나 막내 삼촌을 걱정했다. 그가 살면서 의지할 곳이 없지는 않은지, 그의 자녀들이 생활비를 감당할 수 있는지, 추울지, 배고플지 걱정이 태산이었다. 막내 삼촌이 암으로 진단받던 그해에 아버지는 종종 내게 전화를 걸었다. 내게 용돈 외의 돈을 보내면서 막내 삼촌 병원에 동행해달라거나 유기농 식품 혹은 영양보충제를 사다달라고 부탁했다. 막내 삼촌은 병원쯤은 혼자 갈 수 있다며 괜찮다고 했지만, 아버지는 내가 꼭 함께 가줬으면 했다. 나는 두 사람 가운데에 끼어서 부단히 말을 전해야 했고 아버지의 전화를 받아야 했다. 동시에 나는 막내 삼촌이 내 곤란한 사정을 이해해주길 바랐다. 나는 아버지를 거절할 수 없어서 아침 일찍 몇 번 막내 삼촌의 병원 길에 동행했다.

삼촌은 나를 만나면 항상 아침밥은 먹었는지 살뜰히 살폈다. 이렇게 일찍 일어나는 일은 거의 없지, 피곤하지 않아, 라고 말을 건네는 한편 손에 든 양생차養生茶ㅊ를 보온병에 따랐다. 텔레비전 아침 뉴스에서 항암에 좋은 약품이나 암으로 세상을 떠난 유명인 관련 뉴스가 나오면 그는 일부러 멈춰서 보기도 했다. 내가 삼촌에게 말했다.

"택시 타고 가요. 운전하다가 혹시 피곤해지면 어떡해요."

우리는 한동안 대치하다가 결국 택시를 탔다. 나는 목적지에 도착하자마자 서둘러 택시비를 내밀었다. 그러자 택시 기사가 말했다.

"따님이 아주 효녀네요."

나는 미소로 대답을 대신했다.

과거엔 나도 분명히 그걸 원했다. 모든 게 무너지기 전에는.

어릴 때 우리 아버지는 딸을 너무 많이 낳아서인지 자식들에게 항상 엄격했다. 너무 바쁘게 일하느라 우리와 놀러 가는 경우도 드물었고 아이들의 학교 발표회나 행사에도 거의 참석한 적이 없었다. 막내 삼촌은 아버지와 달리 삶을 즐길 줄 알았다. 옛집 시

ㅊ　차나무에서 따낸 잎사귀로 우려낸 차가 아닌 건강을 생각해서 잎이나 곡물, 열매 등을 이용해 만든 차를 지칭하는 말. —옮긴이

절에는 언제나 자동차에 아이들을 가득 싣고 놀러 나갔다. 가끔 관쯔링關子嶺에 참배하러 가기도 했고, 여름에는 계곡에 가서 물놀이도 하고 현수교도 걸었다. 가을에는 단풍이 예쁜 곳을 찾아갔고 겨울에는 거의 매년 자딩이나 치구七股로 겨울을 지내러 온 저어새를 보러 갔다. 사촌 언니와 오빠에게는 신기하고 희귀한 장난감이 많았다. 사촌 언니의 커다란 소꿉놀이 세트에 바비인형을 가지고 놀았던 기억이 아직도 생생하다. 그 소꿉놀이 세트는 철제 단비 쿠키丹比喜餅 상자가 들어 있던 빨간색 대형 쇼핑백에 보관해야 할 만큼 컸다.

학부부터 석사 시절까지도 나는 막내 삼촌의 오래된 흰색 중고차 뒷좌석에 타고 그 집 식구들과 여러 번 놀러 갔다. 놀러 갔다고는 하지만 실은 평일에 시내를 떠나고 싶은 생각이 들면 근처 신사나 근교에 가서 좀 걷고 관광지 근처의 식당에서 작은 훠궈를 먹으며 하루를 마무리하는 식이었다. 자유롭고 편안하게 시간을 보냈다. 그렇게 여유로운 일상은 마치 어렸을 때 매년 겨울마다 철새를 보러 가던 시절로 돌아간 듯했다. 아버지는 그런 신기하고 상쾌한 느낌을 준 적이 거의 없었다.

아이들은 아버지라는 역할을 맡은 사람과 함께 놀러 가기를 항상 고대한다. 막내 삼촌은 내가 어린 시절에 잠시 동경했던 아버지였다.

내가 성인이 된 지금 막내 삼촌도 물론 다른 모습이 되었다. 삼촌의 병원 진료에 동행했던 어느 날 아침, 우리는 지하 1층 진료실 앞에서 노인 몇 명과 카운터의 간호사 한 명과 함께 고요하고 황량하게 대기 중이었다. 먼저 접수를 마치고 몇 시간 동안 대기한 후 다시 조영제를 맞아야 검사가 진행되었다. 한동안 앉아 있던 삼촌은 너무 춥다며 밖에 좀 나가 있자고 했다. 우리는 야외에 나가서 앉을 곳을 찾았다. 삼촌은 내게 얼른 아침을 먹으라고 당부했고, 여기가 너무 덥지는 않은지, 목마르지는 않은지 몇 번이나 물었다. 그런 식의 대화마저 아버지와 너무 똑같았다. 그들은 한 핏줄임이 확실했다.

대기 시간이 길어지자 그는 물 한 병을 다 마셨고 담배도 몇 대나 피웠다. 나는 담배는 더 이상 못 피우도록 하고 아무 이야기나 꺼내서 대화를 이어갔다. 그는 오늘 학교를 안 가도 괜찮은지, 출근은 안 해도 되는지 내게 물었다. 아픈 사람을 혼자 병원에 보낼 수 없었다거나 아버지와 가족들이 내게 그를 돌볼 임무를 맡겼다고 말할 수는 없었다. 나는 엷게 미소 지으며 오늘 마침 아무 일도 없다고 대답했다. 그 후 이 말 저 말을 계속 이어나갔다.

그는 몇 분에 한 번씩 시계를 들여다보며 휴대폰 시계와 비교해보고 있었다. 이때 휴대폰이 갑자기 울렸다. 갑자기 걸려온 연체금 독촉 전화에 그는 깜짝 놀랐다. 어쩌면 너무 긴장된 분위기 때문이었는지 막내 삼촌은 어색함을 좀 풀어보려고 내 일에 대해 자세히 묻기 시작했다. 요즘 아이들은 가르치기가 힘들겠다는 말에 나는 내 나름대로 재밌다고 생각하는 일들을 이야기하기 시작했다. 요즘 아이들이 얼마나 물질적으로 풍족한지, 얼마나 예의가 없고 제멋대로인지에 관해, 또한 각종 수단과 방법을 총동원해 아이들을 경쟁에서 이기게 하려는 학부모들에 관해 이야기했다.

그는 한동안 말이 없더니 이윽고 과거를 하소연하기 시작했다. 그는 이야기하면서 계속 과거 일들을 나열했는데 뜻이 분명하지는 않았다. 아마 돌이킬 수 없는 후회와 아쉬움이 과도하게 누적된 듯했다. 어조는 담담했고 눈물도 흘리지 않았다. 잠시 눈가에 스친 슬픔이 전부였다. 마치 상처 입은 동물처럼 자신의 상처를 핥으며 그는 그리도 연약했다.

진료실로 돌아가는 길에 내 머릿속을 과거가 휩쓸고 지나갔다. 무성 영화가 돌아가듯 고급 옷을 입은 그는 우리와 양식을 먹으러 갔고, 일터에서 위풍당당했으며, 큰아이처럼 우리와 놀아주었다. 이 모든 모습이 결국 무너지고 사라진 다음, 병을 얻은 그는 무력하게 써내린 물음표가 되어 아래로 추락하는 중이었다.

우리는 방사선실 바깥의 벤치에서 대기했다. 제어실 안의 의사는 나이가 마흔 살 정도로 아직 젊은 편이었다. 여학생 두 명이 시시덕거리며 그를 찾아왔다. 한 명이 체중계에 올라가면서 살이 쪘다고 했다. 그 말을 들은 젊은 의사가 말했다.

"그건 즐거움의 무게지!"

여학생들의 은방울 같은 웃음소리가 적막한 흰 공간을 가득 채웠다. 그다음에 삼촌도 체중계에 올랐다. 그는 겨우 41킬로그램이었다. 놀랍게도 그는 깡마른 소녀의 무게밖에 되지 않았다.

나는 아버지에게 사실 그대로를 알릴 수가 없었다. 아버지는 말하다보면 꼭 막내 삼촌을 질책하는 내용을 포함했기 때문이다. 예를 들어 처음부터 사업상의 위험 요소를 꼼꼼히 확인해야 했다거나 그렇게 많은 돈을 써서 시내에 집을 산 게 잘못이었다거나 혹은 막내 삼촌이 그해 나쁜 친구들을 만나서 사치스러운 생활에 빠져들었고 그때부터 인생이 내리막길을 걷다가 만년에 암에 걸렸다는 식이었다. 아버지는 항상 그의 아이들을 걱정했다. 선대의 실패를 이어받아 너무 힘들게 산다고 생각했기 때문이다. 아버지의 질책 속에는 늘 사랑이 있었다. 당시 아버지는 여전히 막내 삼촌 대신 넘겨받은 큰 빚을 지고 있었다. 아버지는 자기 집도 팔고 돈도 구하러 다니며 막내 삼촌을 위해 모든 방법을 고민했다. 그리고 지금도 막내 삼촌의 건강과 그들 가족의 생활을 걱정한다.

어쩌면 사랑과 갈등은 같은 것일지도 모른다. 아버지는 막내 삼촌을 생각해서 그들 가족이 고향 옛집으로 돌아오기를 원했다. 이미 힘든 상황에 월세를 내는 데 더 지출하지 않으면 했다. 막내 삼촌이 일종의 귀환처럼 예전에 성공을 일궜던 옛집으로 돌아오면 몸이든 다른 일이든 다시 예전처럼 왕성해지리라고 믿었다.

아버지는 마치 둥지 안의 어른 새 같았다. 여러 해 동안 끊임없이 어린 새들에게 나는 법을 가르쳤다. 더 잘 나는 방법, 날다가 길을 잃지 않는 방법, 피곤할 때 집으로 찾아오는 방법을 말이다. 하지만 막내 삼촌은 자유를 동경하는 어린 새였다. 어떻게 나는지 알고 난 다음부터는 자기 방식으로 날고 싶어했다. 자기만의 노선을 따라 더 높은 곳에 오르려 했지만 그만 상처를 입고 바닥에 떨어졌다. 하지만 그는 질책이 두려워서 둥지에 돌아오지 못하고 있었다.

막내 삼촌은 고향으로 돌아올 의사가 전혀 없었다. 어떤 뚜렷한 이유가 있지도 않았다. 하지만 그는 응급처치 포기서에 서명하고 아이들 몫의 상속 자산을 포기해서 아버지를 안심시키려 했다. 중병에 걸려 죽음을 앞두고도 다른 사람에게 누가 되기를 바라지 않았다. 하지만 그가 고향에 돌아오지 않는 것은 확실했다. 아마 집을 떠나 오래되었으니 타향이 이미 집이 되었을 것이고 그곳에 뿌리를 내렸을 것이다. 또한 늙고 병들어서 고향에 돌아오고 싶지는 않았을 수도 있다. 아버지 세대의 남자나 가장들은 보통 금의환향을 원하지 않던가. 게다가 이미 시간이 많이 흘렀기 때문에 정말 처음 그대로로 돌아가서 잘 살리라는 보장도 없었다. 아버지와 막내 삼촌은 같은 리듬으로 걸음걸이를 맞출 수가 없었다. 사랑 그리고 걱정 따위의 감정이 이미 꽉 엉킨 매듭처럼 단단하게 뭉쳐서 차라리 거리를 유지하고 먼 곳에서 배려하는 편이 더 나은 사랑의 방식이었다.

조류는 형제들끼리 질서정연하게 열을 맞추어 함께 비행한다고 들었다. 아마 인류의 형제들에게는 완전히 불가능한 일일 것이다. 질서를 잃는 건 일상이나 마찬가지이고 맨 처음 겨울을 났던 집마저 사라지고 나면 다른 곳으로 날아가 겨울을 날 수밖에 없다.

그 몇 년 동안 나도 집에 돌아갈지 말지를 놓고 고민했다. 나는 내가 언제든 집에 갈 수 있기를 바랐고 또한 집도 영원히 존재하기를 원했다. 시집간 언니가 언젠가 눈물을 글썽이며 집에 왔을 때 부모님은 집은 여기니까 언제든 원하면 돌아오라고 했다. 부모님은 이미 일찌감치 처음의 집을 잃었지만 언제라도 자녀들이 돌아올 수 있도록 새집을 지었다. 외할머니가 돌아가신 후에는 어머니가 외가에 가는 일도 훨씬 줄어들었다. 아마 돌아갈 이유가 줄었기 때문일 것이다.

다양한 이유로 고향 집을 떠났던 사람들 가운데 다시 돌아온 이가 있었다. 그는 가족들 소유의 땅 한구석에 양철집을 지어 휴가 때마다 자기만의 휴식처로 삼았다. 주방 설비도 다 갖추었고 가라오케 기계도 들여놓았다. 빚을 지고 고향에서 도망친 누군가는 가난과 병마에 시달리면서도 귀향을 원치 않고 여전히 도시에서 생활했다.

지난 몇 년간 저어새의 집도 도로 개발을 맞이해 영향을 받았다. 일부에서는 저어새가 겨울을 날 집이 사라질 수 있다고 말했고 또 다른 일부에서는 데이터상 새들의 집은 영향을 받지 않을 것이라고도 했다. 이중 반드시 맞거나 틀린 의견은 없다. 다만 시간의 모래가 계속 흐르는 동안 버티지 못한 것은 결국 모래와 함께 사라질 것이며 남은 것들은 변화를 피할 수 없다. 집의 겉모양은 아마 영원히 변하지 않더라도 말이다.

아무도 미래의 운명을 예측할 수 없다. 나도 집에 돌아갈 수 없는 날이 언젠가 올까봐 두렵다. 언제나 걱정하며 나 자신에게 말한다. 미래가 어떻든 집에 갈 수 있는 사람이 되자고 말이다.

막내 삼촌과 병원에 갔던 그날을 기억한다. 삼촌은 유리에 비친 자기 얼굴을 바라보며 열심히 먹어서 다시 살찌고 싶다고 했다. 병원을 떠나면서는 또 "좋아질지는 모르겠지만……"이라고 했다. 좋아질 거예요. 열심히 노력하면요. 내가 말했다.

어떤 방식으로든, 아직 우리가 알지 못하는 때 혹은 더 늙은 후의 삶에서라도 우리에게는 언젠가 최초의 집을 떠올리는 날이 온다. 맨 처음 원만했던 집의 모습을 말이다.

철새는 남북으로 이동하며 겨울을 지낸다. 습지에 변화가 생기더라도 그곳에 그 땅이 아직 남아 있는 한 어린 새들은 항상 돌아갈 곳이 있을 것이다. 최초의 집이든 나중에 지은 집이든 날아 돌아올 집만 있다면, 그러면 아마 모든 일이 나아질지도 모르겠다.

믿음 그 후: 영원의 영원에 이르기까지

나는 열아홉 살에 집을 떠나 다른 도시에서 대학 생활을 했다. 타이난 최남단의 작은 마을을 떠나 닿을 수 없는 꿈을 좇았고 삶에 함몰되어 곡절을 겪었다. 학업의 단계 단계를 거쳐 예측할 수 없었던 졸업의 순간에, 마침내 그 시간의 끝에 도달했다.

　물론 아버지처럼 세월의 풍파를 맞아 머리가 하얗게 변하지는 않았지만 나는 분명 세상의 선과 악을 경험했다. 수없이 울고 웃었다. 서서히 아버지가 지나왔던 길을 이해하게 되었다. 그를 더 깊이 이해하고 느낄수록 그가 짊어진 무거운 짐이 안타까웠다.

　과거에는 우리 아버지나 신과 아버지의 관계가 독특하다는 사실을 크게 느끼지 못했다. 나에게는 일상적인 관계이다보니 친구들 앞에서 자발적으로 언급하는 일도 드물었다. 남들과 어울리다보면 가끔 우리 가족이 하는 일을 물었고 그러면 나는 자연스럽게 우리 아버지는 사업가라고 대답했다. 몸을 신에게 빌려줄 때는 신이 되기도 했지만 사실 직업이라 할 순 없었고 부업도 아니었다. 그냥 자원봉사 같은 일이었다.

아버지는 신에게 봉사할 때 번잡한 일상에서 벗어나 즐거웠을까. 잘 모르겠다. 신이 아버지의 몸에서 물러나면 그는 또다시 신을 위한 봉사로 인해 번뇌했고 분주히 돌아다니며 일했다. 만약 스피드 퀴즈라면서 아버지에게 이 모든 일이 사람을 위해서냐고, 아니면 신을 위해서냐고 묻는다면 나는 아버지가 어떻게 대답할지 예상이 되지 않는다. 실은 성가시기만 했거나 전혀 즐겁지 않았을 수도 있을까. 이 문제는 항상 내 의혹 속에서만 존재했을 뿐 아버지에게 직접 물어본 적은 없다.

사실 좀더 깊이 생각할 때 내가 더 궁금한 건 따로 있었다. 아버지가 진정 자기 자신이라고 느낄 때는 언제였을까?

아버지가 온전하게 자신이 될 때가 있었기를 바란다. 하지만 아버지가 집 외에 자기를 펼칠 공간이 있었는지는 잘 모르겠다. 마치 마른 찻잎을 뜨거운 물에 담갔을 때처럼 천천히 자신의 말린 몸과 잎맥을 펼쳐내어 온전히 내가 되는 공간 말이다.

아버지는 모를 것이다. 내가 연말을 콘서트장에서 보내기 위해 얼마나 애써왔는지, 20년이나 특정 밴드의 콘서트에 다녔고 한 해에도 몇 번이나 갔다는 걸, 해외여행을 겸해서 해외 콘서트까지 따라갔었다는 걸. 나는 콘서트장의 시공간을 사랑한다. 노래와 연주의 온습도가 공기 중에 나에게 전해지고, 내 안에 울리는 미세한 진동을 느낄 때, 야광봉의 깜빡이는 빛과 무대조명 속에서 타인의 시선은 더 이상 나를 향하지 않았고 나는 마침내 내가 되었다. 사랑하는 노래 속에 흠뻑 빠져 울고 웃었다. 괴성을 지르거나 가볍게 노래를 따라 부르며 마침내 나를 온전히 내려놓았다. 나 자신을 콘서트와 사랑하는 밴드 속에 녹여내며 치유의 여정을 마무리했다.

대학 때 앨범을 사면 캠퍼스 콘서트 입장권을 공짜로 주는 바람에 콘서트를 여러 번 관람했던 적이 있다. 가족들은 우연히 신문 기사에서 옆얼굴이 나처럼 생긴 사람의 사진을 보고 내게 콘서트에 갔냐고 거듭 캐물었다. 군중 속 사진 한 장으로 나라고 확정할 수 없을뿐더러 공부는 안 하고 콘서트나 갔다고 혼날까봐 두려워서 그때 현장에 있었다는 사실을 숨겼다. 사실 나는 매회 콘서트 현장에 있었다.

나이가 들수록 잠 못 드는 밤이 늘어났다. 내가 더 자유롭게 호흡할 수 있는 순간들이 필요했다. 콘서트가 필요하다는 갈망은 점점 깊어져 나에게 아름다웠던 수많은 밤과 콘서트 입장권들을 남겼다.

여러 도시에서 하는 콘서트를 하나하나 따라다니면서 새로운 바람이 마음속에 천천히 싹텄다. 만약 내가 좋아하는 밴드가 민난어 노래로 콘서트를 여는 날이 온다면 아버지와 함께 콘서트장에 가서 그가 음악에 흠뻑 빠지게 하고 싶다. 우리는 하룻밤 동안 일상의 무게를 내려놓고 남이 정의한 내가 아닌, 자유로운 자신이 될 것이다.

콘서트가 막바지에 이르면 민난어 노래를 꼭 부르는데, 그 속에 이런 가사가 있다.

"올바른 인간으로 살고 싶지 않아, 교묘하게 틈새를 파고들어서 기꺼이 바보로 살래."❦

이 노래를 들을 때마다 아버지를 생각한다. 아버지는 모든 일에 원칙이 철저해서 상처받는 한이 있더라도 절대 교묘하게 자기 원칙을 거스르지 않는다. 그가 그리도 추구하는 공평함이라는 원칙을 온몸으로 지키는 탓에 그는 종종 '바보'가 되었다. 노래를 간주까지 부르고 나면 리드보컬은 "네 목소리를 내게 들려줘"라는 구간을 허밍으로 부르고 팬들은 뒤이어 반주에 맞추어 계속 부른다. 나는 군중 속의 하나일 뿐이지만 소리에 마음을 담아 멀리 무대에 전한다. 내가 아버지와 신에 관해 쓸 때 그 글은 오직 아버지만을 위한 콘서트다. 나는 글을 통해 그를 전달하고 나 자신도 전한다. 글 속에서 우리는 각자의 노래를 합주하며 서로를 대신하여 말한다.

❦　　　타이완 밴드 우웨텐의 「감인감人」.

터치식 스마트폰에 익숙하지 않던 아버지는 한동안 자기도 모르게 내게 전화를 걸곤 했다. 내가 전화를 받으면 배경 소리만 들릴 뿐 아무 말도 하지 않았다. 아버지는 까맣게 모르는 사이에 휴대폰이 혼자 통화하는 중이었다. 나는 휴대폰에서 그쪽 편의 소리를 몇 분이나 들으며 그가 집인지 아니면 밖인지를 짐작했다. 만약 그가 밖에 있으면 한참을 별일 없는지 확인하고 나서야 안심하고 통화 종료 버튼을 눌렀다. 이런 일이 여러 번 반복되자 나는 아버지의 전화를 놓치면 안 되겠다는 생각이 들었다. 아버지의 예민하고 초조한 성격을 물려받아서인지 때로는 갑자기 공황에 빠져 그에게 무슨 일이 생겼을까 걱정된다. 그래서 늘 아버지의 전화를 놓치지 않는다. 그가 말하지 않더라도 나는 조용히 그가 있는 먼 곳의 미세한 소리를 들으며 마음을 놓는다.

속절없이 흘러가는 시간 속에 아버지는 이미 나를 걱정시키는 늙은 아버지가 되어버렸다.

곁에 있지 않아서일까, 거리가 멀어서일까, 나는 예상치 못한 변화가 우리 일상에 닥칠까봐 두렵다. 특히 아버지가 시간 간격을 두고 신도들이나 좋은 친구를 떠나보낸 후에는 더욱 그렇다.

아버지가 신은 될 수 있어도 영원할 수 없다는 걸, 나는 나이가 들어서야 알게 되었다.

나는 우리 인생에서 아쉬움이라는 단어의 존재 가능성을 철저히 차단하고 싶다. 그것이 내가 아버지에게 해주고 싶은 일이다.

책을 쓰면서 나는 아버지에게 천천히 그의 이야기를 읽어주었다. 간간이 질문도 하고 몇 마디 평론을 섞기도 했다. 내가 가장 많이 한 질문은 "후회하세요?"였다. 아버지는 미소를 지으면서 당시에는 깊게 생각하지 않았다거나 이미 생긴 일이니 어쩔 수 없었다고 했다. 당시에 어떻게 될 줄 몰라서 그냥 받아들였다고 대답했다. 하지만 그 대답의 이면은 그가 후회할 수도 없었고 그런 적도 없다는 뜻이었다.

명리를 아는 사람이면 운명은 절대 설파되면 안 된다는 걸 알 거라고 아버지는 말했다. 설파된 순간 큰 변화가 일어날 수밖에 없다고 말이다. 혹시 아버지의 운명은 누구에게도 의지할 수 없고 주변인들에게 얽힌 것이라고 정해져 있을까. 그렇다면 혹시 그것이 글로 설파되면 마치 저주가 풀리듯 그는 속박된 운명에서 벗어날 수 있을까. 운명의 종착역에 이르기까지 나는 기꺼이 그가 기댈 곳이 되려 한다.

세상의 변화와 무관하게 나와 아버지는 앞으로의 시간 속에서 얼마나 또 웃고 울어야 할까, 또 얼마나 많은 꿈을 꾸고 불면의 밤을 보내야 할까. 영원의 영원에 이르기까지 말이다. 세계가 아무리 변해도, 남들이 뭐라고 말해도 나는 영원히 아버지의 막내딸일 것이다. 나는 아버지를 대신하여 글로써 말할 것이다. 그가 말하길 원하는 한 내 평생을 다해 들을 것이고 그를 위해 쓸 것이다.

그가 걸어온 길들은 결국 희망이 될 것이다. 모든 목소리와 글자를 마음속에 담아 언젠가는 우리가 온전히 자신으로 살 수 있길 빈다.

마지막 문장을 쓰며 고향 집의 아버지가 아직도 나를 계속 기다리고 있을지 궁금했다. 내가 집에 돌아오기를, 또 내가 더 넓은 곳에 도달하기를 기다리고 있을까. 그는 향에 불을 붙이고 부적을 쓰며 나를 위해 모든 길일을 고르고 있을 것이다. 글 쓰는 막내딸이 계속 그의 이야기를 세상에 전할 수 있도록.

빙의

초판인쇄 2023년 8월 25일
초판발행 2023년 9월 1일

지은이 린처리
옮긴이 이기원
펴낸이 강성민
편집장 이은혜
마케팅 정민호 박치우 한민아 이민경 박진희 정경주 정유선 김수인
브랜딩 함유지 함근아 박민재 김희숙 고보미 정승민
제작   강신은 김동욱 이순호

펴낸곳 (주)글항아리 출판등록 2009년 1월 19일 제406-2009-000002호

주소   경기도 파주시 심학산로10 3층
전자우편 bookpot@hanmail.net
전화번호 031-955-8869(마케팅) 031-941-5161(편집부)
팩스   031-941-5163

ISBN 979-11-6909-139-8 03800

이 책의 본문은 '을유1945' 서체를 사용했습니다.

www.geulhangari.com